Avant que ça commence

Marie-Laure Brunel-Dupin
Valérie Péronnet

Avant que ça commence

Une enquête de Mina Lacan, « profileuse »

BLACK LAB

La réalité dépasse la fiction,
car la fiction doit contenir la vraisemblance,
mais non pas de la réalité.

Mark Twain

— Bon anniversaire, colonelle Salope !

Genoux qui collent au gazon, les deux mains dans la terre, en train d'extirper les racines d'une cochonnerie de liseron beaucoup trop invasif, je ne l'ai pas entendue venir. Ou plutôt si, j'ai entendu le petit portillon bleu grincer en me rappelant que je ne l'avais toujours pas huilé, mais j'ai cru que c'était Max qui faisait un saut en rentrant de Berringue.

— C'est passé, mon anniversaire.

— Le tien peut-être, mais le nôtre non.

Voix éraillée d'une femme qui a trop fumé. Ou trop bu. Ou trop gueulé. Ou les trois, si ça se trouve. Et sans doute déformée par la prise de substances, comme j'en ai entendu tellement au cours de ma longue carrière. Quelles substances ? J'ai de la bouteille, mais n'exagérons rien. Pas capable de remplacer à l'oreille un bon petit test en labo, quand même.

— Fais pas comme si tu savais pas de quoi je parle.

Mais je ne sais pas de quoi tu parles, Bellatrix. À moins que ce soit Cruella ? Pour l'instant, je ne capte qu'une voix de sorcière, assortie de l'ombre portée d'une silhouette sur mon parterre de fraises des bois. J'essaie d'apercevoir sa tête, de croiser son regard mais elle est en parfait contre-jour. Je vois seulement la masse épaisse d'un gros corps visiblement couvert de plusieurs couches de vêtements – elle a raison, ça caille ce matin, il y avait même un peu de givre sur l'arrondi du muret en pierre du jardin. La buée sort de sa bouche avec agressivité, comme un jet de fiel, et semble vouloir m'insulter elle aussi.

— Ah, tu te souviens pas ? Je vais te réveiller la mémoire, moi. T'inquiète.

D'abord me relever pour me mettre à sa hauteur, le plus tranquillement possible et sans montrer que mon vieux genou gauche me donne du fil à retordre depuis quelque temps. Ensuite, me désaxer légèrement pour tenter de voir à qui j'ai affaire.

— Le 11 février, ça te dit rien ?

Immédiatement, mon cerveau enclenche la recherche, mais c'est le bug total : j'ai beau insister, ma si précieuse et fatigante hypermnésie n'a rien à proposer. Rien de rien.

— A priori, pas grand-chose… Quelle année ?

— Ben voyons ! Tu crois que je vais faire le boulot à ta place ? Une fois de plus !

Ça y est, debout. Conserver un air tranquille et rassurant. Un léger pas de côté pour sortir du contre-jour. Bonne nouvelle, elle est plus petite que moi. Une masse frisée de cheveux blanc jaunasse, la peau tavelée d'une pâleur presque effrayante, bouffie par les médocs, des doubles poches sous les yeux… Elle a morflé, la sorcière. Impossible de savoir quel âge elle peut avoir. Cinquante ? Soixante ? Soixante-dix ? Au-dessus de son orbite gauche, je vois nettement, en transparence, une grosse veine bleue, gonflée à bloc, qui file de la racine de son nez vers la lisière de ses cheveux. Je n'ai pas besoin de ce détail pour deviner qu'elle est furax, en crise sûrement. Mais en crise de quoi ? Et qu'est-ce que j'ai bien pu faire pour déclencher ça ?

— Alors, ça te revient ?

— Pas tellement, non. On se connaît ?

— Moi je te connais. Par cœur, même. Tu peux pas t'imaginer à quel point je te connais bien !

— Et moi, je vous connais ?

— Ne joue pas à ça. Ça fait des années que tu fais semblant de pas savoir que j'existe. Quarante ans exactement, quasiment à la minute près.

Quarante ans, ça fait 2002. 11 février 2002, donc. J'étais où, je faisais quoi ? Bon sang, j'avais 25 ans à peine, et je venais juste d'intégrer la gendarmerie. Jamais interrogé personne, jamais coffré aucun suspect, jamais foulé une scène de crime, jamais mené une enquête... Assignée à résidence dans mon petit bureau de profileuse même pas encore débutante, où est-ce que j'aurais bien pu croiser la trajectoire de cette cinglée ?

Elle attend. Tendue, le regard agrippé à moi comme un liseron à son muret. Elle guette ma panique, ma faute, mes réponses et mes silences. Elle croit qu'elle me tient et j'ai intérêt à ne pas la démentir. Ses deux mains sont cachées sous une sorte de cape, qui recouvre au moins deux parkas dont les cols lui engoncent le cou. Le truc classique pour faire croire qu'on cache une arme. Mais aussi le meilleur moyen d'en cacher une. Couteau ? Pistolet ? Batte de baseball ? Ou alors un balai de sorcière télescopique pour faire peur aux enfants ?

— C'est ça, fous-toi de ma gueule...

— J'ai rien dit !

— T'as rien dit mais tu l'as pensé. Il serait temps que tu me prennes au sérieux, colonelle Salope. L'heure des comptes a sonné. Et cette fois-ci, faut que tu t'y fasses : c'est plus toi qui commandes...

Flippant, quand même. Comment a-t-elle pu capter ? Je suis sûre que je n'ai rien laissé paraître. Rien de rien de rien. Je sais faire. J'ai appris. Encaissé les aveux des pires atrocités sans bouger d'un cil. Obtenu les détails les plus immondes sans trembler. Posé les questions les plus épouvantables sans varier d'un micro-quart de ton. La seule qui soit capable de lire dans mes pensées, parfois même avant que je les pense, c'est Martha – normal, entre jumelles, ça circule là où même la science ne peut rien mesurer. Ou alors Max, peut-être, depuis le temps qu'on se pratique. Et encore, parfois, mais pas toujours.

— Si tu crois que ta Martha est la seule à te connaître vraiment, tu te fourres le doigt dans l'œil, Lacan. Et si tu penses que ton chien-chien de Max va rappliquer en remuant la queue, t'es complètement à l'ouest. Aujourd'hui, c'est *mon* jour à moi. *Notre* jour, même, je devrais dire. Et j'ai tout fait, *tout*, tu m'entends, pour que cette fois-ci, ça se passe comme *j'ai* décidé, *moi*. T'es prête ?

Bon, ça se corse gravement il semblerait. À vue de nez, en croisant mes vieux souvenirs de la fac de psycho et les innombrables explications d'experts que j'ai décortiquées ces quarante dernières années, je dirais un gros syndrome histrionique, doublé d'une bonne dose de paranoïa. Mais comment la nana peut-elle être si bien renseignée sur moi, au point de mentionner Martha ? Et Max ? Et qui d'autre de mes chéris va-t-elle me sortir encore ? Là, j'avoue, ça commence à paniquer sévère dans ma boîte crânienne.

Non mais qu'est-ce que j'ai bien pu foutre le 11 février 2002 ?

— On se la joue chronologique ? En croissant ou en décroissant ?

— Je ne sais pas, je…

— Ben, si tu sais pas, colonelle, je vais décider pour toi. Ça va te changer mais tu verras, on se fait à tout quand on n'a pas le choix. Allez, je suis gentille, je commence par le plus frais, pour t'aider à reconnecter avec ta jolie vie d'avant. Tu sais ? Quand tu te prenais pour Wonder Woman à qui rien ni personne ne pouvait résister. Il a bien résisté, hein, pourtant, Jean-Maurice ? Et au bout du compte, c'est quand même un peu lui qui a gagné on dirait ?

Touché. J'encaisse le coup sans moufter mais je sens dans sa voix la jouissance d'aller me chercher là où elle sait que ça me fait mal.

— Tu dis rien ? Tu penses à toutes les pauvres femmes que ce salopard a enterrées et que t'as pas été foutue de retrouver ?

Ne pas répondre. La laisser continuer son délire en lui donnant le moins de prise possible, au moins jusqu'à ce que je comprenne où elle veut en venir, et comment la dévier de sa trajectoire.

— T'as fouillé, pourtant, hein ? Et pas qu'un peu. T'as même cru que tu y étais, dans la grotte de Bourdançon, en janvier 31 !

Bon sang, comment elle peut être au courant ? *Personne* n'est au courant de ça, à part la juge, la greffière et les cinq mecs de Toulouse triés sur le volet du sommet du panier qui sont venus ouvrir le puits, pierre à pierre, après que l'ex de cette pourriture a enfin daigné nous dessiner le croquis. On a vraiment cru qu'on le tenait et, c'est sûr, il a déposé les cadavres de ses victimes dans cet endroit. Avant de venir les reprendre pour aller les cacher ailleurs…

— Tu t'es bien pelée, cette fois-là, hein ? Et pour rien du tout en plus.

Elle éclate d'un rire rouillé, grinçant comme une vieille machine déglinguée, et je découvre qu'il lui manque la moitié des dents de devant. Elle ferait vraiment peine à voir, si elle n'était pas si inquiétante.

C'est le moment de tenter un truc.

— Et vous, vous avez eu froid aussi ? C'est sûr, c'était glacial cet hiver-là.

— Ah non non, moi j'attendais bien au chaud. Je suis pas débile comme toi. Moi, je sais où trouver les infos sans perdre mon temps à chercher aux mauvais endroits.

— Et vous avez trouvé quoi ?

— T'as pas encore compris ? Aujourd'hui, c'est *moi* qui pose les questions. Et je t'ai trouvée toi, comme tu peux voir. Une sacrée prise on dirait !

Je frissonne. Peut-être parce que, faut être honnête, elle me fait carrément froid dans le dos, la Bellatrix. Et peut-être aussi parce que le vent a un peu forci et le soleil a disparu derrière de gros nuages très noirs qui n'augurent rien de bon. Pas question de la faire entrer dans la maison, mais on peut tenter l'abri de jardin peut-être ? J'avais préparé un grand thermos de thé, pour me redonner du courage en cas de liseron récalcitrant. D'un geste très lent pour ne pas la surprendre, je lui montre le petit banc posé le long de la cabane, où j'aime tellement m'asseoir pour observer le sketch des rouges-gorges dès qu'il fait un peu beau.

— Vous avez plein de choses à raconter, on dirait. Vous aimez le thé ?

— Oui, j'aime le thé, Lacan. Pas de manière obsessionnelle, comme toi et ta tapée de sœur, et si possible pas dans les mugs débiles dont vous faites la collection, mais vas-y, sers-moi une tasse.

— Pour les mugs débiles, c'est raté. Désolée…

En essayant de ne pas paniquer – comment peut-elle savoir, pour les mugs ? – j'attrape sur l'étagère que mon cher Géronimo a fixée spécialement à cet effet le jour de la fête de mon installation ici, deux des six mugs nains de jardin – j'ai cassé Grincheux l'automne dernier, d'un malencontreux coup de manche de bêche – offerts par Martha et spécialement destinés à mes pauses-thé extérieures.

— Timide ou Dormeur ?

Elle esquisse un sourire. Je fais comme si je n'avais pas vu, pour qu'elle ne croie pas que je crois que je reprends la main. Je lui verse un plein Timide de thé odorant et fumant.

— Lapsang-souchong très fort, lait d'amande et miel. J'aime bien quand il fait froid.

— Je sais. Je connais toutes tes manies, même les moins avouables.

— Celle-là n'est honteuse que pour les vrais amateurs de thé, qui ont du mal avec mes mélanges.

— Je sais aussi.

Des yeux, je l'invite à s'asseoir à un bout du banc, et pose mes fesses sur l'autre. Son regard me scanne avec insistance, le mien la balaie avec un maximum d'indifférence. Sa veine frontale a un peu dégonflé ; il semblerait que mon calme la calme. Tant mieux. Je la laisse venir, pour ne pas risquer de faire remonter la pression. Elle soupire.

— On est pareilles, toi et moi. On aurait pu devenir amies.

C'est ça Bellatrix. Compte là-dessus.

— Mais t'as tout fait pour me pousser à sortir de mes gonds et à te détester.

Im-pas-sible. Pas un poil qui bouge.

— Parce que Lapenne, c'est le dernier d'une loooooonnnngue série. Très très longue, même. J'ai suivi toutes tes enquêtes. Toutes.

Je sais qu'elle voudrait que je relance, mais je sais aussi que la meilleure solution est de la laisser suivre son flot, sans rien faire ni pour l'alimenter ni pour l'interrompre.

— Et j'aurais pu t'aider, même, si tu m'avais laissé faire.

Sa veine recommence à gonfler. Dans un flash, je me souviens que j'ai déjà vu cette veine quelque part. Et cette peau laiteuse, presque translucide. Jeune, avant qu'elle soit flétrie. Ces taches de rousseur. Cette bouche presque sans lèvres. Bien sûr qu'on s'est déjà croisées, mais où ? Où ?

— Je peux toutes te les citer, par cœur et dans l'ordre. Tu veux un échantillon ?

J'avale une gorgée de thé sans rien dire, en la regardant avec gentillesse pour l'encourager à poursuivre. Je vais finir par trouver un indice au milieu de cette pénible logorrhée.

— Cette folle de Glézard et ses bébés morts, en 2029. C'est à moi qu'elle aurait dû avouer. L'instit' de Palaiseau, en 27, je l'ai trouvée avant toi. Bien avant, même. Mais tu m'as pas laissé le temps de tout mettre en ordre pour faire éclater la vérité. Et l'empoisonneuse d'Esquelbecq, comment tu crois que tu l'as chopée ? Si je t'avais pas mis les indices sous le nez, tu y serais encore, et elle aurait trucidé au moins dix gamines supplémentaires. Comme cette ordure de Fourniret, que vous avez mis beaucoup trop longtemps à faire parler, et encore, pas complètement, tes petits camarades et toi…

J'ai envie de la tuer pour qu'elle se taise. Il y a dans sa façon d'égrener la litanie des plus grands salopards de ces dernières décennies – que j'ai effectivement tous côtoyés de beaucoup trop près –, une sorte de jouissance salace que je reconnais bien. Le plaisir pervers des grands malades, qui se délectent du malaise que provoque l'évocation de leurs crimes. La gourmandise écœurante des foules voyeuses qui se gavent de faits divers et se pressent aux portes des salles d'assises.

— Jubillar, il t'a bien baladée, hein ? Et Decourcis, t'en as mis du temps, à t'en remettre ! Il a été à deux doigts d'avoir ta peau, celui-là. Sans parler du procès Rançon, où t'as carrément failli perdre les pédales…

Elle a pu lire tout ça dans les journaux. Je sais qu'ils sont nombreux à se repaître des détails sordides des enquêtes. Et à décortiquer avec délectation les comptes-rendus judiciaires, comme on se bâfre de polars bien noirs. J'en ai croisé souvent, au cours de ma carrière. Des journalistes, des badauds, des concitoyens à qui on aurait donné le bon Dieu sans confession et qui me pressaient de questions de plus en plus scabreuses, indiscrètes, obscènes, pour savoir qui, quand, pourquoi et surtout comment. En détail, avec l'espoir d'être dans la confidence. De s'approcher au plus près de là où ça pue. Là où l'âme devient noire, putride, infecte. Là où l'humanité se transforme en fumier… Une belle brochette de vautours. Les cousins par alliance, en moins folklos et beaucoup moins marrants, de l'inénarrable mère Lascaud, reine des concierges, qui nous a chroniqué, sans faillir, la totalité de l'actualité criminelle de cette première moitié de siècle.

— Ce qu'on dit pas dans les journaux, c'est que dès qu'on gratte un peu, et que t'as plus ta sœusœur pour te consoler, tu fais drôlement moins la fière…

Ta gueule, la ferme, dégage. Et ne touche pas à un cheveu de Martha. Jamais.

Je ne veux plus écouter les tapés de son espèce. Ni même les entendre. Je ne veux plus être exposée à leur folie, ni que jamais, ils ne mentionnent quiconque des gens que j'aime. C'est pour ça que j'ai raccroché et que je suis venue me poser sur cette île bénie : pour avoir la paix ! Planter des fraisiers et des tomates cerises. Arracher les liserons, discuter avec les rouges-gorges, boire des coups avec les voisins, regarder les marées monter et descendre. Et surtout, surtout, ne plus rien savoir des tueurs en série, des égorgeuses d'enfants, des serial violeurs et autres détraqués. Effacer de mon esprit les scènes de crime abominables, les interrogatoires sans fin, les détails épouvantables. Et aussi la douleur des familles, la terreur des victimes, et les dévastations dont j'ai été témoin, de gré ou de force, pendant toute ma carrière.

J'ai fait ma part, et un peu plus. Jusqu'à ce jour où ça a été trop et où j'ai compris qu'il était temps que ça s'arrête. Pour de bon, et pour toujours.

Depuis que je suis ici, j'ai refusé toute interview. Décliné, sans laisser aucun espoir, les propositions de la flopée d'éditeurs, réalisateurs, scénaristes qui sont venus me supplier de partager mes souvenirs. Comment pourrais-je avoir envie de partager la lie infecte dans laquelle j'ai pataugé pendant ces décennies ? Et pour quoi faire ? Ce que j'ai appris, je l'ai transmis pour que d'autres à leur tour traquent, trouvent, déjouent tous ces maudits. Et ça m'a suffi. Je n'en veux plus. Je n'en peux plus. Je veux qu'on me fiche la paix, à jamais.

— T'en aurais des choses à raconter, hein ? Un peu plus croustillantes que quand tu faisais la belle au 20 heures. Quand tu te pavanais dans *Faites entrer l'accusé* et que tu faisais la maline dans les colonnes du *Parisien* ou de *Psychologies Magazine*. Madame s'est fait passer pour une cador, a sabré le champagne à l'ambassade des États-Unis avec les gars du FBI, rencontré le président en tête à tête à l'Élysée pour lui expliquer pourquoi elle arrivait pas à dézinguer tous les méchants, pauvre chou… Et pendant ce temps-là, tu crois que j'étais où moi, hein ? Tu crois que je faisais quoi ?

— Je ne sais pas… Où étiez-vous ?

— Sur tes pas, figure-toi. Et la plupart du temps, dix pas devant, en possession d'éléments que tu cherchais sans les trouver, d'infos qui t'avaient échappé, d'évidences qui te passaient au-dessus de la tête. Si tu crois que j'ai pas vu ton petit manège, pendant toutes ces années… Ça t'arrangeait bien, hein, de faire durer le plaisir ? De faire traîner les dossiers sensibles ? De faire monter le suspense pour qu'on continue à parler de toi, et qu'on s'émerveille que t'aies pu, finalement, résoudre des affaires si longues et si difficiles ?

— Je n'ai jamais rien résolu seule. On a toujours travaillé en équipe.

— Ben voyons. Tu me prends vraiment pour une conne, ma salope.

Ras le bol de son délire. Comment ai-je pu supporter, pendant tant d'années, les divagations morbides de tous ces cinglés ? Qu'est-ce qui m'a poussée à m'y plonger avec autant de fougue, d'impatience, de foi ? Où ai-je trouvé l'énergie, la rage, la force de les affronter, de traverser leurs marécages, d'encaisser leurs folies ? J'avais fermé cette porte, à double tour, blindée comme une entrée de QHS, et voilà que Bellatrix pousse sans crier gare le portillon de mon jardin pour y déverser son tombereau de purin ? Et je devrais la laisser faire, avec patience, en attendant qu'elle se calme ou que Max ait enfin l'idée providentielle de revenir de chez ses parents pour mettre fin à cet insupportable tête-à-tête ?

Elle croit qu'elle me fait peur avec sa cape de pacotille et ses divagations psychiatriques ? Pourquoi ma patience devrait-elle être, une fois de plus, sans limite ?

— Bon, venons-en au fait. Qu'est-ce que vous voulez ? J'ai pas que ça à faire, moi. J'ai des liserons à éradiquer.

Elle me regarde avec sidération.

— Comment tu sais ça ?

— Comment je sais quoi ?

— Comment tu connais mon prénom ?

Je ne connais pas ton nom, Bellatrix. Je veux juste que tu me foutes la paix et que tu me laisses m'occuper de mon jardin.

Elle pose sa tasse tranquillement, comme si de rien n'était, avant de se lever d'un bond et de se mettre à hurler.

— Tu vois que tu sais très bien qui je suis ! Personne ne connaît ce prénom ! Personne n'a le droit de m'appeler comme ça. Je m'appelle Lise, tu comprends ? Lise ! Plus jamais Liseron !

Sa veine semble sur le point d'exploser, et sur son front, en dessous des rides du lion, une barre se forme, dont tous les spécialistes d'analyse d'expressions faciales savent que c'est du plus mauvais augure. J'ai fait exactement ce qu'il ne fallait pas faire et maintenant elle est complètement hors de contrôle, y compris d'elle-même. Moi je m'en fous. Plus personne de cet acabit n'a le droit de venir me faire chier jusque dans mon jardin. Jamais.

— Je vais te dire ce que je veux. Je veux que tu t'excuses de m'avoir humiliée pendant toute ta carrière. Je veux que tu admettes, publiquement, que tes enquêtes, c'est moi qui les menais et qui les résolvais. Je veux que tu dises au monde entier et à toute la gendarmerie que la colonelle Lacan n'est qu'une imposture et que c'est grâce à moi, Lise Gazier, que tu as réussi tout ce que tu as réussi !

Pitié, qu'elle se taise et qu'elle se barre avant que je fasse une connerie.

— Et je veux que tu avoues ! Allez ! Avoue !

D'accord Cruella. Mais avouer quoi ?

— Avoue que c'est toi qui t'es opposée à mon admission à la gendarmerie. Avoue que tu as falsifié les examens que j'ai passés, et que comme ça ne te suffisait pas, tu as aussi fait en sorte que je sois refoulée de tous les journaux où j'ai postulé. Avoue que tu n'as pas supporté que je puisse avoir la possibilité de commenter ta carrière, de relater tes enquêtes, d'analyser ton travail. Tu vas me l'écrire noir sur blanc et me le signer ! Maintenant !

— Écoutez, je pense que je…

— Ta gueule ! Je m'en fous de ce que tu penses, colonelle Salope. C'est trop tard, fallait penser avant. Et mieux, surtout. Maintenant, tu dois réparer, tu entends ? Réparer !

Là franchement, Cruella, il n'y a rien à réparer. T'es complètement HS, et moi je suis au bout du rouleau. Il faut que ça s'arrête. Là. Maintenant. Immédiatement.

Elle continue à hurler des trucs de moins en moins intelligibles en s'avançant vers moi. Au milieu de sa bouillie verbale, j'entends :

— … l'affaire Courchon, et même Alègre. Ça te revient, Alègre ?

Toulouse, 11 février 2002. Bien sûr !

Le portillon grince. Je tourne la tête pour voir si c'est Max qui arrive enfin. Elle se rapproche d'un coup, j'entends un bruit énorme, je sens une violente brûlure, et j'ai l'impression de partir ailleurs, très loin. Tout devient noir, comme au cinéma quand les lumières s'éteignent. Et puis une lueur blanche, et ça se met à défiler. Comme si j'y étais.

1

C'est comme un fauve qui entre dans l'arène, au milieu du cirque. Ou un taureau qui surgit du corridor. Musclé, tendu, affolé, même s'il ne veut pas le montrer. Le mec sue la peur, face à un public qui sue la haine. Je les comprends, l'un et l'autre, vu que moi-même je me sens un peu moite.

Pourtant ça fait des semaines, des mois, que j'attends ce moment. Pour être honnête, on peut même dire que ça fait des années. Exactement depuis le 25 janvier 1990 aux environs de 23 h 50, facile de s'en souvenir, une date pareille… J'ai refermé le bouquin que je m'étais enfilé d'une seule traite, cachée sous mes draps pour pas me faire engueuler par Martha. Elle m'a engueulée quand même.

— T'es chiante, j'ai sommeil moi. Tu m'empêches de dormir.

— Moi, c'est ton cadeau qui va m'empêcher de dormir.

— C'est pas bien ?

— Tu rigoles, c'est top.

— Bien sanguinolent comme t'aimes ?

— Pire que ça.

— Bon, tu me raconteras un autre jour, là j'en peux plus.

— T'inquiète, t'as pas fini d'en entendre parler.

— Et planque-le, hein ? Je te dis pas si les parents tombent là-dessus…

Je l'ai planqué, mais les parents sont quand même tombés dessus. Maman plus précisément, qui n'a jamais pu s'empêcher de farfouiller dans nos affaires. On a eu droit à un topo sur la confiance, et la violence, et papa qui nous a expliqué qu'on était trop jeunes pour s'exposer à des choses aussi atroces ; que 13 ans, c'est pas un âge pour s'enquiller *Le Silence des agneaux*, et gnagnagni et gnagnagna. Ça les a un peu calmés quand j'ai annoncé que j'avais quand même bien fait de le lire, et Martha de me l'offrir, puisque grâce à elle j'avais trouvé quel métier je voulais faire plus tard. Évidemment, Martha a ricané.

— Elle a décidé d'être tueuse. En série.

Comme si c'était le moment. Papa s'est retenu de rigoler, mais maman semblait complètement horrifiée. Cette manie de tout prendre au premier degré... Quand j'ai dit que plus tard je serais profileuse, j'ai bien vu qu'ils ne percutaient pas. Je leur ai prêté le livre, pour qu'on puisse discuter sur des bases solides.

L'année d'après, quand le film est sorti, ils ont même accepté de nous accompagner au cinéma pour le voir avec nous. Et de mentir sans sourciller à la caissière qui a demandé si on avait 16 ans révolus. Ils n'auraient peut-être pas dû. Moi j'ai bien encaissé, mais j'ai vu que Martha, même si elle ne me l'a pas dit – on ne parle jamais de ça elle et moi –, a fait des cauchemars pendant plusieurs semaines. Et je crois que maman aussi. C'est à ce moment-là que j'ai compris que je n'étais pas tout à fait câblée comme eux.

Moi, Hannibal Lecter, il ne me fait pas peur. Il ne me fascine pas non plus. Non. Il me fout la rage. Une bonne vieille rage des familles qui serait capable, pour le coup, de m'empêcher de dormir. Le truc qui te prend dans le ventre, juste en dessous du nombril, et qui ne te lâche plus jusqu'à ce que tout ait été mis à plat, et qu'on sache de façon claire ce qui s'est passé, comment ça s'est passé et si possible pourquoi. Ces mecs-là pensent que c'est eux les patrons. Eux qui décident, qui manœuvrent, qui fomentent leurs saloperies. Et qu'ils sont si malins, ou si puissants, ou si tarés, que c'est eux aussi qui auront le dernier mot. Ça arrive, mais pas toujours. C'est pour ça que je suis là. Que je veux être là, avec Clarice, Micki, ma chère Lygia et quelques autres rageuses, de plus en plus j'espère. Mon boulot à moi, c'est que ça arrive le moins souvent possible. Qu'on arrête le massacre. Qu'on l'empêche, dans le meilleur des cas. Et qu'on les mette hors d'état de nuire davantage.

Enfin mon boulot, c'est un peu présomptueux. Disons mon futur boulot dans quelques années. Quand ? Ça, on ne sait pas. Il ne suffit pas d'avoir le poste pour avoir les armes. Pour l'instant, j'ai un petit grade de rien du tout, un pauvre bureau miteux aux armoires très vides, des collègues qui se marrent – jaune parfois, mais quand même – de me voir préparer des fiches de procédure à partir de rien, et cette autorisation miraculeuse d'être là aujourd'hui, cachée derrière mes moucharabiehs, pour observer discrétos le premier vrai grand fauve de ma carrière prometteuse.

J'ai bien vu, hier, quand je suis arrivée à la caserne et que je suis allée me présenter à l'adjudant, que lui aussi se demande ce que je fais là. J'ai l'habitude : ils ne comprennent pas. Ils ne voient pas l'intérêt. Et ils sont incapables d'imaginer en quoi une petite sous-lieutenante, une gamine qui a l'air d'être encore plus jeune que leur fille, débutante et sans aucun fait d'armes, pourrait leur être utile de quelque manière que ce soit. Ils pensent qu'ils connaissent le boulot, puisqu'ils le font depuis des années, sans moi.

Je m'en fous. Comme dirait la mère Lascaud : « Ça m'effleure une oreille sans faire bouger l'autre. » Moi, je sais que j'ai raison. Qu'il leur faut quelqu'un comme moi, plusieurs même, pour faire avancer leurs enquêtes. Il me reste seulement à le leur prouver. Et si ça se trouve, ce procès va m'aider. J'y compte bien, en tout cas.

Il est entré sous les flashs, avec son pull moche, sa houppette et ses beaux yeux bleus. Il ressemble à un rugbyman ou à un footeux qui s'installe sur le banc de touche pour regarder le match. Mais aussi, un peu, à un lapin affolé pris dans la lumière des phares d'une voiture. Il balaie la salle d'audience sans que son regard s'arrête nulle part. En face de lui, certains membres des familles des victimes se dressent, comme pour l'affronter, et cherchent ses yeux. Il se débine. D'autres, affaissés sur leur chaise, sanglotent en silence. Tu m'étonnes. Les avocats s'agitent sans bruit, fouillent dans leurs papiers pour se donner une contenance. En fait, tout le monde est tétanisé par sa présence, là, au milieu de nous.

Je regarde ses mains. De grandes belles mains, comme j'aime. Je sais ce qu'elles ont fait, j'ai lu tous les articles, vu tous les reportages. Les photos, les avis des experts, les détails innommables. Les hommes capables des plus terribles monstruosités ne ressemblent pas toujours à des monstres. Lui, avec sa petite gueule d'amour et ses jolies mains, a réussi à donner le change pendant des années, et aurait sans doute pu y parvenir encore un sacré bout de temps.

Je connais leurs visages, à elles, qui s'y sont laissé prendre. Certaines d'entre elles au moins ; qui nous dit qu'on les a toutes identifiées ? Personnellement, ça m'étonnerait... On les a vues dans tous les journaux, la litanie des victimes, appelées par leurs prénoms, comme si c'étaient nos copines ou nos voisines : Mireille, Isabelle, Martine, et puis Laure, assassinée le jour de mes 13 ans. Ça m'a glacée quand j'ai découvert ça. Pendant que j'étais sous mes draps en train de faire connaissance avec Clarice Starling et Hannibal Lecter, lui il la prenait en stop avant de la violer, de la martyriser, de l'étrangler. Et puis de la jeter dans un fossé comme un vulgaire déchet. Je n'ai pas repéré sa famille, dans la salle. Peut-être cet homme en larmes, au deuxième rang, qui ravale ses gémissements. Ou alors cette femme qui tremble de la tête aux pieds. Comment vont-ils pouvoir supporter ? Entendre décrire ses atrocités ? Être confrontés à cette réalité épouvantable ?

Au premier rang, je reconnais Émilie. La seule qui s'en est sortie. Avec ses cheveux courts et son survêtement noir, on dirait un petit piaf, à la fois apeuré et enragé. Je sens sa rage. Je la reconnais ; c'est la même que la mienne. Le courage de la nana. D'être là, entière. D'avoir trouvé la force de le déjouer pour qu'il la laisse en vie après l'avoir violée. D'avoir la force de se tenir debout, aujourd'hui, au milieu de la cohue et de l'hystérie. D'avoir la force d'être là.

Elle le fixe avec tellement d'intensité qu'il devrait partir en fumée, mais rien. Le mec est caparaçonné jusqu'à la moelle. Barricadé dans sa toute-puissance. Il trône au milieu de l'attention de tous, au côté d'un avocat commis d'office qui a l'air aussi jeune que moi. À quoi pense-t-il ? Où est-il ? Que prépare-t-il ? Pour l'instant, il semble totalement ailleurs. Mais comment pourrait-il supporter d'être vraiment là ?

Ce procès va être un calvaire, y'a des chances.

Déjà, la lecture de l'acte d'accusation est un supplice. On se prend tous en pleine poire la liste immonde, interminable de ses dégueulasseries, une victime après l'autre, détail après détail. Viols, actes de barbarie, tortures, strangulations répétées pour faire durer l'agonie. Incendie des corps massacrés. Et à peu près toujours la même histoire : une dragouille entre le beau gosse et la petite nana, un rapprochement amical, des gestes qui se précisent, le refus de la fille, la fureur du gars qui ne supporte pas qu'on lui dise non.

Envie de vomir. Je ne suis pas la seule. La salle souffle, souffre, soupire, frémit. Lui regarde le plafond, comme s'il s'emmerdait. Il se tait. Il observe. Il croise le regard de l'un ou l'autre des proches des victimes sans ciller.

Quand le greffier termine sa lecture, silence à couper au couteau. Pas un grattement de gorge, pas un sanglot. Comme si tout le monde était mort d'avoir entendu tant d'horreurs.

— Patrice Alègre, pouvez-vous commencer par nous dire si vous étiez un indicateur de la police ?

La question surprend l'assemblée. Elle a du sens, pourtant : comment a-t-il pu échapper si longtemps à une arrestation ? Comment des enquêteurs ont-ils pu considérer et classer comme un suicide la mort de Martine, retrouvée brûlée sur son lit, soutien-gorge déchiré ? Le président n'a pas le temps de développer ; comme un fauve qu'on réveille, Alègre se lève pour feuler :

— Ne me posez plus ce genre de questions, sinon je ne mets plus les pieds ici.

Voilà. On la voit, tous. La férocité du grand mâle contrarié, que rien n'arrête et qui fait sa loi. Je ne suis pas (encore) experte, mais c'est du bon sens, il me semble, de ne pas énerver une bête sauvage si on veut pouvoir l'approcher. Bien sûr, le juge l'a réveillé, mais il l'a braqué, aussi. Maintenant, bon courage pour en tirer quoi que ce soit…

— Très bien. Alors expliquez-vous sur les faits qui vous sont reprochés ?

— Je n'ai rien à dire.

Tu m'étonnes. Quel salopard. J'espère que ce n'est pas lui qui aura le dernier mot.

2

J'en avais suivi, des assises. C'est quand même la base, quand on fait des études de crimino. Mais des procès comme ça, avec autant de victimes, autant d'avocats, et un mec si taré au milieu, jamais. Heure après heure, jour après jour, on nous a remplis ras la gorge de détails de plus en plus insoutenables. Et l'autre qui ne mouftait pas. Ni devant les familles effondrées, ni devant les avocats énervés, et même pas devant sa Cécile, soi-disant l'amour de sa vie, qui l'a supplié de parler pour que leur fille puisse « ne pas avoir honte de tout ». Même ça, ça n'a pas marché. C'est très subtil, ce qui marche, avec des types pareils… Agressif quand on l'agresse, absent le reste du temps ; les seuls moments où il réagissait, un peu, c'est quand on lui parlait gentiment, pauvre chou. C'est l'avocat d'Isabelle, je crois, qui l'a le mieux amadoué.

— Selon vous, qu'aurait mérité une personne qui aurait fait à votre fille ce que vous avez infligé à Isabelle ?

Là il a baissé les yeux. On a senti qu'il était ébranlé. Il aime sa fille, sûrement, si tant est qu'il soit capable d'aimer… Il a baragouiné un truc sur la sévérité de la peine, comme si on l'avait attendu pour statuer sur la question ! Pour le reste, il n'a jamais répondu. Jamais. À rien. Les infos, c'est dans le dossier qu'on les a trouvées. Son enfance désastreuse entre un père CRS à la fois violent et permissif, une mère volage qui lui passe tout. Les cris de douleur qu'elle poussait sous les coups de son mari, et les cris de plaisir des réconciliations sur l'oreiller et des amants de passage. Y'a des mômes qui partent de loin, quand même. Et puis sa dérive de plus en plus sanglante, de plus en plus barbare. Comment la contrariété, mélangée à l'alcool, la fumette et la coke, pouvait le faire switcher en un quart de seconde de beau gosse plutôt cool à bourreau monstrueux. Elles sont deux à l'avoir raconté à la barre : son ancienne compagne, Sylvie, qui l'a quitté à cause de ça. Et puis Émilie, héroïque, encore sidérée d'avoir vu le mec sympa avec qui elle avait passé une journée formidable sur les bords de la Garonne tenter de l'étrangler, les yeux exorbités, et puis la violer plusieurs fois avec la plus atroce des sauvageries, avant de redevenir un gentil jeune homme la suppliant de ne rien faire contre lui. Il fallait la voir, accrochée à la barre, expliquer en le fixant du regard comment son instinct lui a dicté de faire mine de se soumettre, de comprendre, de pardonner, jusqu'à ce qu'il s'enfuie en étant persuadé qu'elle ne parlerait pas. Est-ce que j'aurais su faire ça, moi, à sa place ?

Son courage de témoigner, cinq ans après, devant nous tous suspendus à ses lèvres. Et le regard des parents des autres filles, crucifiés d'imaginer, à travers ses mots à elle, le martyre de celles qui ne sont plus là pour raconter.

Un jour, j'ai craqué. Ils se succédaient les uns après les autres, en nous baladant d'épouvante en épouvante. Plus on avançait, plus je me demandais ce que je faisais là, à me faire pilonner de scènes d'horreur et de détails de plus en plus immondes, de plus en plus sordides, sous le regard impassible de ce mec finalement sans envergure. Et personne à qui raconter. Je les avais tellement bassinés, tous, depuis des années avec ma sacro-sainte vocation, mon envie inébranlable de faire ce métier-là, d'être à cette place-là, exposée à cet univers-là, que je me voyais mal, maintenant, venir pleurnicher parce que c'était trop dur.

Je me suis bien gardée d'en parler, mais évidemment Martha a fini par capter. C'est le problème avec une jumelle : pas simple de cacher quoi que ce soit. Ça marche dans les deux sens : j'ai su avant elle qu'elle était amoureuse de son banquier. Et aussi qu'elle était enceinte – elle n'avait pas encore remarqué son retard de règles que j'avais déjà des nausées. Ça nous amuse, souvent, et nous a même déjà rendu de grands services. Mais c'est pesant, aussi, dans certaines circonstances. Pas moyen de lui cacher quoi que ce soit…

Je m'en étais tirée en évitant d'appeler, et en pariant bêtement qu'entre sa vie d'épouse modèle, de mère de famille débordée et de psycho-masseuse émérite, elle n'aurait même pas le temps de remarquer que je ne donnais pas de nouvelles. N'importe quoi. Elle m'a cueillie un soir un peu tard, j'étais en train de mettre mes notes au propre dans la chambre de service monacale mise à ma disposition par la gendarmerie dans la caserne Tremblier. Je ne sais même pas pourquoi ma voix a déraillé, ni comment mes larmes ont commencé à couler.

— Oh, Mina ? Ça va pas ? Mais qu'est-ce qui t'arrive ? Accouche !

J'ai vidé mon sac, en vrac. Pas la peine de prendre des gants avec elle, de toute façon ce que je ne dis pas, elle le sait avant moi. J'ai raconté les photos terribles de corps martyrisés, les détails immondes, les descriptions minutieuses de la sauvagerie sous le regard impassible de cet homme à l'air si ordinaire. Les manquements absurdes de certaines enquêtes, le désespoir hagard des parents des victimes, le courage bouleversant de la seule survivante. Et puis la rage du père de Laure qui a juré que s'il sortait un jour, il lui ferait la peau. L'excitation voyeuse de certains spectateurs, qui font la queue tous les matins dès l'aube pour être sûrs d'avoir une place.

— Y'en a même un qui m'a insultée aujourd'hui, parce que moi, je passe par une porte spéciale. Un petit roux à la voix rauque et au regard mauvais, t'aurais dû voir sa tête de con…

— Mais t'as l'habitude, non ? Souviens-toi la première fois qu'on a assisté à un procès…

— Je ne sais pas. C'est pas pareil. Le mec est vraiment atroce, je t'assure.

— T'es en train de me dire que tu supportes pas les serial killers ? J'en connais une que ça va drôlement soulager. C'est quand la fête des Mères ?

Touché. Un des trucs que j'adore, chez ma cinglée de sœur, c'est qu'elle trouve toujours le moyen de me faire marrer.

— On va attendre un peu avant de lui annoncer, d'accord ?

— Ouais. Réfléchis bien. Un revirement, et on la perd…

À la simple évocation des crises si spectaculaires de notre chère maman, on s'est mises à rire, comme des folles, et comme quand on était petites. Ça m'a permis de relâcher la pression et de réfléchir plus posément, avec l'aide précieuse de Martha, aux raisons qui rendaient pénible ma présence à ce procès, que j'avais pourtant appelée de mes vœux. Au point de fêter au champagne, en famille, l'annonce de l'autorisation que j'y assiste, dûment délivrée par le général Roche en personne.

— Tu me permets de te faire une petite expertise de comptoir ?

— Fais-toi plaisir.

— Ben, c'est simple : à ce procès, tu n'es qu'une spectatrice. Ce qui te met au même niveau que le public et que la tête de con de ce matin. Et si t'es moins tordue que lui, ce dont je ne doute pas, même si j'ai un avis nuancé sur cette question…

— Ah ah !

— Donc, si t'es moins tordue que lui, ben c'est normal que tu ne supportes pas d'assister à ce spectacle. Je trouve ça plutôt sain que tu réagisses comme ça. Ce qui ne remet pas en cause le fait que, par ailleurs, j'aie des preuves formelles que t'es une grande malade, hein ?

— Re-ah ah !

— Ne pas supporter ce que tu vois à ce procès ne veut pas dire que tu ne supporteras pas ce que tu trouveras dans les dossiers qui te seront confiés.

— Peut-être. Un jour.

— Peut-être. Un jour. Mais ce jour-là, ces infos-là, si gerbantes qu'elles soient, tu pourras en faire quelque chose. Tu comprends ? Je crois que ce qui te rend malade, c'est de devoir écouter tout ça sans pouvoir intervenir.

— J'espère que t'as raison.

— Bien sûr que j'ai raison. J'ai toujours raison. Toi, ça ne t'intéresse pas d'assister au spectacle. Ce dont tu as besoin, c'est d'agir. Ta place à toi, c'est avec les gendarmes, pas avec le petit roux qui t'a insultée ce matin.

— Je sais pas. Je sais plus.

— Ouais, ben, quand tu sais pas, demande-moi. Donc tu te calmes, tu mets un peu d'ordre dans tes émotions, tu te couches et on en reparle quand tu rentres.

— Ou pas.

— Voilà. Et quand tu seras remise, j'aurai un truc à t'annoncer.

— Quoi ? T'es encore enceinte ?

— Pfffffffff. T'es peut-être une future grande profileuse, mais t'es toujours aussi con, par ailleurs.

— Tu m'annonces quoi alors ?

— Tu verras. Finis ton procès et rapplique fissa, on a des trucs à fêter. Et je te le dis, ça va saigner.

Elle a raccroché sans dire au revoir. Comme d'hab'. En me laissant me débrouiller avec son indice tout pourri. Comme d'hab'. Depuis qu'on est nées, on joue à ça, elle et moi. Elle peut me faire marner avec un « secret » pendant des jours, des semaines, des mois. Ça me rend folle. Elle adore. Et moi, c'est elle que j'adore.

Les jours qui ont suivi, je me suis calmée. Elle avait raison Martha, tout est une question de place. Moi, j'étais en même temps là où j'avais rêvé d'être, et complètement à côté. Une fois obtenue l'autorisation du général Roche, il avait été convenu avec les gendarmes de Toulouse que j'assisterais au procès derrière le moucharabieh prévu à cet effet, pour que si jamais, un jour, j'étais appelée à recroiser Alègre ou un des témoins de l'affaire, ils ne puissent pas me reconnaître. Ça avait bien fait marrer Médart, qui ne rate pas une occasion de se foutre de moi.

— Une personne de votre importance, c'est normal.

— C'est plutôt lui qui semble être un gros morceau, mon colonel.

— En effet. Faites gaffe qu'il ne vous repère pas, des fois que ça lui donne des idées.

Médart gros connard, suffit de le savoir. Peut-être qu'un jour ou deux dans cette salle d'audience, à entendre les saloperies d'Alègre, lui aurait fait passer le goût des blagues salaces. Ou pas. Avec Médart, on n'est jamais à l'abri du pire.

Avant les plaidoiries, un expert psychiatre, le docteur Zagury, a choqué l'assistance avec ses théories. Mais pas moi. Alègre a exaspéré tout le monde à répéter « je ne sais pas », « je n'ai rien à dire », et « si je savais pourquoi, je ne l'aurais pas fait ». Les avocats l'ont exhorté à parler, s'expliquer et donner des détails. Et sur les marches du palais, chaque soir, les journalistes ont recueilli les suppliques désespérées ou furieuses des familles sur le thème « je veux savoir comment elle est morte » et « nous ne serons pas en paix tant qu'il ne le dira pas ». Ne dira pas quoi ? On le sait, comment elles sont mortes. On ne le sait que trop, même. Zagury, lui, dit que si Alègre se tait, c'est qu'il mesure à quel point ce qu'il aurait à dire est terrible. Et qu'il ne fait pas partie des super-méga-salopards qui s'offrent en supplément la jouissance perverse de revivre les événements en les racontant.

Il dit aussi que c'est un fantasme, d'imaginer que la parole des criminels apaise les victimes.

Je crois qu'il a raison. Comment l'accumulation des détails immondes, et le récit de la bouche même de celui qui les a commis, pourraient apaiser qui que ce soit ?

Moi, je crois que quand on n'a pas une bonne raison, voire une raison impérative, de faire répéter leurs saloperies aux salopards, mieux vaut s'abstenir.

La vraie bonne question serait plutôt de se demander si Alègre a tout dit aux enquêteurs. Et si ceux-ci ont tout mis en œuvre pour vérifier qu'ils n'ont pas oublié quelques victimes. Plus on avance dans le procès, et plus ça m'étonnerait. Je crois bien que ça étonnerait aussi certains de mes collègues. Ils ne m'en ont pas parlé, vu qu'ils ne me parlent pas – c'est dingue, tous ces mecs incapables d'imaginer qu'une femme peut présenter d'autres intérêts qu'un petit cul et une paire de seins. Ils en oublient souvent qu'on a aussi une paire d'oreilles, et même parfois un cerveau qui les relie l'une à l'autre. *La Dépêche* n'est pas la seule à le dire : j'ai entendu aussi les gars d'Homicide 31, la cellule chargée de l'enquête Alègre, dénombrer un paquet invraisemblable et carrément inquiétant de crimes, « suicides » et disparitions non élucidés dans la région. C'est là-dessus, qu'il faudrait le faire parler, le fauve. Mais comme il n'avoue que ce qu'il ne peut pas réfuter, ils ne sont pas au bout de leurs peines…

En attendant, après dix jours de procès et un bon paquet de haut-le-cœur, Alègre a pris perpète, assortie de vingt-deux ans de sûreté. Vingt-deux ans, ça nous pousse à 2024. Ça laisse le temps de voir venir.

3

Le retour de Toulouse a été une bonne grosse galère. Le train a eu je ne sais pas combien d'heures de retard, ce qui m'a donné l'occasion de voir passer et repasser un gars que j'ai eu un peu de mal à resituer : j'avais l'impression de le connaître, sans parvenir à me rappeler où je l'avais vu. J'entendais déjà Martha me mettre en boîte : « Hé, Mina, t'es sûre d'avoir le profil ? Quand on veut devenir profileuse, le minimum c'est d'être physionomiste. » Elle aurait eu raison. Où est-ce que j'avais bien pu le rencontrer ? Ou « la », d'ailleurs : à y regarder de plus près, on dirait plutôt une nana. Elle a dû se demander elle aussi d'où elle me connaissait, vu la manière insistante avec laquelle elle m'a matée. D'un œil salement mauvais, il faut bien l'admettre, surtout le gauche d'où partait une assez inquiétante veine bleutée, très visible sous sa peau laiteuse, qui remontait tout le front pour aller se perdre sous un bonnet. Finalement, j'ai fini par trouver, mais sans aucun mérite : quand elle a enlevé ledit bonnet, j'ai reconnu ses cheveux roux très foncés, coupés à ras. La tête de con des badauds du tribunal ! Punaise, elle a fait le déplacement exprès pour assister au spectacle. Je me suis d'abord dit que ça devait être une sacrée tordue et puis, en passant à mon tour dans son wagon, j'ai reconnu, posé sur le siège à côté du sien au milieu de ce qui ressemblait à des polycopiés de cours, la couverture rouge du bouquin de Lygia. Lygia Négrier-Dormont, une pure prof de crimino, mon idole. C'est donc ça : la nana est étudiante en criminologie... Si elle avait été moins agressive à Toulouse, je l'aurais branchée, mais vu notre premier contact, non merci. Je me suis choisi un compartiment bien vide, avec comme objectif de dormir tranquillos jusqu'à Austerlitz.

Enfin tranquillos, c'est vite dit. J'ai retrouvé mon cauchemar. Toujours le même, depuis la nuit des temps. Ça ne se passe jamais au même endroit, mais c'est un éternel scénario : je monte un escalier, de plus en plus raide, de plus en plus tortueux. Et quand j'arrive en haut, je bute sur une trappe, ou une porte, ou une fenêtre, qui ne veut pas s'ouvrir ou qui est trop étroite pour que je passe. Quand je me retourne pour revenir sur mes pas, l'escalier a disparu. Pas moyen de monter, pas moyen de descendre. Je suis coincée là, au milieu de je ne sais où. Je cherche Martha et je ne la trouve pas ; je l'appelle et elle ne répond pas.

Dans le train, ce jour-là, j'étais dans l'escalier du palais de justice de Toulouse qui conduit à la cache d'observation, derrière le moucharabieh. Faut dire, j'ai passé dix jours seule dans ce réduit sinistre, sans personne avec qui débriefer ; comme si j'étais au coin. Ou en prison. Bien claustro, en tout cas. Dans mon cauchemar, je cherchais comment démonter le claustra pour pouvoir m'échapper, mais pas moyen. Et quand je me suis retournée pour revenir sur mes pas, je me suis retrouvée nez à nez avec un mec patibulaire, du genre que t'aurais pas trop envie de croiser dans un escalier. Il avait les yeux bleus, de belles mains et une houppette ridicule. Roux foncé.

Quand la voix du contrôleur m'a réveillée pour annoncer qu'on était arrivés à Austerlitz, j'ai été drôlement soulagée.

Comme si ça ne suffisait pas, la mère Lascaud m'a vue passer dans le hall et a surgi de sa loge comme une furie, malgré l'heure pas du tout, du tout syndicale.

— Mademoiselle Lacan, vous êtes de retour ? On vous croise plus beaucoup ces temps-ci...

— Ben oui, vous voyez… J'espère que je ne vous ai pas réveillée au moins ?

— Non non, je regardais la télé. *Faites entrer l'accusé* sur l'histoire de la Josacine empoisonnée, vous avez suivi ?

— Oui, enfin non, je…

— Vous devriez étudier le dossier, c'est drôlement intéressant. Justement, je voulais vous en parler. J'ai ma petite idée sur la question.

— Mais là il est tard, et puis ce n'est pas moi qui…

— Je sais bien que c'est pas vous, ils l'auraient dit, à la télé. Mais vous pourrez peut-être faire passer à vos collègues ? Vous savez, j'ai beaucoup d'intuition, moi…

— Bonne nuit, madame Lascaud.

— Bonne nuit à vous. Et restez vigilante, hein !

— Bien sûr. Vous pensez bien…

Je n'aurais jamais, jamais dû lui parler de mon boulot. Énorme erreur de débutante.

« Quand je te dis que t'as pas le profil, Mina… » Ta gueule, Martha. On avait dit que tu ne parlais plus dans ma tête. De toute façon, elle aurait fini par le savoir. Concierge, c'est un métier, et chez elle, c'est même une vocation. « Gardienne, pas concierge. Tu sais bien ! C'est pas moi qui le dis, c'est elle : "Moi je suis gardienne de l'immeuble, et vous vous êtes gardienne de la paix. Ça fait qu'on est un peu pareilles, toutes les deux, hein ?" » Martha, tu ne me parles pas quand tu n'es pas là. Surtout pour me citer la mère Lascaud. Ça, plus les six étages sans ascenseur, je ne vais pas m'en sortir, moi.

Je suis arrivée en haut avec les jambes coupées et un mal de crâne carabiné. Je ne lui ai jamais vraiment dit, à la mère Lascaud, que j'étais gendarme. J'ai tenu ma langue pendant toutes mes études, elle savait juste que j'étais en fac de droit. Mais un jour, elle m'a vue descendre en uniforme de cérémonie pour une occasion quelconque. Et puis elle n'a pas pu rater les enveloppes à en-tête, avant que je dévie mon courrier vers mon logement de fonction, à la caserne de Rosny.

Ça fait partie du job, de vivre en caserne. C'est gratuit, mais c'est pesant aussi, parfois. Un moment, je me suis dit que j'allais trouver une étudiante à qui louer ma piaule d'étudiante, et puis finalement non. J'ai préféré la garder, pour pouvoir m'éloigner des gendarmes quand j'en ai envie, ou besoin. Là, après deux semaines de caserne à Toulouse, j'ai opté pour un petit week-end dans le ciel de Paris. En tête à tête avec moi-même. Et avec Fabienne Lascaud, donc. On n'a rien sans rien...

C'est son odeur qui m'a réveillée. Ou plutôt notre odeur, délicieuse, qui s'est glissée dans mes narines pendant que je dormais. J'ai d'abord cru que c'était un rêve, mon autre rêve de toujours, pas du tout cauchemardesque celui-là. Il est très simple, aussi simple que ce qu'il raconte : je suis avec elle, elle est avec moi, et je sais tout ce qu'elle pense, elle sait tout ce que je pense. Comme si on était reliées l'une à l'autre. Dans ce rêve-là, ça sent bon, un mélange de gâteau qui cuit et de lessive séchée au grand vent. Tout est beau, doux, lumineux, et rien ne peut nous atteindre, ni elle, ni moi. Une sorte de paradis, parfait.

— Paradis, paradis, un enfer, plutôt. Ne me dis pas que t'es encore en train de rêver *in utero* ?

— Comment tu sais ?

— Ben, ça se voit, pardi ! T'es complètement recroquevillée en position fœtale et t'as ton sourire béat.

— Ah.

— Et même, tu baves un peu. Je t'assure, c'est dégueu.

— Excuse-moi, hein. Je commande pas mes rêves.

— Ça, j'aimerais bien en être sûre. Tu l'aimes tellement celui-là que ça m'étonnerait pas que tu aies trouvé un moyen de le convoquer.

Elle n'a pas tort, mais je ne lui avouerai jamais. Depuis qu'on est toutes petites, je m'exerce. Si j'y pense très intensément avant de m'endormir, ça marche quelquefois : il vient, et je passe ma nuit blottie avec Martha. C'est mieux que n'importe quel somnifère.

Pendant que je me reconnecte à la réalité, elle s'affaire dans la kitchenette. Fait bouillir l'eau pour le thé, prépare un plateau de petit déj' et vient s'asseoir à côté de moi dans le lit, les pieds sous la couette.

— T'as dormi là ?

Elle non plus, n'a pas loué sa piaule. On est mitoyennes. On a voisiné pendant toutes nos études, jusqu'à ce qu'elle rencontre son banquier, et moi la gendarmerie. Une idée de Lili, notre chère grand-mère paternelle, qui nous a offert, en cadeau de naissance, ce merveilleux petit pigeonnier sous les toits de Paris, un chacune, pour « quand on serait grandes ». Quelle intuition ! À l'époque, c'était encore trouvable à un prix raisonnable. Chacune sa chambre, avec petit balcon et vue sur les clochers de Saint-Eustache. Je ne sais pas comment elle s'est débrouillée, mais quand Anna est née, douze ans après nous, elle a réussi à en dégoter une troisième, juste au bout du couloir. Pour l'instant, elle est occupée par la fille au pair de la famille du premier. Mais quand Anna sera étudiante, elle viendra à son tour nicher dans le ciel, sous la surveillance pointilleuse de la mère Lascaud. Et de ses grandes sœurs, si on est encore dans les parages.

— Non, j'ai pas dormi là. J'ai pas dormi du tout, d'ailleurs. Insomnie.

— C'est pour ça que t'as rappliqué si tôt.

— Non, c'est pour te voir. Et t'apporter des chouquettes.

— Riche idée. Et peut-être aussi, parce que t'as un truc à me dire ?

— Voilà.

— Rien de grave, au moins ? Les jumeaux vont bien ?

— Affreusement bien. On peut même dire qu'ils sont dans une forme… épuisante, si tu vois ce que je veux dire.

— Tu les as voulus, tu les as eus.

— Oui, enfin, on n'avait pas programmé qu'ils seraient deux, si t'as bien suivi.

— La vie est dure, hein ?

— La vie est top. C'est ça que je suis venue te raconter.

J'ai l'habitude. Martha, c'est la joie. Depuis toujours. Je ne sais pas comment elle fait, mais je me souviens très bien du jour, on était encore très petites, où j'ai compris qu'elle était comme la baguette magique des dessins animés : elle s'agite, elle se met à scintiller, et d'un seul coup, tout frétille autour d'elle. Si on ajoute un rire auquel personne ne peut résister – même pas les banquiers, hélas –, un goût déraisonnable pour les livres bien prise de tête et les bifurcations existentielles dont seules elle et moi pouvons saisir la trajectoire – et encore, j'avoue que parfois, je me perds un peu en route –, on obtient Martha, ma jumelle de compète. Là, vu la quantité de chouquettes qui débordent sur le plateau, elle a un gros truc à m'annoncer. Ça doit être du lourd.

Enfin du lourd, façon de parler : avec Martha, rien n'est jamais vraiment lourd. Son refrain préféré, c'est « ben quoi ? ». « Ben quoi ? Il est sympa ce type, et trois mois, ça suffit pour savoir que c'est lui l'homme de ma vie. » « Ben quoi ? Tous les banquiers ne sont pas des gros tarés de capitalos ! » « Ben quoi ? C'est pas parce que j'ai fait six ans d'études de psy que je peux pas devenir masseuse. Masseuse thérapeutique, hein ? Je t'assure, le corps c'est vachement important. » « Ben quoi ? C'est top d'être une jeune maman très jeune, non ? » « Ben quoi ? C'est au cinquième sans ascenseur, mais je t'assure, il est vraiment canon, cet appart. » « Ben quoi ? Les jumeaux finiront bien par apprendre à monter les escaliers ! »

Voilà comment, de « ben quoi ? » en « ben quoi ? », mon allumée de sœur qui se préparait à une belle carrière de psychologue clinicienne, au grand soulagement de nos chers parents, s'est retrouvée, en moins de trois ans, maquée à son banquier, mère de jumeaux adorables et insupportables, juchée au sommet d'un immeuble insalubre mais

« atypique », et « à fort potentiel », et thérapeute corporelle dans un cabinet où officient, par ailleurs, une sophrologue spécialisée en ouverture de chakras, un hypnologue brûleur de toutes sortes d'encens, et quelques autres spécialistes en « ogue » que notre mère a adorés mais dont, personnellement, les « spécialités » m'échappent un peu.

Je ne voyais pas très bien ce qu'elle pouvait m'annoncer d'encore plus spécial, mais avec Martha, dans ce domaine, on est quand même tout à fait hors catégorie.

— Tu quittes le banquier ?

— Roooo... Va falloir que tu déboucles sur le sujet. Je l'aime, de plus en plus.

— Tu te convertis au bouddhisme.

— Je suis déjà bouddhiste. Enfin, pas tout à fait bouddhiste mais tu te souviens du mec que j'avais rencontré à mon stage de krav-maga ?

— Ça a un rapport avec ce que tu es venue m'annoncer ?

— Non, enfin pas vraiment.

— Alors zappe.

— OK. Voilà. J'ai compris un truc hyper important.

— Du genre ?

— Du genre le corps, l'incarnation, quoi. Tu sais, *carne*, en latin ?

— Laisse aussi tomber le latin.

— Finalement, après mon accouchement, toutes ces révélations sur mon anatomie, et puis ma découverte de l'importance de la chair, de la carcasse...

— Martha...

— T'as déjà vu les tableaux de Goya ?

— Chantal Goya ?

— T'es con ! Francisco de Goya, le peintre.

— Je sais pas, peut-être...

— L'an dernier, je suis allée me balader au Louvre entre deux massages et j'ai rencontré un tableau incroyable, qui représente des pièces de viande. Je peux pas te dire l'effet que ça m'a fait.

— De viande ? On est végétariennes, je te rappelle.

— On *était* végétariennes. Les *parents* sont végétariens parce que maman ne supporte pas la viande, ni qu'on aime ce qu'elle n'aime pas. Mais pour moi, je te jure, depuis ce tableau de Goya, tout a changé. D'un coup.

— Tu veux dire d'un coup de tranchoir ou de feuille de boucher ?

— Arrête ! C'est super important, je t'assure.

Sa voix s'est mise à trembler et j'ai vu dans ses yeux que non seulement elle ne rigolait plus du tout, mais qu'en plus elle était en train d'essayer de me dire quelque chose de très difficile pour elle. Alors je l'ai écoutée, vraiment, tourner autour du pot comme elle sait si bien le faire, en me demandant où elle voulait en venir. Elle m'a parlé des écorchés de Bacon, Soutine, Rembrandt, Buffet, Chagall, du temps fou qu'elle avait passé à écumer les musées et à potasser les bouquins. J'ai cru qu'elle était en train de m'annoncer qu'elle s'était découvert une vocation de peintre, spécialisée dans les natures mortes à tendance cadavres d'animaux, mais c'était bien plus barré que ça.

— Bref, je vais devenir bouchère.

— Bouchère ? Sérieux ?

— Hyper sérieux. J'ai vraiment réfléchi et, ne me demande pas pourquoi, mais c'est ça que j'ai décidé.

— Décidé, décidé ?

— Décidé décidé. Je me suis inscrite en CAP, mais avec mes diplômes universitaires j'ai droit à un cursus accéléré en un an.

— Tu veux parler de ta licence en découpe appliquée ou de ton DEA en charcuterie fine ?

— Et j'ai trouvé un maître d'apprentissage d'enfer, genre la Rolls-Royce des bouchers.

— Mais tu commences quand ?

— J'ai commencé, à l'automne dernier. J'osais pas t'en parler…

— Et tu manges de la viande alors ?

— Carrément. J'adore. Faut absolument que tu goûtes.

J'ai repensé aux autopsies interminables et passionnantes auxquelles j'avais assisté lors de mon passage à l'Institut de crimino. Je n'avais jamais osé en parler dans la famille, ni même débriefer avec elle, de peur de passer pour une dangereuse psychopathe. Mais finalement, sa fascination pour les écorchés des grands peintres ressemble pas mal à celle que j'ai ressentie, moi, pour l'incroyable précision des gestes du médecin légiste, et l'extrême finesse de sa connaissance du corps humain… Il faudra qu'on en discute à l'occasion. Et aussi que je lui avoue que j'ai déjà goûté, depuis un certain temps : quand t'es gendarme, si t'es végétarienne, les repas au mess sont compliqués. J'ai commencé par faire une entorse, un jour de grandes manœuvres, à l'heure du jambon-beurre pour tout le monde. Et puis une autre, et une autre encore… Personne n'est au courant à la maison, mais ça fait un bail que d'un point de vue alimentaire, je ne suis plus vraiment orthodoxe… Et s'ils découvraient, du même coup, ma passion pour les lardons, je crois qu'ils ne s'en remettraient pas… Même si on reste loin du grand écart de ma sœurette adorée.

Il m'a fallu un bon paquet de chouquettes pour intégrer l'info. Dès qu'elle a accouché de sa grande nouvelle, Martha est redevenue la fée habituelle, légère et joyeuse, papillonnant d'un sujet à l'autre comme si elle ne venait pas de me faire péter à la figure une bombe nucléaire. J'ai fait semblant de l'écouter pendant que j'essayais de faire un peu le ménage dans mon petit intérieur personnel. Depuis le soir de nos 13 ans, moi je sais ce que je veux faire de ma vie : profileuse, comme Clarice Starling. Je n'ai jamais dévié de cette idée, et j'ai organisé ma trajectoire pour y arriver. Pendant ce temps-là, Martha me gambadait autour. S'essayait à la musique, à la danse, aux mathématiques. Se passionnait pour le yoga avant de s'initier à la médecine chinoise… On est entrées ensemble en fac de psycho, elle par curiosité, moi pour siphonner tout ce que je pouvais en criminologie, pénologie, sciences criminelles, psy… Quand j'ai bifurqué en droit pour compléter ma formation, elle a continué en psycho, à piocher à droite et à gauche ce qui l'intéressait. Je ne lui ai jamais dit, mais j'ai toujours pensé qu'elle était irrésolue, indéfinie et ça m'a pas mal inquiétée. Quand on ne sait pas où on va, on risque de se perdre, il me semble.

J'ai fait gaffe, très très gaffe, qu'elle ne se perde pas trop. Mais je l'ai quand même perdue, un peu, quand elle a rencontré Géronimo.

— Pas Géronimo, Gérôme.

— Jérôme, ça s'écrit pas avec un J ?

— Qu'est-ce que tu veux que je te dise ? On n'est pas les seules à avoir une mère spéciale…

Ça m'a foutu la trouille, et puis j'ai vu qu'elle était heureuse avec lui. Très heureuse, même. Alors je m'y suis faite, à son banquier. Et puis à sa grossesse. Et puis à la naissance des jumeaux, et à tous ses « ben quoi ? ». Mais là, j'avoue, elle m'a cueillie. Bouchère !

J'en étais à peu près là de mes réflexions, ses babillages en bruit de fond, quand tout d'un coup nos yeux se sont croisés. Vraiment croisés, en profondeur, comme ça nous arrive rarement, parce que ça nous fait toujours un peu peur de voir si loin dans l'autre, au point de ne plus savoir très bien qui est qui. Les siens m'ont demandé si ça allait. Les miens lui ont répondu que oui, ça finirait par aller. Et là, elle m'a assené le coup de grâce, en souriant.

— Comme ça, on va être un peu collègues. On pourra parler découpe des corps.

Cette fille est complètement tapée.

4

— Alors, Lacan ! Il t'a plu le beau Patrice ?

C'est tellement subtil, leurs blagounettes à deux balles sur un massacreur de nanas. Ils auraient tort de s'en priver, tous ces mâles bien couillus qui ne manquent pas une occasion de clouer son caquet à la petite sous-lieutenante qui se prend pour un agent du FBI. D'habitude ça me fait rire, même jaune, et je trouve toujours quelque chose à répondre mais ce matin, ça coince. J'ai le sourire de Laure en travers de la gorge. Et la rage de son père, le désespoir de la sœur d'Isabelle…

— Ah, elle ne répond pas. T'es tombée amoureuse ?

Je l'ai toisé de tout mon mépris et je crois que ça n'a pas trop mal marché : il a filé vers la machine à café en gloussant avec un petit rire gêné. Je sais bien qu'ici, c'est comme dans les salles de garde des hôpitaux, chacun fait comme il peut avec les horreurs auxquelles on est exposés, mais quand même, y'a des limites. Ça fait vingt ans que leurs rangs se sont ouverts aux femmes, mais toujours pas leurs cerveaux. Les mecs de mon âge ça va à peu près – encore que, faut toujours qu'ils prouvent qu'ils sont « plus forts » que moi –, mais les trentenaires et plus, quelle cata ! Quant aux codes-barres, n'en parlons pas : à part le big boss, qui a quand même eu le courage de m'embaucher envers et contre tous, y'en a pas un pour rattraper l'autre.

Et surtout pas Médart, mon supérieur direct, qui n'a jamais digéré que son supérieur à lui lui colle entre les pattes une gamine sortie de nulle part, qui n'y connaît rien à la gendarmerie, et qui a la prétention de créer un nouveau métier. Carrément, en toute humilité.

De l'humilité, franchement, je crois que je n'en ai pas manqué, depuis que je suis arrivée. J'ai encaissé la préparation militaire sans broncher, et quand je dis « encaissé », c'est *encaissé* : trois mois de classe à la dure, presque seule fille au milieu d'une bande de testostéronés, aux ordres d'instructeurs très moyennement enthousiasmés par ma présence. J'ai crapahuté la nuit dans l'obscurité totale, rampé dans la boue, franchi des murs trop hauts, pataugé dans des mares trop froides, ouvert cinquante fois de suite la même porte pour apprendre à entrer dans un bureau du bon pied et à enlever mon couvre-chef avec la bonne main en prononçant les bons mots. J'ai appris à changer de tenue et à ranger mon armoire de façon réglementaire en moins d'une minute trente. À défaire et refaire mon paquetage en pleine nuit, sous la pluie. À récurer à fond des toilettes rutilantes, déjà récurées à fond par le bizuth précédent. Sans moufter.

Un soir, j'ai même servi de « plastron » pour une simulation de disparition d'enfant : la môme, c'était moi, tenue de me cacher assez bien pour que personne ne me trouve pendant toute la durée de la battue, sous peine de devoir recommencer. À tous les coups tu perds : si t'es pas assez bien cachée, c'est sanction générale et répétition intégrale de l'exercice ; si t'es trop bien cachée, c'est détestation générale de tous tes petits camarades qui passent la nuit à te chercher, d'abord en t'appelant par le pseudo qui t'a été attribué pour l'occasion, et puis en finissant par t'insulter copieusement. Cette nuit-là j'ai découvert que plastron, c'est toujours une punition…

J'ai tout intégré, comme une bonne élève. Les usages et coutumes, depuis la manière de s'adresser à chacun en fonction de son grade, jusqu'au positionnement de la ridicule petite coiffe d'uniforme, dont j'ai appris que c'est un « postillon », et dont Martha s'est tellement gaussée. J'ai même réagi vertement à ce ricanement-là, parce que ça y est, en dix mois, j'ai chopé le virus sournois dont tout le monde est atteint ici à plus ou moins grande envergure : l'esprit de corps, ça s'appelle. Franchement, je n'aurais jamais cru. Moi, les histoires de bandes, de meutes, d'appartenance à une grande famille, c'est pas tellement ma tasse de thé. J'ai déjà souvent la sensation d'avoir du mal à m'appartenir à moi-même, alors à un groupe… Et à un groupe rempli de gros machos ringards, encore moins !

Mais quand même, ça m'a attrapée, je ne sais pas trop comment. Je m'en suis vraiment rendu compte au procès Alègre : la fierté d'entendre les gendarmes détailler méticuleusement leur enquête, et de voir apparaître la toile d'araignée dans laquelle ils l'ont finalement empêtré jusqu'à obtention des aveux. Bien sûr, ils m'emmerdent, ces vieux cons, mais je les aime bien aussi. J'aime leur modestie, leur manière de ne jamais faire cavalier seul, la solidarité de groupe même si de l'intérieur, j'ai découvert leurs paniers de crabes. J'aime comment ils s'appuient les uns sur les autres pour faire avancer une enquête. L'attention réelle, sincère que portent la plupart d'entre eux à la population, et leur connaissance fine – bon, chacun sa définition de la finesse – du terrain. Et j'aime même la façon dont ils n'aiment pas les flics. Je sais, c'est inexplicable, mais on peut dire que je me suis vraiment fait choper : je suis gendarme, et j'aime l'être, n'en déplaise à ce connard de lieutenant-colonel Médart.

Je me souviendrai toujours de son petit sourire méprisant, entre sadique et salace, quand il m'a appelée dans son bureau pour me confier ma première « affaire ». Une histoire d'incendiaire récidiviste. C'est toujours une tannée, les histoires d'incendiaires : mobile flou, mode opératoire sournois, petits préjudices matériels mais gros dégâts collatéraux sur l'ambiance du voisinage. Quand tout le monde se met à soupçonner tout le monde et que les esprits s'enflamment eux aussi, l'ordre public – dont les gendarmes sont garants – peut vite partir en fumée. C'était exactement le cas de ce dossier : quelqu'un utilisait des cotons-tiges trempés dans de l'alcool à brûler pour mettre le feu aux portes d'entrée d'un quartier pavillonnaire qui était, du coup, au bord de l'implosion. On aurait même pu croire que Médart l'avait inventée juste pour moi, cette affaire-là, tellement elle était minable. Mais non. On n'imagine pas le nombre d'affaires misérables, triviales, que les gendarmes traitent chaque année. Des histoires bêtes à pleurer de vengeances mesquines, de jalousies de voisinage, de dénonciations sordides, de rapines dérisoires. On est drôlement loin du *Silence des agneaux*, c'est moi qui vous le dis ! Je crois que c'est ce qu'il voulait me faire expérimenter, Médart : la médiocrité de ma condition, et les milliards de kilomètres qui me séparent de Clarice Starling. Comme si j'avais besoin de lui pour le savoir...

J'ai pris le dossier et j'ai fait le boulot. Avec méthode et technique, comme je pense qu'on doit le faire, et avec le même sérieux que s'il s'agissait du dossier Alègre. Quand on tire un fil, on ne sait jamais sur quelle pelote on va tomber... J'ai commencé par faire un tableau, précis, où figuraient tous les incendies recensés, même le plus minime départ de feu, la date, l'heure, le taux de succès ou d'échec. Et puis un autre pour les données fonctionnelles et comportementales du quartier – qui part ou revient à quelle heure, par quel trajet, qui se gare où, etc. J'aime bien les tableaux, moi. Quand tout est tiré à quatre épingles, tu peux avoir une vision globale de la situation. Quelquefois, ça suffit pour que la réalité, que tu ne voyais pas, te saute aux yeux.

« Un peu comme le bordel de ta chambre ? Un bazar tiré à quatre épingles, qui te donne une vision globale de ton incapacité à ranger ? » Martha, c'est pas le moment... *« Peut-être que tu devrais faire des tableaux pour organiser ton armoire ? »* La ferme je te dis. *« Ou au moins, appliquer ta méthode infaillible pour mettre*

un peu d'ordre dans ton bureau ? T'as vu à quoi ça ressemble, là ? C'est réglementaire, tu crois ? »

Mon bureau est peut-être englouti sous les papiers, mais je sais parfaitement où retrouver chacun d'entre eux. Et un jour, j'aurai une grande explication avec ma jumelle préférée sur la compatibilité de son obsession des maisons tirées au cordeau avec l'invraisemblable imbroglio de son cerveau. Mais là, mon objectif, c'était l'incendiaire aux cotons-tiges.

Ce qui m'a sauté aux yeux une fois passées toutes les données à la moulinette, c'est la zone de réitération probable des incendies. Et, à chaque nouveau feu, la véhémence d'une des voisines, qui dépensait une énergie folle pour mettre aussi le feu aux esprits et organiser une fronde contre les « pouvoirs publics incapables » de juguler le « drame qui se prépare ».

En trois jours, c'était bouclé. J'ai transmis mes conclusions à la brigade concernée, qui a arrêté la suspecte, une esthéticienne en mal de reconnaissance, et obtenu ses aveux sans difficulté. Ce qui a permis à Médart de me « féliciter » avec toute la morgue dont il est capable :

— Bravo, Lacan ! Vous avez réussi à trouver la serial maquilleuse qui a mis le feu à son quartier. Il nous fallait bien la dextérité d'une bonne femme pour résoudre une affaire si délicate.

Je me suis dit que la meilleure réponse, c'était le silence. Alors il a insisté, forcément.

— Ça marche bien, l'intuition féminine, on dirait !

— C'est pas de l'intuition, mon colonel.

— De la chance, alors ?

— Non plus. C'est de la technique. De base.

Il est parti d'un grand éclat de rire, un peu forcé, et s'est exclamé bien fort pour que tout le monde l'entende aux alentours :

— Merci, Lacan ! Il était temps que vous arriviez pour nous initier aux techniques. « De base », comme vous dites.

— À votre service, mon colonel.

Évidemment, son petit cercle de buveurs de café a ri aussi. C'est le prix pour continuer à boire le café du matin dans le bureau du patron : rire à ses blagues, et si possible en rajouter une couche. De la bonne épaisseur. Ni trop fine pour ne pas paraître insignifiant, ni trop épaisse pour ne pas voler la vedette. Je suis très au courant : j'ai moi-même fait partie du club, à mon arrivée. J'avoue, ça m'a plutôt flattée. Je me suis dit qu'ils étaient contents de me voir, et qu'ils m'accueillaient avec sympathie. Mais il ne fallait pas être très futée pour comprendre qu'en fait, ce qu'ils aimaient le plus chez moi, c'était ma présence au milieu d'eux qui leur permettait à la fois de faire les paons pour savoir qui était le plus beau de la basse-cour et d'arriver ex æquo au concours d'allusions misogynes. Je pense que s'ils s'étaient vus, de l'extérieur, ils auraient eu honte : la plupart d'entre eux sont plutôt des braves types, pas méchants. Mais là, on aurait dit une bande de coqs affolés par la présence d'une poulette. La poulette a fini par se lasser de leur voler dans les plumes. Quand le roi de la basse-cour passait le coup de fil rituel pour me convier au café, j'osais ne pas décrocher mon téléphone. Il a insisté un peu et puis à un moment, il a arrêté d'appeler. Ça ne m'a pas manqué.

Après l'affaire des cotons-tiges, on m'a confié un dossier d'empoisonneur de lapins, une vengeance de voisinage cousue de fil blanc à la portée de n'importe quel gendarme débutant. Et puis une histoire de dépeceur de chiens pour laquelle je n'ai rien pu faire de mieux que ce qui avait déjà été fait. On m'a aussi demandé de dépiauter le journal intime d'une jeune fille portée disparue pour « savoir si elle avait pu se suicider ».

— Mais vous attendez quoi de moi sur un coup comme ça ?

— Je ne sais pas, une intuition…

— Pour les intuitions, essayez plutôt madame Irma !

Dans la semaine qui a suivi, un matin, en arrivant, j'ai trouvé sur mon bureau, posée bien en évidence, une jolie petite boule de cristal qui m'a bien fait rigoler. Même si je n'ai jamais réussi à savoir qui était le généreux donateur…

J'ai continué à travailler, ils ont continué à se marrer. Pas tous. Et surtout, pas les enquêteurs, qui ont commencé à m'appeler, d'un peu partout en France, pour mon plus grand bonheur : c'est exactement ce que j'espérais. Que le bouche-à-oreille fasse le boulot et que, petit à petit, tous les gendarmes de toutes les brigades sachent que j'existe, et que je peux les aider. Ils s'en foutent, eux, de « l'intuition féminine » et des couilles offensées de Médart. Ce qu'ils veulent, c'est boucler leur dossier. Trouver le coupable. Le choper, et l'envoyer au tribunal.

C'est comme ça que l'adjudant Jean-Michel Stéphane a atterri dans mon bureau. Un grand mec au regard sympathique. Mais fatigué. Mais sympathique. Je dirais la grosse quarantaine.

— Adjudant Stéphane, BR de Vire. J'ai entendu parler de vous et je me suis dit que vous pourriez peut-être…

— Bonjour, mon adjudant, asseyez-vous. Je vous offre un café ? Je vous préviens, il est dégueulasse.

— Je le connais, merci. Je vais m'en passer.

— Ou alors j'ai du thé ?

— Merci, ça ira.

Y'en a pas un qui boit du thé. Chaque fois, ça les fait marrer de me voir remplir ma petite bouilloire et siroter mon Black Léopard dans un des mugs débiles offerts par ma chère sœur. Depuis qu'on est étudiantes on joue à ce jeu-là : qui offrira le mug le plus con à l'autre, avec obligation morale de l'utiliser, quoi qu'il en coûte. Elle, en ce moment, elle est sur un collector de Miss poitrine farcie de Thann 1999 – si si, ça existe –, une merveille dégotée dans un vide-grenier l'été dernier, parfaitement en adéquation avec ses nouvelles activités. Comme quoi, le sixième sens des jumeaux, c'est pas que du pipeau… En représailles, elle m'a infligé un spécimen « mariage Lady Di-Prince Charles » de toute beauté, qui change de couleur sous l'effet de la chaleur. Autant dire que ça renforce immédiatement ma crédibilité auprès de mes collègues.

— Je suis venu déposer des scellés au labo. Comme j'ai un peu entendu parler de vous, j'en profite pour vous apporter un dossier que j'aimerais vous montrer. Y'a tellement d'hypothèses qu'on ne sait plus par quel bout l'attaquer…

Bonne idée, adjudant. Envoie-le ton dossier, il va peut-être m'aider à sortir de mon cagibi. On ne sait jamais, sur un coup de bol…

Il a extrait de sa sacoche une grosse chemise grise, remplie des documents habituels : rapport médico-légal, PV d'auditions, rapports d'expertises, PV de transport-constat', les photos de la scène de crime prises par les techniciens d'investigation criminelle…

— C'est un boucher de 47 ans qu'on a retrouvé poignardé de trente-sept coups de couteau dans son labo, en décembre dernier.

Décidément, c'est le mois de la boucherie, on dirait…

— Et je vous ai mis à part un bilan détaillé de toutes les hypothèses… Je peux vous les expliquer si vous voulez ?

— Surtout pas ! Je pars toujours sans a priori et sans suppositions…

— Elles ne sont pas si hasardeuses, pourtant.

— Je n'en doute pas ! Mais vous le dites vous-même : vous ne savez plus par quel bout prendre le dossier… Alors moi, je repars de zéro.

— Ça veut dire que vous pouvez m'aider ?

— Ben… J'espère que oui. Ça dépend de mon patron, faut qu'il m'y autorise.

— Nous on a fait tout ce qu'on pouvait, on a vraiment besoin de vous. Vous voulez que mon supérieur intervienne ?

— Non non, y'a pas de raison. Je vais lui demander, il vient d'arriver. On va être vite fixés… Vous m'attendez là ?

À la manière exaspérée dont il m'a crié « Entrez », j'ai tout de suite su que ça allait mal se passer. Il m'a toisée avec dédain, a écouté mon brief en prenant l'air affligé, et s'est fendu d'un petit hoquet persifleur quand j'ai eu fini mon exposé.

— Et vous croyez que s'ils n'ont rien trouvé, vous, vous allez trouver ?

— C'est pour ça qu'ils viennent me voir, mon colonel.

— Vous pensez être plus maline qu'une équipe expérimentée ?

— Plus maline, je ne sais pas. Mais mieux outillée, peut-être.

Il a levé les yeux au ciel.

— Je pourrais au moins essayer, ça serait une bonne manière d'être fixés.

Il a poussé un grand soupir, fait semblant de tapoter un truc sur son clavier d'ordinateur et annoncé son verdict, sans me regarder.

— C'est non. C'est une affaire trop grosse pour vous, vous n'êtes pas prête…

— Je pense que si, mon colonel.

— *Vous* pensez, et *je* décide.

— Tous mes protocoles sont prêts. Le seul moyen de savoir s'ils fonctionnent, c'est de les mettre en œuvre…

— Vous avez autre chose à faire que d'aller perdre votre temps – et le nôtre, donc – à Vire.

— Mais, mon co…

— J'ai dit non. Vous pouvez disposer.

L'adjudant Stéphane a compris à ma tête que c'était mort.

— Vous voulez que j'essaie ?

— Houlala, surtout pas. Il ne va pas se désavouer devant vous pour une « sous-bite à jupon »…

— Ah. On en est là ?

— J'en ai bien peur… Bon, je ne veux pas vous mettre en retard ni vous faire perdre votre temps. Merci d'avoir pensé à moi et peut-être à une prochaine fois ? Bonne chance pour votre enquête en tout cas… Si je change de supérieur, je vous fais signe…

Je l'ai reconduit jusqu'à l'ascenseur, et je suis allée chercher ma parka pour sortir respirer un peu et évacuer la rage avant qu'elle ne m'étouffe complètement. Il tombait des trombes. Je me suis réfugiée, comme souvent, sous la passerelle d'accès. Dans le Fort, c'est le seul endroit extérieur abrité. Un « coin fumeurs » où on peut reprendre son souffle – on n'est pas à une incohérence près – qui présente aussi l'intérêt majeur de permettre aux gendarmes qui bossent ici de rencontrer des gens de différents services, de se mélanger pour cloper, tous grades confondus, et de temps en temps de glaner de précieuses informations qui circulent beaucoup mieux que par les canaux officiels. Heureusement, ce matin-là, j'étais la seule à braver la flotte. J'ai pu grelotter tranquille, le temps que la pression redescende.

Quand je suis rentrée, j'ai trouvé, posé bien en évidence sur mon bureau, à côté de ma boule de cristal, le gros dossier de l'adjudant Stéphane. Et, sur la couverture grise, un petit Post-it jaune vif qui me faisait de l'œil : *« C'est idiot, je l'ai oublié… faites-en bon usage et appelez-moi quand vous voulez. Jean-Michel Stéphane. »*

OK, Jean-Mimi. Tu veux jouer ?

5

« Le 17 décembre 2001 à 7 h 10, nous sommes avisés d'une découverte de cadavre dans une boucherie au Reculey (14). Nous nous transportons immédiatement sur les lieux où nous arrivons à 7 h 15.

À notre arrivée sont présents Routin Gérard, maire du village ; Antounin Juliette, employée de la boucherie ; Rolin Alain, boulanger.

Dans le laboratoire de la boucherie, nous constatons la présence du corps sans vie de M. Courchon Étienne, le propriétaire, visiblement lardé de nombreux coups de couteau. Il gît sur le sol de son établissement, sur le dos, jambes croisées. Le corps de M. Courchon Étienne a été découvert à 6 h 40 par son employée, Antounin Juliette, qui est entrée par le magasin donnant sur la place, dont elle possède la clé, pour prendre son service. En ouvrant la porte intérieure du magasin accédant au laboratoire, elle a été saisie par la scène et s'est réfugiée dans la boulangerie de Rolin Alain, sise sur la place. Ce dernier a appelé Routin Gérard, qui s'est transporté sur les lieux. Tous les deux ont retourné le corps, pour voir s'il était encore vivant, avant de nous alerter. »

Dans un album en plastique noir, la scène de crime est détaillée, une photo après l'autre classées chronologiquement depuis l'entrée. C'est le carnage : au centre de la pièce, sur le carrelage blanc, une flaque, une mare même, encore rouge vif, et le cadavre gisant au milieu de tout ce sang.

Au-dessus de lui, suspendue à un crochet, une carcasse de cochon, tête en bas mais sans tête. La tête, elle, est posée bien proprement sur une table du fond, à côté d'une autre tête, de veau on dirait. Comme si elles étaient spectatrices de ce qui s'est passé. Atroce.

Il y a aussi, suspendue le long d'un mur, une étrange guirlande de trucs bizarres, beigeasses et gluants, qui ressemblent à des zizis en train de sécher. Malaise, et légère envie de vomir. T'es pas bien, Mina, de penser à des trucs pareils en regardant une scène de crime ?

Les photos suivantes zooment sur un putain de gros couteau, pas très long, à lame extra-large, qui traîne dans le sang. Et puis, à la gauche du cadavre, pas loin de sa tête, un seau renversé, qui devait contenir du sang lui aussi. C'est pour ça, la mare : à celui de la victime, il faut ajouter le sang contenu dans ce seau. Tout autour, des traces de pas, rouges sur blanc, comme si le village entier avait défilé. Bon courage pour retrouver des empreintes lisibles au milieu de ce merdier…

« Au cours de nos constatations, le Dr Armi, médecin légiste, s'est présenté sur les lieux avec son assistant. Il a procédé en notre présence à l'étude sommaire des blessures.

La température du corps prise dans la plaie abdominale est de 27 °C. On relève la présence de plusieurs plaies par entailles, essentiellement localisées sur la partie gauche du corps. Sur toute la partie avant (buste, abdomen, flanc, cou), 14 lésions sont recensées. La principale a provoqué une éviscération au niveau de l'abdomen. Les mains et les bras sont également entaillés. Selon le médecin, les lésions ont été provoquées par une arme blanche très tranchante.

Lors de son examen, le corps a été retourné. Cette manœuvre a permis de révéler la présence de plusieurs autres entailles dans le dos, au moins 3, dont une très profonde entre les omoplates. Le corps étant recouvert de sang, il est difficile de dénombrer les plaies et de procéder à leur observation détaillée. »

Quelle dégueulasserie. J'imagine l'état des collègues qui se sont retrouvés là. Je sais bien que j'ai choisi ce métier, de tout mon être, et qu'il implique d'être exposé à des scènes d'une grande violence. Mais je pense que ce sera toujours une épreuve pour moi. Déjà, rien que les photos me donnent la rage, alors quand ça sera à mon tour d'être sur place… Comment un être humain peut-il infliger ça à un autre être humain ? Et pourquoi ? J'espère qu'on va finir par le savoir… Et que je comprendrai, un jour, ce qui se passe dans la tête des assassins…

— Je peux vous parler ?

La vache. J'étais tellement absorbée que je ne l'ai pas entendu arriver. La trouille de ma vie ! J'ai cru que c'était Médart. Prise en flag de désobéissance caractérisée et je suis morte. Immédiatement.

C'est pas Médart, c'est Chatoux. Maxime Chatoux, lieutenant comme moi-même je devrais l'être si Médart ne s'appuyait pas sur mon statut un peu particulier pour me maintenir avec délectation au grade de sous-lieutenant, normalement réservé aux presque diplômés. Chatoux dirige Anacrim, le service d'analyse criminelle, mitoyen de mon petit bureau, constitué d'une bande de jeunes sous-officiers d'à peu près mon âge, plutôt avenants et sympas à mon égard, avec qui j'entretiens des relations qu'on pourrait qualifier d'égalitaires, normales et fluides. Il fait partie de ceux qui ne sont jamais invités à boire le café, et je l'ai déjà repéré, plusieurs fois, en train de se retenir de sourire non pas aux blagues de nos congénères, mais plutôt aux réponses acidulées que je m'efforce de leur renvoyer à la figure.

Parle-moi, Chatoux, je ne demande que ça, qu'on me parle ! Mais qu'on me parle vraiment, de trucs qui m'intéressent.

— Le temps de ranger tout ça, et je suis à vous.

Heureusement, la couverture du dossier gris ne porte aucune mention. Il ressemble à n'importe lequel des autres dossiers, résolus, sur lesquels je bosse depuis des mois pour créer mes protocoles. Mais quand même, j'ai intérêt à être plus vigilante, des fois que Médart aurait l'idée bizarre de s'intéresser enfin à mon boulot...

— Un petit thé ?

— Heu... Non merci.

Ben tiens. Ça m'aurait étonnée.

— Voilà, c'est mon père qui m'a appelé...

— Votre père ?

— Enfin, pas mon père, un ami de mon père... Mon père est colonel, il a pris sa retraite il y a quelques mois, mais il a gardé des potes, vous voyez ?

— Je vois. Mon père aussi a plein de potes, vous ne pouvez même pas imaginer !

Il se marre. Et se détend un peu. Du coup, moi aussi.

— Alors voilà, ça se passe en Bretagne, dans le Morbihan plus exactement.

— Vous êtes breton ?

— Gendarmes *et* bretons, depuis au moins l'invention de la maréchaussée, je crois bien ! C'est une affaire d'enlèvement d'enfant un peu bizarre, avec branle-bas de combat, intervention du GIGN et tout le tintouin... Le petit vient d'être retrouvé, sain et sauf, après deux jours de recherches. Et ils ont identifié l'auteur à partir de l'enquête téléphonique. Il est en garde à vue depuis hier soir, mais il refuse de dire quoi que ce soit. Il ne sait pas qu'ils ont récupéré le môme. Tout le monde est après lui mais pas moyen de le faire avouer, ni du coup de retracer ce qui s'est passé...

— Médart est d'accord pour que je regarde ?

— Oui, enfin, je sais pas...

— Parce que j'ai de bonnes raisons de penser qu'il va s'y opposer.

— Écoutez, regardez. Si vous croyez que vous pouvez faire quelque chose, je vous démerde le coup.

— Vous me démerdez le coup ? Alors là, ça serait un miracle…

— Bon, en fait, mon père le connaît bien, alors il ne pourra pas lui refuser…

— Rien que pour voir ça, je vais regarder… Mais je ne vous promets rien, hein ? Comme ça, à partir d'un dossier, sans avoir rien vu ni personne, c'est un peu…

— Acrobatique ?

— Voilà. Acrobatique.

— Je sais. Mais il m'a semblé que vous vous défendiez pas mal, en acrobaties.

En même temps qu'il les prononce, nous entendons lui et moi comment ces mots peuvent eux aussi contenir la petite pincée salace dont nos confrères sont friands. Ses joues rougissent d'un coup.

— Enfin, je veux dire… Je ne voulais pas…

Trop mignon !

— Ne vous inquiétez pas, j'ai bien compris…

— Je suis désolé.

— Il n'y a vraiment pas de quoi. Vous savez bien qu'en la matière, c'est l'intention qui compte.

Il dérougit un peu, avant de s'enfuir vite fait bien fait.

En effet, ça a l'air d'une drôle d'histoire. Un nourrisson de trois mois, enlevé dans le jardin de sa nounou, avec demande de rançon. Finalement ce sont les gendarmes qui l'ont retrouvé par enquête de voisinage, caché dans une maison de vacances à la porte fracturée. Ils ont aussi tracé le suspect à partir de ses appels et de ses bornages téléphoniques. Trentenaire, chauffeur-livreur à la ramasse, criblé de dettes, fraîchement séparé de la nounou du bébé. Il essaie de leur faire croire qu'il sait comment les aider à retrouver le petit… Tu m'étonnes qu'il n'avoue rien… Tant qu'il se tait, il est le centre du monde, et il a les cartes en main… D'après les éléments dont je dispose, je suis quasiment sûre que j'y arriverais, moi, à le décoincer. À condition qu'on me laisse lui parler.

Je vais expliquer ça à Chatoux.

— Moi, ce que je ferais, c'est d'abord le laisser mariner un bon moment tout seul, histoire qu'il croie qu'on se désintéresse complètement de lui. Après vous lui envoyez un bleu, de mon genre, qui se débrouille pour faire un peu copain-copain sur le mode « c'est facile pour personne » et « si vous voulez, je vous aide à dire ce que vous avez à dire et j'essaie de transmettre à qui de droit ».

— Vous croyez que ça marcherait ?

— Je suis quasiment sûre que oui. Si le bleu en question se débrouille bien.

— Vous sauriez faire ça ?

— Ben oui. Mais c'est dans le Morbihan.

— Ben oui. Mais c'est des potes de mon père...

— Ah.

— Cinq heures de route, ça lui laisse juste le temps de bien mariner... Vous n'avez rien de prévu ce soir ?

— Non, enfin... Rien qui ne soit annulable...

— Vous me laissez dix minutes ?

Je ne sais pas qui a appelé qui, mais une demi-heure plus tard, Maxime est de retour dans mon bureau.

— Bon, on y va ?

— On ? Vous partez avec moi ?

— J'ai posé deux jours pour vous accompagner, à titre bénévole. C'est quand même moi qui vous ai mise dans ce pétrin...

— Gros pétrin ?

— Il s'en remettra !

Le temps de mettre sous clé mon précieux dossier gris, et de passer chez moi prendre un petit paquetage, on lève le camp. En partant, on croise Médart dans le couloir. Vert de rage. Et puis on file, comme deux mômes qui se font la belle au nez et à la barbe du surveillant général, vers la gendarmerie d'Étel, Morbihan, où nous attend le suspect. Le GIGN et nos collègues bretons, soulagés d'avoir retrouvé le bébé, ont accepté de garder le mec au frais jusqu'à notre arrivée, après que le parquet a prolongé la garde à vue. Et moi, j'ai un peu l'impression que ma vraie vie va enfin commencer.

6

— Ils sont partis vos chefs ?

— Quels chefs ?

— Ben, les officiers, le GIGN et tout ça… Ça fait des heures que j'appelle pour leur parler, mais personne ne répond.

— Vous voulez leur dire quoi ?

— J'ai réfléchi, je crois que je sais comment les aider à retrouver le môme.

— Ils l'ont retrouvé.

Il blêmit. Son visage, déjà marqué par la fatigue des deux derniers jours, s'affaisse d'un coup et ressemble à une serpillière. Je lui explique que je sors juste de l'école, que je ne connais pas très bien le dossier, et qu'on m'a demandé de l'interroger mais je ne sais pas trop sur quoi.

— Ils se foutent de ma gueule ?

— Non. De *ma* gueule.

— Je voudrais parler à un supérieur.

— Moi aussi. Mais pour les attraper, il faut se lever tôt.

Après, tout file comme sur des roulettes. Il dit :

— C'est toujours la même chose, hein ? Toujours les mêmes qu'on respecte, qui s'en sortent, qui tirent leur épingle du jeu…

Je me fends d'une mimique de connivence, et il s'engouffre bien gentiment dans la brèche. Tout y passe : les salauds de patrons, l'injustice des impôts, les femmes qui n'y comprennent rien, les erreurs de la CAF, l'incompétence du président de la République, les femmes qui n'y comprennent rien, ses parents qui l'ont laissé tomber, ses potes qui ne répondent plus au téléphone, le proprio qui refuse de voir pourquoi il ne peut plus payer son loyer, les femmes qui n'y comprennent rien, les femmes qui n'y comprennent rien…

— Je vous comprends, moi.

Je le comprends, mes fesses. Peu de gens au bout du rouleau sont capables de se raconter que la solution est d'enlever un bébé. J'entends son désespoir, bien sûr. Je suis même sidérée de constater à quel point le mec, qui a quand même mis tout le Morbihan sens dessus dessous pendant deux jours, sans compter l'état d'angoisse dans lequel il a plongé les pauvres parents du petit, est, une fois encore, un type sans envergure, et finalement très insignifiant. Comment a-t-il pu imaginer un instant qu'il allait s'en sortir ?

Et maintenant, il est convaincu que les femmes n'y comprennent rien, sauf moi. Peut-être parce qu'avec ma *baby face*, je n'ai pas tellement l'air d'une femme ?

— Si vous m'expliquez tout en détail, je pourrai vous aider à leur expliquer à eux.

Je le sens se détendre, d'un coup. Et j'ai l'impression qu'une onde de fatigue absolue prend possession de lui. À mon avis, il est prêt.

— Écoutez… Ils savent que c'est vous qui avez pris l'enfant, mais ce qu'ils ne pigent pas, c'est pourquoi vous avez fait ça. Moi, avec tout ce que vous venez de me dire, je crois que je peux imaginer…

Il pousse un énorme soupir et se met à pleurer, doucement.

— Je ne voulais pas lui faire de mal.

— Vous ne lui avez pas fait de mal. Il va bien.

— Je pensais que ça pouvait tout arranger.

Et voilà, déballe, mon gars. Cette fois-ci dans le bon ordre, et c'est limpide. Complètement stupide, mais limpide. Les ennuis se sont accumulés ces derniers mois : chômage partiel, loyers impayés, faute professionnelle…

— J'étais à cran, vous comprenez ?

Mise à pied, picole avec les potes, avis d'huissier, re-picole avec les potes, exaspération de sa nana, engueulades, dégringolade, rupture. Et, au bout du rouleau, surgie de ce magma misérable, *LA* solution : il enlève le bébé gardé par son ex.

— Sans lui faire de mal, hein ! J'adore les enfants, moi... D'ailleurs, on parlait d'en avoir un ensemble.

Il empoche la rançon qui le remet à flot, et il se débrouille pour retrouver le bébé, tel un héros, histoire de redorer son blason aux yeux de sa belle. Non mais franchement, on se demande pourquoi ça n'a pas marché...

Je lui dis qu'il a raison de raconter la vérité et que, pour ce qui va suivre, il aura tout intérêt à continuer. Et puis je le confie à mes collègues. Maxime m'a attendue pendant tout ce temps. Quand on sort enfin de la gendarmerie, je suis rincée. La nuit est tombée et le vent souffle fort. En respirant les odeurs de mer, je me souviens qu'on est en Bretagne. Il me regarde en souriant, avant d'esquisser de discrets applaudissements.

— Alors là, chapeau ! Vous vous êtes super bien débrouillée !

— On peut peut-être se tutoyer, non ?

— Avec plaisir.

— Et donc, dans la famille Déglingos, je demande... L'ex ! C'est dingue, non ?

— Complètement con surtout. Kidnapper un bébé pour récupérer sa chérie en s'en mettant plein les poches au passage, faut être bien « déglingos », comme tu dis, pour imaginer un truc pareil.

— Surtout que quand elle va l'apprendre, ça m'étonnerait qu'elle vienne le voir au parloir.

Il se marre.

— Bon, on se trouve une galette saucisse, avant qu'il ne soit trop tard ?

On passe une bonne soirée, à manger des crêpes – « pas des crêpes, des galettes, je te dis » – en buvant du cidre. On se refait tout le film du kidnappeur, et après, on se dit tout le mal qu'on pense de Médart, qu'il ne peut pas saquer non plus.

— Mais c'est un copain de ton père ?

— Pas un copain. Un ancien collègue. Et même un ancien subordonné, pour être plus précis. Il a été sous les ordres de mon père pendant plusieurs années, quand ils étaient en poste à Lorient. Je crois qu'il l'admirait pas mal.

— Et ton père, il en pense quoi ?

— Mon père, il ne parle jamais de ça avec moi. Et c'est tant mieux.

Je suis à deux doigts de lui déballer Courchon, mais une petite voix me dit que ce n'est pas forcément une bonne idée. Alors je l'écoute, lui, me raconter un peu son enfance bretonne, sa vocation depuis toujours d'être gendarme, comme son père et ses aïeuls ; son parcours tout tracé, sans obstacle.

— Je sais que ça a l'air chiant comme ça, mais c'est ma vie, et elle me va.

— Pourquoi chiant ? C'est super d'avoir une vocation !

Je raconte la mienne. Mon coup de foudre pour Clarice Starling. Et puis aussi un peu mon enfance banlieusarde, ma folle de Martha, notre mère graphologue, notre père psychanalyste.

— Freudien.

— Avec un nom pareil, ça se pose là.

— Tu m'étonnes. Surtout que son prénom, c'est Simon !

— Simon Lacan ? Oh, la vache, il a un sacré karma, le papa !

C'est le premier mec du boulot à qui je parle autant de moi. À l'aller, dans la voiture, on ne s'était presque rien dit. C'est toujours un peu gênant, je trouve, ce genre de promiscuité, dans ce genre de situation.

« "Ce genre de promiscuité dans ce genre de situation ?" Tu plaisantes, Mina ? »

Surtout avec la voix de Martha dans la tête.

« Tu crois pas que tu pourrais faire un effort de conversation ? » Ta gueule. « C'est quoi ? Il est trop mignon ? Trop sympa ? Tu

préférerais qu'il soit moche et con, comme les autres ? » Martha, je t'ai demandé de la fermer, une bonne fois pour toutes. Oui, je vais discuter avec lui, mais non, pas maintenant. C'est pas le moment. « Pas le moment, pas le moment. T'as quoi d'autre à faire ? Parle-lui, bon sang ! »

J'avais bien essayé, mais je n'y étais pas trop arrivée. Et lui non plus d'ailleurs. Alors, on a discuté de l'Anacrim, dont il a hérité sans passion.

— Je voulais être en section de recherche, comme mon père.

— Il a beaucoup enquêté ?

— Et comment. Il s'est même coltiné l'affaire Ranucci.

— Ranucci ? Eh ben… Vous vous en souvenez ?

— Non, j'étais bébé. On habitait à Nice. Mais lui, je peux vous dire, il s'en souvient. À vie…

— Et alors, comment vous vous êtes retrouvé à l'Anacrim ?

— Ma première affectation, en sortant de Melun. Je suis arrivé à reculons, et puis ça m'a chopé. Gravement, même. Vous avez vu le tableau, derrière mon bureau ?

Bien sûr que je l'ai vu. Mais je n'ai pas encore osé entrer pour m'approcher : c'est la « toile d'araignée » de Patrice Alègre. Tous ses schémas relationnels, imbriqués les uns dans les autres, qui permettent normalement de regarder le dossier sous un autre angle, à partir d'une multitude d'éléments objectifs qu'un cerveau humain, et même surhumain, serait incapable de traiter simultanément. Je lui raconte un peu ma « rencontre » avec le fauve, et comment ça m'a secouée.

— Ça ne m'étonne pas. C'est une vraie mygale ce type-là. Et j'espère qu'on arrivera à trouver les autres victimes, dont il n'a pas parlé.

— Vous êtes toujours dessus ?

— Et comment. Je vous montrerai si vous voulez.

— Un peu que je veux !

Après, on s'est tus. J'ai passé une bonne partie du trajet à me demander s'il connaissait beaucoup de nanas dotées d'une cinglée qui parlait dans leur tête. Ou ce qu'il penserait s'il découvrait que c'est mon cas.

Mais là, dans la crêperie, après ma première garde à vue qui finit bien et quelques bolées de cidre, tout est plus fluide et plus simple. Plus on fait connaissance, et plus on se rend compte qu'on se ressemble pas mal, sur beaucoup de points.

— On va fermer, m'sieur-dame…

— Tu es mon invitée.

— Mais non, y'a pas de raison !

— Tu es sur mes terres, et en plus, c'est moi qui t'ai embarquée jusqu'ici.

L'hôtel que la brigade a réservé pour moi est à deux pas.

— Bon ben, bonne nuit alors ! Moi je vais dormir chez papa-maman !

— Ils habitent loin ?

— À Berringue, quelques kilomètres à peine, sur la ria.

— La ria ?

— C'est comme ça qu'on appelle l'estuaire de la rivière, ici. Super beau. Je te montrerai, demain en repartant. Tu vas craquer, c'est sûr !

En arrivant dans ma chambre, une fois la porte fermée derrière moi, je sens les larmes monter sans prévenir. Je laisse couler, comme Martha m'a appris à faire, en essayant d'identifier le flot qui sort de moi : la tension de braver la colère de Médart, la pression de devoir obtenir ces aveux, la fierté d'y être arrivée, et la fatigue d'une journée marathon que je n'imaginais pas quand mon réveil a sonné ce matin à Rosny. Je me pose sur mon lit, et je m'affaisse comme le soufflé au fromage de ma grand-mère, gonflé à bloc quand il sort du four et tout raplapla quand il arrive sur la table. Déjà dans un demi-sommeil, je me dis qu'il faudrait que j'essaie avec des lardons. Ça doit être bon, un soufflé aux lardons.

Le lendemain, Maxime est venu me chercher. On est repassés à la gendarmerie pour être sûrs que tout était OK : le kidnappeur avait réitéré ses aveux, il était en train de signer son PV d'audition. Ils n'avaient plus besoin de nous.

— Ils auraient quand même pu te remercier…

— T'inquiète, faut que je m'habitue.

— Que tu t'habitues à quoi ?

— D'après ce que j'ai lu, grand classique de la profession : c'est jamais grâce à toi si ça marche, mais c'est toujours ta faute si ça foire !

Comme promis, on a fait un petit détour par la ria. Il avait raison, c'est sublime. On s'est arrêtés pour boire un café dans un resto tenu par une vieille Bretonne qui appelle Maxime par son prénom. La vue est à couper le souffle : au milieu du bleu, une petite île sur laquelle est posée une maison qui semble sourire, comme dans les dessins d'enfant. Il m'a montré la direction de la grosse baraque familiale, sur la rive d'en face.

— Ça doit être quelque chose, de grandir dans autant de beauté !

— Et comment ! Faudra que tu reviennes, un jour. Je t'emmènerai en bateau, tu verras.

On a repris la route en chantant tout le répertoire de Radio Nostalgie, à tue-tête, en chœur et en rigolant. Et puis on est rentrés à Rosny.

7

— Comment ça, « et puis on est rentrés à Rosny » ? Vous avez passé tout le trajet de retour à chanter ?

— Heu, non. Je ne crois pas.

— Mais alors, vous avez parlé de quoi ?

— Je ne sais pas, moi. De tout. De rien. Mais qu'est-ce que ça peut te faire d'abord ?

— Ça peut me faire que quand ma sœur rencontre *enfin* un mec cool, j'ai envie de savoir ce qui s'est passé.

— Il ne s'est rien passé, je te dis.

Une plombe qu'elle me bassine avec « le beau Maxime », comme si c'était l'info de la semaine. Quand je l'ai appelée pour lui raconter ma première garde à vue, les aveux et tout le tintouin, elle m'a à peine écoutée.

— Et Radio Nostalgie, on en parle ?

— Radio Nostalgie, il aime autant que moi. À nous deux, on connaissait quasiment toutes les chansons.

Je n'en reviens pas qu'elle ne se rende pas compte à quel point c'est important pour moi. J'ai un peu insisté en lui parlant de « mon » suspect.

— Oui bon enfin, c'est pas Alègre non plus.

— Mais c'est quand même moi qui l'ai fait avouer.

— Bravo, Mina. Je suis fière de toi. Mais parle-moi plutôt du beau Maxime, c'est beaucoup plus passionnant.

Je ne sais pas pourquoi c'est si important pour elle que je trouve un mec. On dirait que ma vie en dépend. Mais c'est pas demain la veille que ma vie dépendra d'un mec, ça, je le garantis. Quand je vois le bazar que ça a fichu dans la sienne, l'arrivée de Géronimo ! Et puis avoir une histoire avec un gendarme, si sympa soit-il, non merci. De toute façon, je n'en ai pas besoin, moi, « d'histoires ». Ce que je veux, c'est contribuer à mettre hors d'état de nuire de bons gros salopards. Et me débrouiller de mieux en mieux avec ça.

En revanche, ce dont j'ai besoin de toute urgence, c'est d'une initiation à la coutellerie professionnelle, par un expert boucher.

— Bon alors, je ne peux pas trop te raconter pourquoi, mais il faudrait que tu m'expliques, en détail, le nom et l'utilité de tous les couteaux et autres outils contondants qu'on trouve dans une boucherie.

— Comment ça, tu ne peux pas me raconter ? Mais je veux savoir, moi.

— Secret professionnel…

— Professionnel ou pas, y'a pas de secret entre nous.

— Ça te va bien de dire ça.

— Quoi ?

— Je te rappelle que je viens d'apprendre que tu es bouchère depuis six mois.

— Oui, mais ça, c'est pas pareil.

— T'as raison. Ça, ça ne relève pas d'un secret d'instruction.

— Bon, OK. Mais tu me diras ?

— Dès que je pourrai.

Je n'aurais jamais imaginé qu'il y en avait tant, des couteaux de boucherie… À découper, à désosser, à saigner, à dénerver, à dépouiller, à parer… Avec des lames rigides, semi-flexibles, flexibles. Sans compter l'énorme couperet, qui se différencie de la feuille par son bout arrondi.

— Avec le bout du couperet, tu ne peux rien découper, alors qu'avec la feuille, si.

— Mais ça sert à quoi ?

— Ça sert à couper les pièces les plus dures : c'est un outil lourd, tu peux prendre de l'élan et trancher avec force. Si tu vises bien…

C'est quand même super bizarre d'imaginer Martha attaquer un quart de bœuf armée d'une énorme feuille de boucher… Je vais avoir besoin d'un peu de temps pour m'y faire, je crois…

— Mais moi, ce que je préfère, c'est désosser et dénerver. Là, tu prends une lame fine, souvent flexible ou semi-flexible, et tu entres dans la précision de l'anatomie. Un peu comme pour une autopsie, tu vois ? Une sorte de chorégraphie, une exploration, un voyage… Tout le contraire d'une « boucherie ». Tu avances avec respect et délicatesse, et tu reconnais chaque os, chaque muscle, chaque tendon…

— Mouais… Et donc, pour trucider un mec, tu utiliserais lequel, de tous ces couteaux ?

— Ben, ça dépend comment tu veux le trucider. Si tu veux le saigner proprement ou plutôt le massacrer.

— Plutôt le massacrer.

— Ah d'accord, carrément. Alors si tu veux le massacrer sauvagement, tu peux y aller à la feuille, mais il faut que tu aies de la force et qu'il ne se défende pas trop.

— Non, pas cette sauvagerie-là.

— Alors pour une efficacité sans sauvagerie visible, enfin, je me comprends, et toi aussi j'espère, je dirais un couteau à trancher. Lame longue, pas très large, un peu souple mais pas trop, bien pointue au bout. Le truc qui s'insère partout, quoi.

— OK. Merci.

— De rien.

— Et tu ne te blesses jamais ?

— Parle pas de malheur ! Ça ne m'est pas encore arrivé, mais il faut faire gaffe, évidemment. On a des gants de protection, tu sais ? Autrefois, c'était en maille de fer, comme les chevaliers du Moyen Âge. Mais maintenant, y'a le Kevlar, et puis d'autres matières super techniques, ça ressemble à du tissu mais ça résiste aux coupures. Enfin, jusqu'à un certain point.

— Fais quand même gaffe, hein ?

— T'inquiète.

Il n'y a pas dix ans, on était encore des petites filles qui adoraient se déguiser et voilà qu'aujourd'hui, on barbote dans le sang…

— Mina…

Houla, j'aime pas trop, moi, quand elle me parle sur ce ton-là en me regardant avec ces yeux-là.

— Ça n'a rien à voir, tu sais ?

— Rien à voir quoi ?

— Rien à voir, tes massacreurs, avec mon métier à moi. La boucherie, la vraie, pratiquée par les pros, c'est le contraire absolu de tes scènes de crime.

— Bon courage pour expliquer ça à maman.

Pas la peine de détailler ce qui traverse nos cerveaux respectifs : dans un même élan, ils se figent à l'idée qu'un jour, il faudra avouer à notre chère mère que ses filles ont quitté son sacro-saint droit chemin…

— Bon, en attendant, tu viendrais t'initier à la blanquette de veau, dimanche soir, à la maison ?

— Y'a des lardons, dans ta blanquette ?

— Des lardons dans la blanquette ? T'es pas folle ? Pourquoi des lardons ?

— Parce que j'adore les lardons.

— Depuis longtemps ?

— Depuis un moment.

— Ça alors… Comment tu as pu me cacher un truc pareil ?

— Comment tu as pu me cacher que t'étais bouchère ?

— OK. J'invite Anna et on lui annonce la couleur ?

— Bonne idée. Si ça se trouve, on va découvrir qu'elle est fan de steak tartare ?

— T'as goûté ? Moi j'adore.

— Euh… Pour le cru, je crois que je vais attendre encore un peu.

Surtout qu'en matière de boucherie, je suis loin d'être au bout de mes peines. J'ai ramené le dossier Courchon chez moi, histoire de pouvoir m'y replonger tranquille, tout étaler sur le tapis et remettre les pièces dans l'ordre. Enfin, dans mon ordre à moi. En m'appuyant sur les photos prises pendant l'autopsie, le PV d'assistance et les indications trouvées dans le PV de synthèse, j'ai observé les blessures avec minutie. C'est de là qu'il faut partir, je crois, en mettant de côté toutes les hypothèses et les spéculations. Si je comprends *comment* cet homme a été tué, ça me donnera des infos sur *qui* l'a tué.

Ça m'impressionne toujours, la différence entre les quantités de sang trouvées sur les scènes de crime et la taille des entailles qui les produisent : des petites « boutonnières » pas du tout spectaculaires, même quand elles sont hyper meurtrières… Là, on voit cinq coups dans l'abdomen – c'est souvent fatal, l'abdomen, si les organes vitaux sont touchés – et puis vingt-deux autres *« autour du flanc gauche »,* dont on distingue parfaitement les perforations, bien nettes. Vingt-deux, on peut appeler ça de l'acharnement. Ou de la rage. De la haine. De la peur aussi, peut-être ? Et pas vers le cœur mais dans le ventre. Ça veut dire un tête-à-tête, debout, et des coups qui partent d'en bas. Des tripes, quoi.

Si ça se trouve, la première attaque n'a pas eu lieu de dos, comme je le pensais, mais de face ? Les yeux dans les yeux. D'ailleurs, les mains et les avant-bras de Courchon sont entaillés : il a dû saisir la lame pour essayer d'empêcher son agresseur de continuer à le planter. Et puis il est tombé sur le dos. C'est là, par terre, qu'il a été attaqué au cou : cinq entailles pour chercher la jugulaire et la carotide, au hasard. Je ne sais pas s'il a eu la force de se retourner sur le ventre, ou s'il a été retourné, mais il a reçu encore deux coups à la nuque, et trois dans le dos. La signature évidente d'un amateur. Ou d'une énorme rage…

D'après le légiste, *« l'arme est un couteau dont la lame à deux fils lisses très affûtés mesure environ 10 centimètres de long et 3 centimètres de large à la garde »*. Mais ça ne le dérange pas d'indiquer un peu plus haut que six des coups portés au thorax sont très profonds, dont un de 12,8 centimètres. Comment une lame de 10 centimètres peut-elle provoquer une entaille de presque 13 ? Quand est-ce que les légistes vont admettre qu'ils ne sont pas en mesure de déterminer la nature d'une arme en fonction de la forme de la blessure ? Moi, je pense que c'est un couteau à longue lame – au moins 13 centimètres –, genre couteau à rôti, très bien aiguisé.

Aucune trace de l'arme du crime dans le dossier. Tous les couteaux présents, y compris celui trouvé à côté du cadavre, ont été expertisés mais aucun d'entre eux ne correspond aux blessures. Est-ce qu'ils ont vérifié si Courchon tenait un inventaire précis de son matériel ? Si ça se trouve, on pourrait identifier la lame manquante. À moins que l'assassin ne soit arrivé avec son propre couteau ? Statistiquement, il semblerait que si l'auteur utilise une arme trouvée sur place, il la laisse sur place, alors que s'il est venu avec, il la remporte.

« Heure supposée de la mort : moins de 12 heures. » Là au moins, le mec ne s'avance pas. Je sais très bien pourquoi, j'ai appris ça en crimino : on sait dater une mort à plus ou moins quatre heures, en fonction de tout un tas de paramètres qui m'avaient bien pris la tête – température du corps au moment où on le trouve, température intérieure, température extérieure, hygrométrie, et tutti quanti. Et dans ce cas précis, plus ou moins quatre heures, ça nous fait une belle jambe : Courchon a dû arriver au labo vers 3 heures, et son corps a été trouvé trois heures et demie plus tard…

Donc, si je résume les infos dont je dispose, on ne connaît pas l'heure précise à laquelle ça s'est passé. En revanche, au vu de l'état du corps, on peut s'interroger sur le lien qu'avait la victime avec son agresseur, puisque Courchon lui a vraisemblablement ouvert la porte – il faudrait étudier précisément les empreintes de pas relevées sur cette zone. On peut dire aussi que, vu l'acharnement dont il a fait preuve, ledit agresseur ne l'a pas seulement exécuté, mais plutôt massacré avec colère et rage. Que c'est quelqu'un qui ne sait pas où planter pour être efficace, ni reconnaître une agonie : il a eu besoin de piques de vérification pour être sûr que le boulot était bien achevé. Pas de mise en scène, de déshabillage glauque, de blessures humiliantes, pas de défiguration ni de dépersonnalisation : le mec n'est sans doute pas un pervers. Je pense qu'il est temps de passer tout ça dans ma moulinette.

8

Des mois et des mois de boulot à partir de ceux du FBI, revus et corrigés par bibi, des dizaines de dossiers résolus sur lesquels j'ai bossé et résultat : une vraie cata, mon tableau. Sur les trente-huit points que j'ai sériés, j'ai pu répondre à seulement sept questions. Et encore, pas sûre-sûre. *Type de crime et style d'homicide* : sans mobile apparent. *Intention primaire* : meurtre déterminé. *Risque de la victime* : a priori, bas, un boucher de campagne ne fait pas partie des gens exposés, comme les prostituées par exemple. *Risque de l'agresseur* : bas aussi, il a opéré de nuit, à une heure et dans un endroit où il avait peu de chance d'être dérangé. *Escalade* : je dirais aucune, c'est un assaut, sans escalade. *Temps du crime* : bref et matinal, ce qui sent la préméditation à plein nez. *Facteur lieu* : rien de hasardeux, c'est le seul endroit où on pouvait trouver Courchon à ce moment-là.

Ça commence mal. Peut-être parce que dans ma précipitation, j'ai un peu oublié que le b.a-ba, c'est d'apprendre à connaître la victime, avant de se fixer sur le coupable. Il est urgent que je me plonge dans les PV d'auditions, pour faire la connaissance d'Étienne Courchon et normalement, si je travaille bien, un profil d'auteur commencera à apparaître en creux.

Quarante-sept ans, 1,78 mètre, 72 kilos, crâne rasé et grosse moustache – penser à demander à Jean-Michel de m'envoyer une photo de lui vivant ; c'est insupportable de n'avoir comme image que ce visage au regard fixe, couvert de sang… Une fois divorcé, et une fois séparé, trois enfants dont deux qui habitent avec lui – François, 17 ans au moment du drame, charcutier diplômé et apprenti traiteur, employé dans l'entreprise familiale, et Aurélie, un an de plus, en terminale scientifique à Vire, excellente élève, elle envisage de faire médecine – et puis Mia, une petite dernière de 6 ans, qui vit avec sa mère à Anglet, au Pays basque. Visiblement, Courchon a très peu de contact avec elles, mais paie régulièrement une pension alimentaire. La mère des deux grands, Évelyne Navarre, est gérante d'un salon de coiffure à Vire. Elle vit en concubinage avec Alain Rolin, le boulanger voisin de la boucherie.

D'après leurs enfants, les ex-époux avaient des relations cordiales et sans accrocs. Courchon n'a pas très bien pris l'histoire avec le boulanger, ce qui a donné lieu à quelques épisodes un peu houleux, dont un cassage de gueule en bonne et due forme sur la place du village, il y a quelques années. Courchon a eu le dessus, Rolin n'a pas porté plainte, et depuis, rien à signaler. *« On ne peut pas dire que c'est le grand amour, mais ils ne se cherchent plus »*, confirme monsieur le maire.

Avec Sandrine Merlin, la mère de Mia, ça semble plus compliqué. D'après Aurélie, ils se sont rencontrés en 1991, lors de vacances au Pays basque. Courchon aurait eu une aventure avec elle, qui tenait le camping où ils étaient descendus. Aurélie pense que c'est cette histoire qui a mis fin au mariage de ses parents, ce que nie farouchement sa mère. Même en croisant l'audition de l'ex-femme avec celle du boulanger, des deux enfants et de Sandrine Merlin – que mes collègues sont allés auditionner à Pau –, on n'arrive pas à remettre les choses dans l'ordre : qui a trompé qui en premier ? Qui est parti d'abord ? Et surtout, qui en veut à qui et pour quelle raison ?

Donc, Courchon rencontre Sandrine Merlin en 1991. L'année suivante, il est en plein divorce, il retourne passer les vacances à Anglet avec ses enfants. Et les années qui suivent aussi. *« Notre père ne nous a rien dit jusqu'à la naissance de Mia, mais on n'est pas des idiots, on savait bien qu'on allait là-bas pour ça. »* François semble n'avoir pas beaucoup apprécié ni l'épisode basque, ni la nouvelle belle-mère. *« Il y a eu beaucoup d'histoires avec elle »*, confirme Aurélie. En 1995, elle est venue s'installer chez eux avec le nouveau-né. Le temps d'une année scolaire, avant de repartir définitivement à Anglet, où elle a repris la gérance du camping. *« Je n'ai jamais pu m'intégrer, ni dans la famille, ni dans la région, ni dans le milieu de la boucherie. »* Fin de l'histoire : Courchon s'acquitte chaque mois, par virement automatique, d'une pension alimentaire de 400 euros – quand même –, mais n'a plus de contact ni avec la mère ni avec la fille depuis qu'elles ont quitté la Normandie.

Bon, visiblement, c'est un peu moins simple que ça. D'après la BRD de Pau, la petite dame fréquente des individus aux casiers judiciaires bien chargés, tout à fait à même d'intimider de façon très efficace un boucher récalcitrant qui exigerait, par exemple, un droit de visite sur une enfant, ou qui rechignerait à payer une pension alimentaire. Aucune trace de ce genre d'incident dans le dossier, mis à part l'hostilité flagrante des deux aînés à propos de cette nouvelle branche de la famille. Il casse la gueule à son voisin qui couche avec son ex, mais laisse filer Sandrine Merlin et leur petite sans moufter ? Est-ce que c'est bien logique, cette histoire ?

D'après ses proches, Courchon est un homme charmant, mais secret et exigeant, le genre qui ne plaisante pas avec le boulot. Issu d'une famille modeste et parti de pas grand-chose, il est devenu patron au prix d'un travail acharné et sans concession. Ses employées le disent *« dur mais juste »*. Ses enfants le décrivent comme un père *« normal »*, qui travaille beaucoup et a peu de temps à leur consacrer. La comptable en charge de ses affaires témoigne que la boucherie était plus que prospère, surtout depuis que Courchon avait gagné les concours de la Véritable Andouille de Vire – mais bien sûr ! C'est ça, les zizis, sur les photos du labo ! Pourquoi je n'y ai pas pensé plus tôt ? Voilà à quoi ça mène, une enfance végétarienne : des trous béants dans la culture générale, notamment au rayon charcuterie…

Le monsieur est champion régional de l'andouille, mais aussi, mazette, Grand Maître de la Confrérie de l'Andouille de Vire Véritable – avec des majuscules à tous les mots, pour qu'on saisisse bien l'importance – qu'il a créée en octobre 1995. Y'a même une photo de groupe : soutanes, médailles, casquettes, étendard, écharpes en satin et tout le tintouin. Et ils en pensent quoi, les confrères ? Je veux dire, ceux qui n'ont pas droit à la médaille, et qui n'ont pas été estampillés « Véritable » ? Ça peut agacer, dans le *« milieu de la boucherie »*, comme dit Sandrine Merlin. Non ?

Si. Entre deux pages du dossier, je tombe sur la photocopie déjà un peu grisée – je ne sais pas pourquoi toutes les gendarmeries sont dotées de photocopieuses pourries, qui produisent des docs à la limite de la lisibilité – d'une coupure de *Paris Normandie* qui parle de *« la guerre fratricide entre la toute jeune Confrérie de l'Andouille de Vire Véritable et le vénérable et ancestral Ordre de l'Andouille »*. Fratricide, carrément. Là, c'est sûr, Martha va adorer. Il y a même un PV d'audition du président de l'Ordre, qui admet avoir eu de gros différends avec Courchon à propos de la manière de fabriquer et de promouvoir la précieuse spécialité.

Pour compléter le tableau, il semblerait qu'Étienne Courchon soit assez amateur de compagnie féminine, de préférence pas trop âgée. Dans son entourage, on ne trouve pas seulement Sandrine Merlin, qui a quinze ans de moins que lui, mais aussi une nuée de jeunes employées et apprenties – je suppose pourtant que, malgré la contribution toute fraîche de Martha, la moyenne nationale du nombre de femmes apprenties bouchères doit être assez faible –, et même la comptable, qui est née en 70. Du coup, un PV après l'autre, on découvre que Courchon a eu maille à partir avec quelques conjoints énervés. Et aussi une histoire assez obscure avec une certaine Cécile Chalon, 29 ans, embauchée pour tenir la boutique, dont on n'arrive pas à savoir si c'est lui qui l'a harcelée, ou si c'est elle qui l'a poursuivi de ses avances en espérant se hisser au rang de patronne. Tout ça s'est fini aux prud'hommes par une procédure initiée fin 99 et toujours pas jugée au moment de la mort de Courchon. C'est la seule dont parlent les enfants, sans savoir très bien de quoi il retourne. *« À un moment elle est venue faire le ménage chez nous, mais elle voulait tout régenter alors ça ne nous a pas plu, et à mon père non plus »*, explique François.

À cette nuée féminine, il faut encore ajouter la lettre d'un mystérieux champion d'orthographe reçue par le conjoint d'une des vendeuses quelques jours après le meurtre : *« t'ais plus cocu »* ; les déclarations embrouillées du mécanicien d'un garage voisin qui a assisté aux obsèques un gros bandage à la main droite – alibi validé : il s'est blessé en réparant un moteur –, et l'absence totale d'explications d'un routard qui s'est présenté à l'hôpital de Vire le jour du meurtre pour faire soigner des estafilades le long des avant-bras et sur les mains. Il est beau, celui-là, sûrement trop beau pour être vrai, mais faudrait quand même vérifier…

Et voilà comment on se fait déborder en deux temps trois mouvements par un dossier pléthorique, qui part dans tous les sens : j'ai réussi à être autant perdue que Jean-Michel et sa bande. Impossible de savoir où placer toutes ces infos dans mon tableau…

De toute façon, si je veux arriver à l'heure pour la blanquette, il est plus que temps de décaniller.

On a passé une soirée épatante, sous les toits de leur immeuble en pleine décrépitude. Géronimo a été adorable, les jumeaux se sont déchaînés pendant l'apéro avant d'aller se coucher sans protester pendant qu'Anna et moi, on mettait la table.

La tête qu'elle a faite quand Martha a soulevé le couvercle de la cocotte.

— C'est de la blanquette ?

— Comment tu reconnais la blanquette, toi ?

— Ben, je sais pas, enfin, j'en ai déjà vu. Dans les films.

Géronimo était mort de rire. Il nous a regardées nous dépatouiller, toutes les trois, avec nos petits mensonges végétariens. Je ne sais pas laquelle d'entre nous était la plus surprise : Anna qui découvrait que ses grandes sœurs étaient capables de transgresser la sacro-sainte religion familiale, ou nous qui réalisions que, dès qu'elle avait été en mesure de le faire, notre sœurette avait goûté avec délectation à tous les fruits les plus défendus. Enfin, « fruits », façon de parler…

— Belle-maman va en prendre un sacré coup quand elle va découvrir le pot aux roses !

— Tu veux dire le pot-au-feu, plutôt ?

On s'est marées toutes les trois, Anna nettement plus fort que Martha et moi. On sait bien, et Géronimo aussi visiblement, que la plus orthodoxe d'entre nous, la grande ordonnatrice de la détestation familiale de la viande, c'est notre mère. Et que chez les Lacan, c'est toujours plus facile d'approuver que de s'opposer aux certitudes maternelles.

Avant qu'on s'en aille, Martha m'a offert en grande pompe, emmailloté dans un torchon à carreaux rouge et blancs, style boucherie à l'ancienne, le catalogue de TB, *LA* marque prestigieuse de haute coutellerie française. Un petit bijou, rempli de photos et d'explications sur le nom et l'usage de chaque couteau. Une sorte de bible, quoi. J'étais émue qu'elle ait eu une si belle idée…

Comme il était tard, j'ai ramené Anna dormir dans mon pigeonnier, et nous nous sommes quittées lundi matin à l'aube, unies par notre secret. C'était la première fois, je crois, qu'on avait un truc à cacher aux parents toutes les trois ensemble. J'ai bien vu que ça lui faisait drôlement plaisir. À moi aussi.

9

Je suis partie à Rosny en me disant que même si elle était casse-bonbons comme la plus préado des préados de la Terre entière, Anna était une bien mignonne petite sœur qui gagnait à être connue.

Il m'a fallu moins d'une heure pour changer d'avis : j'ai découvert, en arrivant au bureau, qu'elle avait profité du moment où j'étais sous la douche pour bricoler mon téléphone. Je m'en suis rendu compte quand Lili m'a appelée pour me convoquer au déjeuner de dimanche prochain. Au lieu de la musique de *Mission impossible*, que j'avais mis une plombe à télécharger quand je l'ai achetée – *Mission impossible*, c'est la classe ! –, c'est la chanson de Pierre Perret, *Lily*, qui s'est mise à sonner. Fort à propos, je l'admets, mais quand même.

— Allô ? Tu vas bien, ma chérie ? Je ne te dérange pas longtemps. C'est pour te dire que je vous attends tous à la maison dimanche, vers midi.

— Dimanche ? Mais on n'est pas le premier dim…

— Je sais mais j'ai une grande nouvelle à vous annoncer.

— Allons bon. Tu te re-re-remaries ?

— Mina ! Tu ne vas pas me faire cette blague jusqu'à la fin de mes jours ?

— Au moins jusqu'à ton prochain mariage, non ?

— Tu verras, ma chérie. Tu seras là ?

— Bien sûr que je serai là ma Lili.

— Bon. À dimanche.

J'avais à peine raccroché que le téléphone recommençait à chanter. *Allô maman bobo*, cette fois-ci. Anna, je vais te tuer.

— Martha ? C'est maman.

— Je sais, maman, mais moi, c'est Mina.

— Oui, pardon, excuse-moi. Tu as eu ta grand-mère ?

— À l'instant.

— Tu sais ce qu'elle manigance ?

— Non. Je n'en ai pas la moindre idée. Mais j'ai du travail, là, maman...

— Bon bon, d'accord. Si tu as le moindre indice tu m'appelles, hein ?

— On verra dimanche.

— Mais dimanche, Martha, c'est dans longtemps.

— Mina. Moi, c'est Mina, maman.

— Oh, désolée, ma chérie. D'ailleurs tu sais où est Martha ? C'est une tannée pour la joindre depuis un moment...

Dans une minute trente, Martha m'appelle, c'est sûr.

Toi et moi contre le monde entier. Cloclo. Je vais la tuer.

J'étais en train d'essayer de re-régler cette saloperie de téléphone quand Médart est entré dans mon bureau.

— Vous me semblez très occupée, Lacan.

— Bonjour, mon colonel, je...

— J'ai deux mots à vous dire.

Voilà. Ça y est. Je suis foutue. Il a dû entendre parler de Courchon et je vais avoir droit à un savon d'anthologie. Voire, à une lettre d'observation qui va me suivre des années comme une odeur de salle d'autopsie. Ou même, si ça se trouve, à quelques jours d'arrêt, le temps de réfléchir ?

— Quand vous aurez fini de faire mumuse avec votre joujou dernier cri, rejoignez-nous dans mon bureau.

Nous ? Comment ça, nous ? Exécution en place publique, devant témoins ?

— J'ai une mission à vous confier.

Une mission, n'exagérons rien. Ça aurait été quand même étonnant que Médart change d'avis à mon égard et me mette, soudainement, sur un dossier de la plus haute importance. À notre retour de Bretagne, il n'avait fait aucun commentaire, absolument aucun, ni à Maxime ni à moi, sur le succès de notre entreprise. Et ce matin, en nous retrouvant tous les deux dans le bureau du chef, on ne s'attendait pas à l'affaire du siècle.

— Émile Louis, ça vous dit quelque chose ?

Ça serait quand même une faute grave, pour des gendarmes de notre génération, de ne pas savoir de qui il est question. Depuis 81, toute la France – Fabienne Lascaud comprise, c'est mon meilleur indic dans cette histoire – est suspendue aux rebondissements de l'affaire des « disparues de l'Yonne », et des aveux et rétractations du « boucher de l'Yonne », le monstrueux chauffeur de car impliqué dans l'assassinat d'au moins sept jeunes filles handicapées. Pour la gendarmerie, c'est un double drame : le mec a été arrêté et condamné une première fois pour agressions sexuelles sur mineurs, libéré, chopé une deuxième fois pour attentat à la pudeur, re-libéré, avant d'être arrêté une troisième fois dans le cadre de l'affaire des disparues, dont on a commencé à retrouver les ossements au fur et à mesure de ses révélations. Mais Émile Louis, c'est aussi le drame de l'adjudant-chef Christian Jambert, en charge de l'enquête, qui n'a pas réussi à se faire entendre de la justice et à confondre cet enfoiré malgré un dossier rempli de signaux d'alerte, et qui est mort il y a cinq ans dans des circonstances étranges, un « suicide » très contesté par sa famille.

Ces dernières semaines, ça a valsé chez les magistrats : plusieurs d'entre eux, en charge du dossier à un moment ou à un autre de leur carrière, ont été entendus pour s'expliquer sur les manquements et les lenteurs de procédure. Paix à l'âme de Jambert… Mais pour qu'il repose vraiment en toute quiétude, il faudrait aussi retrouver les corps des autres disparues.

Aux dernières nouvelles de radio Lascaud, qui m'a tenu la jambe ce week-end pendant au moins une demi-heure sur le sujet, on en est à dix-sept femmes évaporées dans la région, deux corps retrouvés et identifiés l'année dernière, et la possibilité d'en trouver d'autres ces jours prochains grâce à un super radar dernier cri dont j'ai effectivement entendu parler sous la passerelle, pas plus tard que vendredi dernier. Trop forte, la Lascaud… J'ai l'impression que Médart est moins bien informé qu'elle.

— Vous êtes au courant des dernières avancées de l'enquête ? Même si on a peu d'espoir de retrouver quoi que ce soit, il va falloir du monde pour creuser. Alors vous partez aider vos collègues de l'Yonne. C'est moins iodé que la Bretagne, mais on ne peut pas gagner à tous les coups, n'est-ce pas ?

— Bientôt ?

— Demain matin. Pour trois jours, au moins. Une épidémie de grippe a réduit l'effectif prévu. Ils ont besoin de renfort. Alors, Lacan, heureuse ? Vous allez enfin pouvoir côtoyer un serial killer, comme au cinéma ?

— Je vais surtout creuser, mon colonel.

— Ça fait partie du job, Lacan. Creuser, creuser… Et n'oubliez pas votre ciré.

En me laissant à la porte de mon bureau, Maxime, tout sourire, me lance un clin d'œil ravi :

— En route pour de nouvelles aventures !

Je cherche un truc à la fois cool et spirituel à lui répondre, histoire de ne pas me faire engueuler par Martha, mais mon téléphone, resté sur mon bureau, se met à chanter.

Mon vieux, de Daniel Guichard. Non mais quelle famille…

10

Ça, pour creuser, on creuse. En tant que cadres, on n'est pas vraiment censés le faire, mais plutôt que rester sous la pluie à regarder les collègues s'épuiser en attendant une hypothétique découverte, on a pris chacun une pelle, pour contribuer. La bonne nouvelle, c'est que comme il tombe des trombes depuis des jours, la terre est meuble. Très très meuble, même : on patauge dans la boue du matin au soir. La mauvaise nouvelle, c'est que comme il tombe des trombes depuis des jours, on est trempés au point que nos vêtements n'ont pas assez de la nuit pour sécher. Je me suis gavée des huiles essentielles soi-disant miraculeuses de ma bouchère de sœur – « si en plus, tu bois un petit verre de ton urine tous les matins, tu ne risques plus rien du tout », ça on verra une autre fois –, mais je ne suis pas certaine que ça va suffire à me protéger d'une crève carabinée.

Trois jours qu'on fourrage, en compagnie des membres de l'Institut de recherche criminelle, de la brigade fluviale et des sapeurs de l'armée de terre, sous les directives du juge d'instruction et le regard éteint du tueur. Le plus rageant, c'est d'observer ce salopard, extrait de sa cellule pour l'occasion, faire mumuse avec nos nerfs et avec nos muscles. C'est la seule chose un peu « intéressante » qui se passe dans sa vie, ces derniers mois, alors visiblement, il ne boude pas son plaisir.

On a discuté de ça avec le comanche en charge de la logistique de l'opération, hier soir, au mess, avant de tous aller se coucher histoire de récupérer un peu d'énergie. Pour le coup, ce surnom légèrement débile qu'on donne aux commandants lui va parfaitement, à lui : un vrai guerrier. Calme et déterminé. Il en a déblayé, des quintaux de terre, depuis le début de sa carrière, et surtout depuis qu'il a croisé la trajectoire d'Émile Louis : il en est à la cinquième fouille de grande envergure. Dont trois sans rien trouver. Il nous a raconté comment ils ont découvert les deux premières victimes de l'ogre, à quelques encablures à peine de nos fouilles du moment. On a bien senti que le mec, il avait beau en avoir vu des vertes et des pas mûres dans sa vie de gendarme, ça, il n'est pas près de l'oublier. Une petite fêlure dans sa voix, l'œil qui brille un peu trop et puis un léger temps de silence, avant de reprendre la conversation. Ça ne m'est encore jamais arrivé de retrouver un corps. Mais je les ai entendus, plusieurs fois, mes collègues qui racontent. Même ceux qui ont tendance à faire un peu les malins, sur ce coup-là, ils se calment. Instantanément. Parce qu'on n'est jamais vraiment préparé à la sauvagerie, je crois. C'est une situation horrible, toujours, de chercher quelque chose qu'on espère trouver au moins autant qu'on redoute de la trouver.

— Mais vous croyez qu'on pourrait en déterrer d'autres, là, juste à côté ? Vous aviez bien fouillé toute la zone, à l'époque ?

— On a déjà fouillé. À fond. Il les a enterrées quelque part, mais il y a tellement longtemps qu'on ne les trouvera plus. À moins d'un énorme coup de bol...

— Pourquoi on cherche alors, mon commandant ? C'est démesuré, tout ce dispositif, si vous êtes certain qu'il n'y a rien.

— On cherche d'abord par égard pour les familles des victimes. Pour pouvoir leur dire en les regardant droit dans les yeux qu'on a fait tout ce qu'on a pu.

— Mais elles savent, elles aussi, que c'est foutu...

— Même si elles savent, elles espèrent qu'elles se trompent. Et le juge aussi.

— Quand même, on a vraiment l'impression que la seule chose qu'on fait, depuis trois jours, c'est d'offrir une bonne petite récré à cet enfoiré qui nous balade tant qu'il peut. Vous l'avez interrogé, vous ?

— Des heures et des heures. Plus pervers, j'ai jamais vu. Y'avait de quoi devenir dingue, tellement ça sautait aux yeux qu'il prend son pied à être seul à savoir ; à nous balader d'aveux en rétractations ; à être au centre de toutes les attentions ; à nous servir les détails les plus abjects pour voir jusqu'où on tiendra le coup. J'espère qu'il ne le saura jamais, mais on est un bon paquet à en avoir perdu le sommeil, et plus d'une nuit…

Si Médart a cru me punir en m'envoyant ici, il s'est bien fourvoyé. D'abord parce que ça me fait du bien, d'avoir l'impression de faire partie de ce groupe. De ce corps, même, puissant et combatif, capable de déplacer des montagnes, et des tonnes de terre. Et puis ça me passionne, moi, d'écouter des mecs comme ce commandant. Et ça me fait bouillir, aussi. C'est exactement pour ça que j'ai étudié toutes ces années, que j'ai appris l'anglais et que je me suis ruinée pour pouvoir lire dans le texte les livres toujours pas traduits en français de Micki Pistorius, la première vraie profileuse de l'histoire, et ceux d'Ann Burgess, Robert Ressler et John Douglas, les cadors du FBI, sans compter les centaines de théières que j'ai éclusées en écoutant Lygia Négrier-Dormont nous raconter ses histoires de tueurs en série. Pour comprendre comment on peut les attraper, sans se faire attraper. Les balader sans se faire balader. Et débusquer les cadavres de leurs victimes sans qu'ils aient l'impression, une fois encore, d'avoir gagné.

Si Médart me laissait bosser, je suis certaine que je pourrais l'aider, moi, ce commandant. Peut-être qu'ensemble, on réussirait à faire avouer d'autres meurtres à Émile Louis. Peut-être qu'on pourrait retrouver ces corps dont il est sûr, et moi aussi, qu'on ne les retrouvera pas. J'ai passé mes deux dernières années d'études à potasser les techniques, à éplucher des centaines de PV de constatations, d'auditions, de rapports d'expertises scientifiques et criminalistiques, à décortiquer des photos de scènes de crime, des schémas, des croquis, des rapports d'autopsie… Je suis prête ! Je n'ai jamais été aussi prête de toute ma vie et il est plus que temps que mes compétences flambant neuves servent enfin à quelque chose.

On a tout remballé après quatre jours de fouilles éreintantes. Et vaines. Enfin, pas vaines, j'ai bien compris ce qu'a expliqué le comanche, et je sais qu'il faudra que je m'en souvienne, les années à venir. Parfois, on creuse seulement pour les familles. Et ça fait, aussi, partie du boulot. Mais je sais déjà que ça sera sans doute, pour moi, la partie la plus difficile à gérer.

Heureusement, on s'est aussi bien marrés. Normal. Tu regroupes dans un trou paumé vingt personnes bien fatiguées par une journée passée à faire un truc à la fois harassant et désespérant, le soir, ça dégaze ! Moi qui n'ai jamais trop aimé les ambiances colo ou voyages de classe, cette fois-ci, je me suis laissé faire. Avec Maxime et quelques joyeux camarades, on s'est lancés dans des parties de tarot endiablées, où il était surtout question de penser à autre chose. C'est hyper efficace, en fait. J'aurais dû m'y mettre plus tôt.

« C'est pas faute de te l'avoir dit, Mina. » Je sais, mais je savais pas. « Je te l'ai répété cent fois : quand tu sais pas, tu me demandes. Voire, tu m'écoutes. » OK, c'est bon, j'ai compris.

On est rentrés le vendredi soir, claqués, au son de Radio Nostalgie. Au moment de se séparer – on vit tous dans le même casernement –, Maxime m'a gentiment proposé « une petite bière, pour débriefer ».

— C'est sympa, mais moi, là, j'ai la tête farcie.

— Moi aussi ! C'est pour ça que je me disais…

— Tu sais, je crois que je vais plutôt filer à Paris. J'ai besoin d'être un peu seule. Surtout que dimanche, j'ai un grand tralala familial...

— Comme tu veux. Bon week-end alors.

« "J'ai besoin d'être un peu seule." Non, mais je rêve... » Ben oui, figure-toi. Vraiment besoin, et vraiment seule, si tu vois ce que je veux dire. « Mais t'as quoi d'autre à faire, là ? Potasser cinquante façons d'accommoder les lardons ? Debriefer le dernier Détective *avec la mère Lascaud ? » Martha, s'il te plaît, fous-moi la paix. Dimanche, chez Lili, t'auras mille occasions de faire mille allusions à Maxime, qui ne t'a rien demandé lui non plus. Mais d'ici là, rideau.*

J'ai hésité un peu, pas longtemps, et puis j'ai choisi de laisser le dossier Courchon à Rosny, et de m'en tenir à ce que j'avais décidé depuis le début : pas de boulot dans mon cocon de Paris. Pas envie de le polluer avec toutes ces horreurs. J'ai filé là-bas, et j'ai dormi comme une masse, sans faire de rêve. Ni bon ni mauvais. Et puis j'ai passé ma journée de samedi à broder sans penser à rien et surtout sans parler à personne. Ça m'a fait un bien fou.

11

Ça fait longtemps que j'ai compris que dans ma famille de cinglés, on peut s'attendre à tout, mais là je dois bien l'admettre, on est dans le championnat mondial, hors catégories. Ce dimanche a été... lunaire. Tu mets ça dans un film, personne ne te suit : pas crédible. Sauf que moi, depuis le temps que je potasse des dossiers judiciaires, je sais que la réalité dépasse souvent la fiction et que, oui, des mecs trucident leur femme plutôt que de divorcer tout simplement ; enlèvent des enfants pour récupérer leur dulcinée ; assassinent leur voisin pour une branche d'arbre pas taillée ou des poubelles mal rangées... Si cet absurde existe dans les atrocités, pourquoi n'existerait-il pas, aussi, dans la joie, la loufoquerie, la fantaisie de la vie ? Un dimanche en famille chez ma grand-mère Lili peut faire avancer la science sur ces questions cruciales. Ou décourager à jamais tout chercheur un tant soit peu en quête de ce qui s'approcherait d'une logique scientifique.

Âge de l'individue : 75 ans dans quelques semaines. Taille : 1,58 mètre, corpulence moyenne à tendance dodue, yeux verts, cheveux blancs rarement obéissants – un peu comme elle, je me demande si Lili a obéi juste une fois dans sa vie. Deux ex-maris très lointains, quelques amants-comètes, qu'on a à peine eu le temps de voir passer, un fils, une bru et trois petites-filles, donc. Lili a hérité de sa grand-mère Ida d'une démentielle petite maison avec grand jardin du côté de Montmartre – « le mauvais côté », précise-t-elle toujours, celui duquel on ne voit pas tout Paris, mais toute la banlieue, et la campagne, au (très, très) loin. C'est un endroit aussi sublime que décrépit, où elle nous reçoit chaque premier dimanche du mois depuis toujours – sauf ajout supplémentaire pour événement exceptionnel, donc –, et où nous avons passé, mes sœurs et moi, des moments délicieux de grande liberté et d'éperdue rigolade. Je me souviens en particulier des mercredis vide-grenier, où nous piochions dans les malles aux merveilles des guenilles extravagantes, à partir desquelles Lili nous refaisait toute l'histoire d'Ida, enluminée de mots étranges et de noms exotiques que nous ne comprenions pas vraiment. Il était question de « cocottes », de « demi-mondaines » et de « grandes horizontales » ; de théâtre, de spectacle, de danse ; de luxe et de luxure (« Lili c'est quoi la différence entre luxe et luxure ? – Je t'expliquerai plus tard ! ») ; et de ses copines Colette, Cléo de Mérode, Liane de Pougy et la Belle Otero. Petite, mes préférées étaient « Cléo de mes robes », et « la Belle au terreau » : je pensais que c'était une couturière et une jardinière.

C'est à la fac, en potassant l'histoire criminelle du XIXe siècle, que j'ai remis les pièces de ce puzzle foutraque dans le bon ordre. Ida – mon arrière-arrière-grand-mère, donc – était ce qu'on appelle communément, n'ayons pas peur des mots, « une poule de luxe » : une jeune femme de milieu modeste, entretenue par un ou plusieurs grands bourgeois en échange de sa charmante compagnie et de tout ce qui allait avec. En poussant un peu l'interrogatoire de Lili, et en étudiant avec attention les documents stockés en vrac dans le grenier – ça m'en a pris, des après-midi, de tout décrypter et de classer dans le bon ordre –, j'ai pu retracer le profil pas piqué des hannetons de ma lointaine, et pourtant si proche, aïeule. Tu m'étonnes que notre famille parte dans tous les sens !

Grand-père de Lili : aussi inconnu que son père, des années plus tard. Contrairement à la plupart de ses copines,

Ida a eu l'intelligence de ne pas se laisser gagner par la folie des grandeurs, et de transformer les cadeaux de ses « admirateurs » en pécule pour ses vieux jours. Ce qui lui a permis de garder sa maison, offerte par l'admirateur en chef du temps de sa splendeur, et d'offrir une excellente éducation à sa fille Cléo – la mère de Lili, donc – qui a sagement commencé une carrière d'institutrice avant de partir complètement en vrille, et en Espagne, avec un peintre anglais rencontré place du Tertre, à deux pas de la maison. Départ en 1913, zéro nouvelle pendant toute la guerre et une bonne partie de l'entre-deux-guerres, et puis retour de la fille prodige au milieu des Années folles, une petite Lili dans ses bagages. Tout ce que sait ma grand-mère, c'est que le peintre anglais n'est pas son père. Pour le reste, mystère : Cléo n'a jamais rien dit. Et a définitivement disparu sans laisser d'adresse au début de l'Occupation. Quand on demande à Lili ce que ça lui a fait d'avoir grandi sans parents, elle répond en chantant, avec emphase : « C'est du paaassé, n'en paaaaarlons plus ! » Ce qui fait qu'on n'a jamais trop rien su de son enfance et de sa jeunesse, à part qu'elle a été élevée par Ida et sa volée de copines, dans la maison de Montmartre remplie de créatures toutes plus étranges les unes que les autres – dont « Édith », quand même, qui venait faire un petit coucou entre deux tournées, même parfois accompagnée de son beau Marcel – et que c'était « é-pa-tant ».

Chaque fois qu'elle nous joue cette petite musique-là, le sourcil gauche de son fils – mon psychanalyste de père, qui tient bien sa vocation de quelque part – se soulève d'un air à la fois las et dubitatif. C'est bon, Sigmund, on le sait que tu n'y crois pas un seul instant, à la version « même pas peur même pas mal » de Lili. Mais si ça lui permet d'être heureuse, ou au moins pas trop malheureuse, depuis toutes ces années, où est le mal, après tout ?

Donc, nous voilà tous réunis dans le jardin de mon é-patante grand-mère, au milieu des oiseaux, des pâquerettes et de l'odeur enivrante, limite soûlante même, du chèvrefeuille qui tapisse entièrement le grand mur du fond. J'ai coincé Anna derrière le lilas, pour lui expliquer comment sa blague à deux balles m'avait foutu la honte devant mon supérieur. Elle m'a écoutée avec le regard narquois et l'air de n'en avoir strictement rien à foutre.

— OK, j'ai compris. Je le referai pas…

— T'as pas intérêt. Tu dirais quoi, toi, si je me permettais de bricoler ton téléphone ?

— Essaie pour voir.

— Ah, tu vois ?

Re-yeux au ciel.

— Bon, t'as fini ? Je peux aller préparer ma surprise ?

— Houla, toi aussi t'as une surprise ?

— Tu vas voir, ça va fumer !

À propos de fumée, papa était en train d'essayer de maîtriser le barbecue totalement en flammes, sous les hurlements de maman.

— Mais pourquoi t'as mis tant de petit bois ? Tu vas mettre le feu au jardin !

Concomitamment, Lili déposait cérémonieusement sur la grande table en fer forgé un méga plateau rempli à ras bord.

— Barbecue végétarien ! J'ai trouvé un livre de recettes formidables, et comme j'ai pas réussi à choisir, j'ai tout essayé.

Martha a ouvert des yeux comme des soucoupes en voyant arriver tous ces trucs qui ressemblent tellement à de la bidoche, avant de ravaler sa déception en écoutant la litanie de Lili :

— Boulettes de boulgour au fromage, brochettes de tofu à l'orientale, roulés d'aubergine au poivron grillé, saucisses végétariennes, falafels maison…

On s'était un peu dit qu'on profiterait de l'occasion pour faire notre coming out carnivore, mais là, je ne suis plus trop sûre que ce soit le moment. Surtout qu'on ne sait toujours pas quelle surprise nous réserve Lili.

— Puisque je vous dis que vous le saurez au dessert. Patience !

On s'est mis à table dans notre grand foutoir habituel, les jumeaux installés sur un guéridon à part, très occupés à transformer le taboulé en boulettes roulées à la main, pendant qu'Anna prenait en charge – toute seule et sans assistance, elle avait beaucoup insisté – la cuisson des brochettes. Géronimo en grande conversation avec maman à propos du palmarès du dernier festival de Cannes, papa et sa mère en train de glousser comme deux enfants à je ne sais pas quelle plaisanterie sortie de leur passé ; la voie était libre pour que Martha recommence à me bassiner avec Maxime.

— Et alors, vous en êtes où ?

— Martha...

— Ben quoi, j'ai bien le droit de savoir, non ?

— Non.

— Alors parle-moi un peu de tes enquêtes. T'as avancé sur les couteaux ?

Ça, c'est encore plus dangereux que le chapitre Maxime. Je brûle de lui raconter, et je ne sais pas comment je vais faire pour passer toute ma carrière à me prendre la tête sur des histoires folles sans pouvoir jamais en dire un mot à Martha. Est-ce que trahir un secret d'instruction en en parlant à sa jumelle, c'est vraiment trahir ? Puisque la loi autorise les époux et les membres d'une famille à ne pas se dénoncer les uns les autres, on pourrait considérer que les jumeaux ont le droit de se divulguer des secrets professionnels, si ça reste entre eux ?

J'en étais à peu près là de mes autonégociations quand Anna a provoqué le premier happening de la journée en déclarant triomphalement qu'elle venait de mettre fin à des années de végétarisme familial.

— Vous avez aimé les brochettes orientales, hein ? Ben c'était pas du tofu. C'était de la dinde ! De la vraie de vraie, cent pour cent pure barbaque !

La fureur de notre mère était sur le point de se déployer dans toute sa splendeur, pour devenir à coup sûr le point d'orgue dominical, quand elle a été stoppée en plein vol par la série de révélations qui a suivi : Anna a décrété qu'il était temps d'arrêter la comédie, qu'elle mangeait de la viande depuis la maternelle, qu'elle savait que Lili ne s'en privait pas non plus, et que pour la suite, elle laissait la parole aux jumelles.

Martha est devenue blême, elle s'est tournée vers moi comme chaque fois qu'elle ne sait pas quoi dire.

— Mina va vous expliquer.

Le culot… J'ai pris le ton le plus neutre possible, comme pour un brief sur un dossier, et j'ai énoncé les faits : oui, depuis que je suis à la gendarmerie, il m'arrive, de temps en temps, de manger de la viande.

— Et elle adore les lardons.

— La ferme, Anna.

Non, je ne leur ai pas dit, pour ne pas leur faire de peine. Non, je ne l'avais pas dit non plus à Martha jusqu'à ce qu'elle m'apprenne une grande nouvelle, qu'elle va leur annoncer de ce pas.

Annonce de ladite nouvelle par l'intéressée. Sidération de l'assemblée. Même maman en a la chique coupée. Elle était en train de reprendre son souffle, probablement pour se mettre à hurler, quand la cloche du portail lui a re-coupé le sifflet. Soulagement de Lili :

— Ah, voilà ma surprise ! Et le fraisier.

Acte I terminé. Pour le moment. En scène pour l'acte II.

On a vu arriver une grande belle femme souriante, genre mannequin californien, la soixantaine bien portée, dans une très élégante et vaporeuse robe à fleurs. Elle était chargée d'une énorme boîte à gâteau de chez Sœurette, la pâtisserie chérie de Lili, qui l'en a délesté précautionneusement et nous a invités à revenir à table.

— Installez-vous, et je vous explique.

On était tous super intrigués.

— Je vous présente Cléo.

— Cléo, comme ta mère ?

— Cléo, comme ma mère, et pour cause.

D'intrigués, on est passés à interloqués : la nana n'avait évidemment pas l'âge d'être mon arrière-grand-mère. Lili s'est lancée dans une explication rocambolesque comme elle sait si bien le faire. On se souvient, l'an dernier, son voyage à New York ? Bien sûr qu'on se souvient. Eh bien, en fait, elle n'était pas partie pour ce congrès de médecines alternatives, comme elle nous l'avait annoncé, mais pour peaufiner son enquête sur les traces de sa mère, qu'elle cherche depuis des années, mais elle n'a pas voulu nous en parler pour ne pas nous inquiéter.

— Mais que crois-tu qui nous aurait inquiétés dans cette enquête ?

— Papa, laisse-la terminer.

Donc, c'est là qu'elle a rencontré Irma, une merveilleuse vieille dame qui a fondé et longtemps dirigé The Rendez-Vous, un petit cabaret new-yorkais où se produisaient toutes les gloires montantes, et même Édith, en douce, quand elle était de passage.

— Mais elle a quel âge, Irma ?

— Elle va sur ses 88.

C'est en l'entendant répondre que j'ai réalisé que Cléo n'avait pas encore prononcé un mot : je ne sais pas si ce qui nous a le plus surpris, c'est la gravité de sa voix rauque, ou son putain d'accent québécois.

— Cléo est la fille d'Irma.

— Et Irma, c'est qui, par rapport à ta mère ?

— C'est l'amour de sa vie.

Là, j'avoue, on était tous scotchés. Lili n'a pas trouvé pourquoi ni comment sa mère a atterri à New York en 1940, mais elle a fini par découvrir Irma, qui lui a raconté leur rencontre au Scandal Cabaret, et leur grande amitié qui s'est transformée, au fil du temps, en amour fou.

— Elles ont vécu ensemble jusqu'à la mort de ma mère, en 1992.

— Et alors vous, Cléo, vous l'avez bien connue ?

— Tu peux me dire « tu », on est de la famille ! Oui, je l'ai bien connue, et beaucoup aimée moi aussi. C'est ma deuxième maman.

En scrutant son visage, j'essaie de savoir ce que ressent ma grand-mère pour cette femme que sa mère a élevée et aimée comme elle aurait dû le faire avec elle. Et j'ai beau insister, je ne réussis pas à capter quoi que ce soit. Comme si tous mes récepteurs étaient brouillés. À moins que ce soient ses émetteurs, à elle.

— Bon on l'attaque, ce fraisier ?

Fin de l'acte II. J'ai filé à la cuisine pour chercher les assiettes à dessert et les petites cuillères. Martha m'a rejointe avec le plat en cristal d'Ida, précieux vestige qu'on ne sort que pour les grandes occasions. En y faisant précautionneusement glisser le fraisier, elle a murmuré :

— Du coup, notre coming out, c'est de la gnognote ! C'est toujours ça de gagné.

— Attends ! On n'a pas tout vu, encore.

— C'est-à-dire ?

— Je sais pas. Je sens que Lili a autre chose à nous annoncer.

— Tu veux dire, un truc encore plus dingue ?

— On parie ?

L'acte III a été bref mais intense. On est sorties de la cuisine, Martha avec le gâteau et moi avec les assiettes. Quand on les a posés sur la table, Lili a dit avec une voix très aiguë qu'on ne lui connaissait pas :

— J'ai aussi mis une bouteille de champagne au frais, je vais la chercher ! Viens m'aider, Cléo !

Elles ont filé vers la maison comme des voleuses. Maman a pris la main de papa en lui demandant si ça allait. Papa lui a demandé pourquoi elle pensait que ça pourrait ne pas aller. Anna a gloussé en levant les yeux au ciel. C'est ce moment que les jumeaux ont choisi pour renverser le guéridon et tout son contenu. Géronimo et Martha se sont précipités pour ramasser. Lili et Cléo sont revenues de la cuisine avec le champ' et les flûtes. Lili a posé la bouteille sur la table et ça a fait une gros « booooong ». Et puis elle a dit :

— Cléo et moi, on s'est mariées.

L'acte IV, c'est tellement le bordel qu'il faut que je me concentre pour remettre dans l'ordre, un peu comme dans le dossier Courchon. Grosso modo : papa a demandé comment c'était possible ; Lili a expliqué que quand elle est née, Cléo s'appelait Léo, et que comme elle n'avait pas encore changé les papiers, elles avaient pu quand même se marier ; Anna a demandé à Cléo si elle était une femme ou un homme ; Cléo n'a pas eu le temps de répondre parce que maman s'est mise à hurler qu'on ne pose pas ce genre de question ; papa a demandé à Lili si elle réalisait que d'une certaine manière, elle avait épousé son frère ; maman a répété en hurlant qu'on ne pose pas ce genre de question ; en entendant leur grand-mère hurler, les jumeaux se sont mis à hurler eux aussi ; Martha et Géronimo ont dit que ça serait mieux de rentrer chacun chez soi et d'y réfléchir calmement ; papa et maman étaient déjà debout, ils ont filé avec Anna sans lui laisser le temps de commenter ; Martha et sa bande ont remballé à une vitesse dont je n'imaginais même pas qu'ils étaient capables.

En moins de dix minutes, on s'est retrouvées toutes les trois, Cléo, Lili et moi, seules autour de la table. Elles avaient l'air complètement stone. Tu m'étonnes. J'ai ouvert la bouteille, découpé le gâteau et on a mangé le dessert tranquillement, sans se parler, le temps que ça décante.

Rideau.

12

L'intérêt de ce boulot, c'est qu'il demande beaucoup de concentration. Même si t'as passé la semaine à fourailler dans l'univers immonde d'un chauffeur de car psychopathe, le dimanche à barboter dans une réunion de famille surréaliste, et la nuit qui suit à rêver d'un mélange carrément psychédélique de tout ça, le lundi matin, quand t'arrives au bureau, tu mets le focus sur Courchon et ça efface tout le reste. Au moins provisoirement.

Cette semaine, bonheur, Médart est en permission. Je vais pouvoir étudier le dossier tranquillement, et faire le point avec Jean-Michel sur ce qui me manque et dans quelle direction approfondir.

D'abord, je reprends mon tableau sans m'énerver et finalement, je le trouve pas si nul quand on le remplit depuis le début, comme prévu, au lieu de se précipiter sur la partie *« processus de décision »* comme je l'ai fait l'autre jour. Dans la première partie, *« rapport de victimologie »*, je commence à compléter pas mal de trucs sur les éléments de profil de la victime. C'est à ça que sert un tableau : à poser noir sur blanc les choses qu'on sait déjà, et à mettre en évidence celles qu'on ne sait pas encore, et qui restent à trouver.

Sur la fiche signalétique, à *« signes particuliers »*, je rajoute, quand même, la croix basque tatouée sur son cœur, repérée sur une des photos. Ça doit faire un mal de chien, de se faire tatouer le téton. Faut être sacrément motivé... Sur celui de Courchon, en tout petit, au bord de chacun des quatre pétales qui constituent le dessin, une date. En chiffres romains, évidemment, ça serait trop simple. Je ne me suis jamais très bien débrouillée, moi, avec les V, les X, les C et les bâtons. Je devrais pouvoir trouver sur Internet sauf qu'Internet, au bureau, on n'a pas. « Pas encore », d'après Médart, qui ne manque pas de signaler, chaque fois qu'il en est question, qu'on « s'en est très bien passés jusque-là ». Un jour il a même ajouté « un peu comme de vous », avant de se rattraper d'un « et de nous tous », quand il s'est rendu compte qu'il poussait le bouchon trop loin. Je n'ai encore jamais osé lui répondre que les gendarmes se sont aussi très bien passés de la photographie et du téléphone, avant que ça existe. Après tout, on n'est qu'en 2002, hein ? On a le siècle devant nous... En attendant, j'ai un moyen simple pour pallier ce désolant handicap technologique. En plus, elle me doit bien ça.

— Allô, Anna ?

— Ouais.

— Ça va ?

— Ouais.

— Les parents se sont remis de notre fabuleux dimanche ?

— Ouais.

— Bon, excuse-moi d'interrompre cette passionnante conversation, ainsi que tes studieuses révisions du brevet, enfin, je suppose, mais j'ai besoin d'un coup de main. T'es devant ton ordi, là ?

— Ouais.

— Alors tu peux trouver un convertisseur chiffres romains / chiffres arabes ?

— Arabes ? Tu te mets à l'arabe ?

— Mais non ! Les chiffres arabes, c'est les chiffres français.

— Alors pourquoi tu dis qu'ils sont arabes ?

— C'est pas moi qui le dis... Écoute, je t'expliquerai. Ou alors tu chercheras, mais après m'avoir filé les réponses. T'as trouvé ?

— Ouais.

Je lui dicte tous les X, V, C, I du tatouage de Courchon et en moins de temps qu'il n'en faut pour changer une sonnerie de portable, elle me les traduit en une belle série de dates.

— Super. Merci beaucoup miss Brochettes.

— Très drôle.

Même pas eu le temps de l'embrasser ; elle m'a raccroché au nez. À quel moment, déjà, je l'ai trouvée adorable ? Je veux dire, ces deux dernières années ? Faudra que je cherche.

En attendant, me voilà avec un petit mystère à éclaircir. Si on récapitule, ça donne 17 août 91, 17 août 94, 17 mai 95 et 17 mai 96. Ça en fait des 17… Il serait superstitieux, le monsieur ? La première, ça pourrait être le jour du début de l'histoire avec Merlin, au vu de la croix basque. Et la troisième, c'est facile, je l'ai dans l'audition de la mère : naissance de Mia. Pour les deux autres, je suppose que je vais trouver en relisant le dossier. Mais on peut déjà se dire que s'il n'avait plus de liens avec la petite et sa mère, il les avait quand même sacrément dans la peau… Ça serait bien de savoir de quand date ce tatouage. Peut-être que ses enfants sauront répondre, ou qu'il traîne une facture quelque part ? À suivre.

Dans la case *« antécédents avec la justice »*, j'ai aussi des choses à remplir. Même si ça n'a fait l'objet d'aucune procédure, on ne peut pas négliger la bagarre avec son voisin boulanger – il faudrait pouvoir la situer dans le temps. Ni l'algarade avec le mari jaloux qui désormais *« n'ais plus cocu »*. Et puis il y a le cas de Cécile Chalon ; j'espère qu'ils ont pu récupérer le dossier aux prud'hommes, pour savoir de quoi il retourne, et à quel niveau de virulence on en est. J'ai également repéré, dans une des auditions du fils, qu'il y avait eu, ces deux dernières années, quelques épisodes d'appels anonymes, au domicile et à la boutique. Est-ce qu'ils ont vraiment cherché par là ? Étudié les relevés téléphoniques, par exemple ? Ça fait déjà pas mal de trucs à demander à Jean-Mi…

Je l'ai appelé, mais il était sur répondeur. Alors j'ai attaqué la rubrique *« habitudes »*, qui est toujours une sacrée tannée, mais aussi, souvent une mine de précieux renseignements, si on sait dénicher les pépites au milieu du grand fatras. J'ai épluché tous les horaires de Courchon pour comprendre le plus finement possible son emploi du temps et repérer, éventuellement, les grains de sable dans l'engrenage. Il a été tué juste avant Noël, carnet de commandes blindé. D'après son réveil, il s'est levé vers 2 h 30 ce matin-là. Il a dû arriver vers 3 heures à la boucherie.

Je sais qu'en plus du magasin, le sous-sol de la maison familiale, située au lieu-dit Le Désert, à 5 kilomètres du Reculey – si ça, ça sent pas la campagne profonde ! –, est aménagé en atelier. Visiblement, c'est là qu'on fabrique tout ce qui va au four : pâtés en croûte, saucissons briochés, tourtes, terrines, plats cuisinés... Courchon a développé l'activité, une fois son fils diplômé en charcuterie, et c'est François qui a la charge de cette partie de la production.

L'assassinat a eu lieu un lundi matin. Normalement, c'est un jour off mais la semaine d'avant Noël, tout le monde est sur le pont : pendant que le père s'affairait au milieu des poulardes et des andouilles dans le labo de la boutique, le fils était en pleine cuisson des pâtés et foies gras au sous-sol de la maison. Miam, la bonne odeur de charcut' avant le petit déj'... La seule qui a passé une nuit normale, c'est la fille. Elle a été réveillée vers 7 heures par la vendeuse, qui l'a appelée pour lui dire qu'il était arrivé un accident à la boutique. Du coup, elle a prévenu son frère au sous-sol, avant de filer au Reculey pour voir ce qui se passait. Grosso modo, si l'auteur connaît bien sa victime, il savait qu'il avait cent pour cent de chance de trouver Courchon seul au labo ce matin-là, contrairement à presque tous les autres lundis de l'année, et que rien ne le dérangerait avant l'arrivée de l'employée vers 6 h 30.

J'en étais là quand Martha m'a appelée. Comme c'était pas du tout le moment, on a convenu de se rappeler ce soir, un peu tard, après le coucher de ses petits monstres.

— Au fait, t'as gardé tes bouquins de numérologie ?

— Bien sûr, qu'est-ce que tu crois ? C'est pas parce que je suis bouchère que j'ai renoncé aux forces cosmiques. Bien au contraire…

— Tu pourras regarder ce qu'ils disent du 17 ?

— OK. Je te dis ça ce soir. Si tu m'expliques l'usage que tu comptes en faire.

Quand Maxime est venu me proposer qu'on file ensemble au mess, j'ai décliné. Trop de choses à mettre en ordre, pas envie de me disperser. J'ai passé l'heure du déjeuner à reconstituer une sorte d'arbre généalogique pour la rubrique *« structure familiale »*. Ça a l'air simple comme ça, mais finalement non. Si on rajoute à la base de départ – femmes et enfants – les ex et les nouveaux des unes et des autres, toutes les nanas qui lui ont tourné autour ou autour de qui il a tourné, et leurs conjoints énervés, ça commence à faire un gros baobab. Un paquet de monde que je m'interdis, donc, de considérer comme autant de suspects : c'est le piège tentant dans lequel je ne dois pas tomber. D'abord connaître le plus finement possible la victime et les circonstances du crime, pour laisser apparaître, en creux, un profil détaillé de l'auteur. Et après, seulement après, chercher dans le dossier les personnes avec qui ça pourrait matcher.

C'est exactement ce que j'explique à Jean-Mi, quand il me rappelle dans l'après-midi. Je vois bien qu'il piaffe de m'exposer les pistes qu'ils ont déjà suivies, les déductions et intuitions qui en ont découlé. Je lui redis que mon boulot à moi, c'est de continuer à assembler les éléments pendant que lui amasse de la matière qui nous servira plus tard, quand j'aurai une idée précise de qui on cherche.

— Mais il y a quand même deux-trois choses dont j'ai besoin pour avancer. Vous avez un caméscope ?

— Celui de la brigade est incontrôlable. Une fois il marche, une fois il ne marche pas. Mais j'en ai un à la maison, dont je me sers régulièrement pour le boulot.

— Comme je ne peux pas me déplacer, puisque je ne suis pas censée bosser sur ce dossier, je voudrais que vous alliez sur place, filmer les lieux.

— OK. Vous voulez quoi ?

— Tout ! Je veux tout ! La ruelle pour arriver par-derrière, comment on ouvre la porte du labo, comment il est organisé, comment sont disposés les objets, et toutes les traces visibles du crime. Et la maison aussi, si c'est possible. Les mômes y habitent toujours ?

— Non. Ils sont allés vivre chez leur mère, à Vire.

— Avec le boulanger ?

— Plus ou moins. C'est pas l'amour fou entre eux, alors le boulanger est très souvent dans le logement au-dessus de sa boulangerie. C'est aussi là qu'il reçoit son fils, quand il vient lui rendre visite.

— Le boulanger a des enfants ?

— Seulement un fils, la trentaine, flic à Paris, figurez-vous ! Il vient le voir de temps en temps. Mais entre lui et les enfants Courchon, c'est pas la joie non plus d'après ce que j'ai compris.

— Vous l'avez entendu ?

— Non. Vous pensez qu'il faut ? On est déjà tellement partis dans tous les sens…

— Moi, à votre place, je creuserais, pour voir. Vous apprendrez peut-être des trucs. Et donc, pour ma vidéo, je voudrais aussi un 360 degrés depuis l'endroit où on a trouvé le corps.

— 360 degrés ?

— Oui, tourné lentement, pour voir tout ce que l'auteur a vu, marcher là où il a marché… J'ai également besoin d'avoir une idée du coin « chaud » du domicile où bossait le fils.

— Ça, on a le PV de perquis'.

— Oui mais je voudrais visualiser, si c'est possible.

— C'est possible.

— Et, mon adjudant, une dernière chose, très importante : vous pouvez me trouver des portraits de Courchon vivant ? J'en peux plus, moi, de ne connaître que son cadavre…

— J'ai ça ! Je vous le poste dès aujourd'hui. Mais on pourrait peut-être laisser tomber le « mon adjudant », non ?

— OK, Jean-Mi… chel. Appelez-moi Mina. Et envoyez-moi tout ça plutôt chez moi qu'au bureau. Je préfère. Appartement C 245.

Va falloir que je fasse gaffe : switcher d'un coup sec de « mon adjudant » à « Jean-Mi », ça ferait quand même un peu trop.

Au moment où je raccroche, je reçois un message de Martha : *« Gérôme garde les enfants, et j'ai pris ma matinée de demain. On se rejoint à Saint-Eustache ? Trop envie/besoin de te voir… »* Yes. Une soirée tranquille, ça fait une éternité que ça ne nous est pas arrivé. Et ça m'étonnerait que ça suffise pour écluser tout ce qu'on a à se dire. *« J'apporte la bouffe. »* J'espère, quand même, qu'elle n'a pas décidé de m'initier au steak tartare. Parce qu'au bout d'un moment, trop de boucherie tue la boucherie.

13

J'ai tranché, pour le secret de l'instruction : je me donne le droit de lui parler de mes dossiers, mais je ne lui montrerai aucun document. De toute façon, ce soir, je n'aurais rien eu à lui montrer vu que les horreurs, je les laisse à Rosny. Pas question de polluer mon petit nid de Paris. Du moins au sixième étage, parce qu'au rez-de-chaussée, je me suis fait choper par la mère Lascaud qui m'a tenu une conférence d'une bonne demi-heure sur la « décradence » et le « strupre » de notre société, à partir des immondes révélations des pauvres gamins d'Outreau et des unes bien racoleuses de ses torchons préférés.

— Attendez la fin de l'instruction. Faut pas croire tout ce qu'on lit dans les journaux, madame Lascaud. Surtout ces journaux-là.

— Oui ben, « ces journaux-là », comme vous dites, au moins, ils ont le courage d'appeler un chat par son nom et de dire noir sur blanc ce qu'on n'oserait même pas imaginer tout bas. Et la pauvre dame retrouvée assassinée dans sa cuisine, à Rampillon, vous avez entendu ça ? À ce qui paraît, elle a été violée. À 82 ans, vous vous rendez compte ? Moi je dis, faudrait rétablir la peine de mort pour ces monstres. Sans procès, sans avocats. Et la castration, pourquoi chimique ? Un bon coup de tranchoir et n'en parlons plus…

Comme par magie, Martha est apparue juste sur le mot « tranchoir ». Ça m'a fait un petit frisson dans le dos – quel sens de l'à-propos, je vous jure – et m'a permis de couper court au débat pénible sur les vertus de la guillotine. Ras le bol des histoires de lames…

On a grimpé les six étages sans un mot, parce qu'on sait que si tu parles, t'as plus de souffle pour arriver en haut.

— Chez toi ou chez moi ?

— Chez moi, puisque c'est moi qui régale !

J'aime bien, chez elle. Ça fait très longtemps qu'on s'est partagé les couleurs ; à notre entrée au collège, il me semble. À elle ce qui pète et qui frétille, à moi le noir et les nuances de gris. Elle a eu beau essayer de me convertir à sa palette survitaminée, j'ai toujours résisté. Pas envie de sauter aux yeux. J'aime bien, moi, qu'on ne me voie pas… Le jour où elle a décidé de traiter le mur du fond avec une mixture de cire d'abeille – de la vraie, qu'elle a fait fondre et mélangée avec je ne sais pas quoi – et de pigment minéral ocre rouge, j'ai cru qu'elle était tombée sur la tête. En fait, elle a eu raison : ça a une super gueule, ce rouge profond, en contraste avec le parquet et les murs blancs. Et, contrairement à ce qu'on pourrait penser, ça n'énerve pas du tout. Au contraire. Chez elle, je me sens tranquille et apaisée. Et puis ça continue à embaumer la cire. J'adore.

Là, ça sent aussi délicieusement bon, le truc qu'elle a sorti de son grand sac rose à pois verts, et mis à réchauffer dans sa petite cocotte, bleu canard, donc.

— Mmmm, c'est quoi ?

— Épaule d'agneau marinée au miel, et un petit couscous d'épeautre aux épices. Tu m'en diras des nouvelles.

— À propos, t'en as eu, des nouvelles ?

— Des parents ? Non. Je vais les appeler, mais je voulais te voir d'abord. Tu as passé la soirée chez Lili ?

Je lui raconte ma fin d'après-midi, avec Lili et Cléo pas étonnées mais désolées que tout le monde ait si mal pris la nouvelle.

— On l'a pas mal pris, on l'a pris dans la gueule ! Faut nous laisser le temps de digérer…

— C'est ce que je leur ai dit.

— C'est quand même une histoire de dingue, non ?

— Une histoire de… Lili !

On se remémore, en dégustant son agneau délicieux – elle a raison, c'est vraiment à tomber – nos souvenirs de mercredis et de vacances à Montmartre. Et la manière dont la grande liberté de notre inénarrable grand-mère nous a, finalement, forgées.

— OK, mais le coup de se marier avec son presque-frère qui devient sa presque-sœur, quand même !

— Tu sais bien que c'est beaucoup plus compliqué et subtil que ça. Et puis surtout, ça ne nous regarde pas. Elle va avoir 75 ans… Si elle est heureuse comme ça, avec cette femme-là, et ben tant mieux, non ? Réjouissons-nous ! On lui doit bien ça…

— Va falloir travailler les parents au corps pour que ça passe.

— Ou pas. Je ne vois pas pourquoi ils ne seraient pas capables d'être heureux qu'elle soit heureuse. Ça ne les prive de rien, bien au contraire…

— Tu sais quoi ? On œuvre activement pour un apaisement général et on vise une chouette fête d'anniversaire le 17 juillet ?

— *Good deal* ! J'espère qu'elles n'auront pas fui au Québec.

— À propos de 17, je t'ai trouvé ce que tu m'as demandé.

Elle sort de son grand sac le *Livre des chiffres de votre vie*, l'ouvre à la page marquée par un Post-it, et me fait la lecture :

— *Le 17 est considéré comme le nombre de la « bonne étoile ». Symbole de protection permettant de surmonter les obstacles ou difficultés. Il apporte habituellement la chance ; une aide du destin est souvent donnée dans les moments cruciaux de la vie. Le 17 représente aussi l'harmonie et l'espoir. Il peut être associé à une recherche approfondie, à l'esthétisme, ou à une création sophistiquée. Dans ses aspects négatifs, le 17 est souvent synonyme d'illusions, de naïveté, d'utopie, d'égoïsme, d'ego trop important, ou de manque d'ouverture.* Ça te parle ?

— Ni plus ni moins. Le mec a quand même été trucidé de presque quarante coups de couteau. Alors sa bonne étoile…

— Ça dépend si t'y crois ou pas. Bon, tu me racontes ?

Je lui parle de Courchon, et ça me soulage vraiment. Un peu comme si je pouvais enfin ouvrir les fenêtres de mon cerveau et me rendre compte à quel point ça y sentait le renfermé. Évidemment, elle adore l'anecdote du dossier « oublié » sur la table. Mais pas autant que celle de la fabrication des bites artisanales véritables, là je sens qu'on en a pour des années de poésie charcutière.

— Et donc, le 17, dans tout ça ?

Pendant que je lui explique le tatouage, elle se met à compter sur ses doigts.

— La conception !

— Quoi la conception ?

— Si la gamine est née le 17 mai 95, ça veut dire que potentiellement, elle a été conçue le 17 août de l'année d'avant. Ça tombe pile.

— Ouaaaah ! La coïncidence !

— Coïncidence mes fesses ! Ils ont dû trouver ça hyper romantique, de faire un bébé le jour de l'anniversaire de leur rencontre. Ou alors, ils ont voulu lui coller une bonne étoile…

— Tu veux dire que des gens choisissent le jour de conception de leur enfant en fonction de la numérologie ?

— Oui. Ou d'autres techniques. Tu connais le BaZi ?

— Le batzeu ???

— Ça se prononce comme ça, mais ça s'écrit BaZi. C'est une science chinoise qui…

— Ça a un rapport avec la numérologie ?

— Pas exactement mais…

— Alors zappe. Et le 17 mai 96, t'en dis quoi ?

— Ben, s'ils aiment à ce point les symboles, *« une aide du destin est souvent donnée dans les moments cruciaux de la vie »*, ça renvoie direct à des fiançailles, un mariage, un pacs, enfin un truc comme ça, non ?

— Ils sont séparés.

— Ben quoi ? Un divorce ou une séparation, c'est aussi un moment crucial de la vie.

Vu sous cet angle... Dans mon souvenir, Merlin est arrivée dans le Calvados avec le bébé au début de l'année scolaire – septembre 95, donc – et a jeté l'éponge avant l'été suivant. Il faudra que je vérifie, mais ça pourrait coller.

— Ça serait vraiment intéressant de savoir de quand il date, ton tatoo. Plus il est frais et plus ça veut dire que ton mec, il a eu du mal à la digérer, l'histoire...

— C'est exactement ce que je me disais.

— Et ça peut t'avancer dans l'enquête ? Si ça se trouve, il essayait de les récupérer et ça s'est mal passé ? T'as déjà des suspects ?

Je réexplique pour la énième fois que, pour le moment, mon boulot n'est pas de trouver des suspects mais de faire apparaître un profil le plus précis possible de l'assassin.

— C'est la différence entre un analyste comportemental et un enquêteur, tu piges ?

— Oui mais avec une liste de suspects, tu pourrais affiner le profil, non ?

— Avec une liste de suspects, je pourrais surtout complètement partir dans une mauvaise direction et ne plus être capable d'avoir une vision claire et la plus neutre possible de l'ensemble des éléments.

— OK. Et alors, t'en es où de ton profil ?

— Pas hyper loin. Je suis à peu près certaine qu'il s'agit d'un meurtre prémédité, motivé par l'amour ou la haine ou les deux, très violent, exécuté dans un temps très court, par un mec qui a un lien d'affection ou au moins de connaissance avec la victime, déterminé mais inexpérimenté, sans doute furieux et immature.

— Pourquoi un mec ?

— Parce que les mecs plantent et les femmes empoisonnent.

— Qu'est-ce que c'est que ces conneries sexistes ?

— Ça s'appelle des statistiques.

— Et pourquoi une femme ne planterait pas, comme tu dis ?

— Question de force physique. En crimino, l'arme principale des femmes, c'est la ruse et l'empoisonnement. Les hommes, eux, cognent, saignent, tranchent, découpent...

— N'importe quoi. Tu veux que je te montre si une femme ne peut pas utiliser un couteau ?

— La plupart du temps, si elles utilisent une arme blanche, c'est pour se venger. Et dans ce cas-là, elles attaquent le sexe, ou le visage, pour infliger surtout des blessures de dépersonnalisation.

Je ne sais même pas pourquoi j'ai argumenté : je l'avais déjà perdue. Mais franchement, quelle mouche m'a piquée de soutenir à une apprentie bouchère que seuls les hommes sont capables d'attaquer un corps au couteau ? Ma petite furie est partie dans un exposé circonstancié sur les meilleures techniques pour faire entrer une lame dans un corps, « comme dans du beurre ». J'ai eu beau insister sur le fait que pour ça, il fallait savoir où piquer, avec quelle lame justement, et que ça demandait une certaine dextérité professionnelle que peu de femmes possèdent, y'a rien eu à faire. J'en ai eu pour vingt minutes de harangue tellement enflammée que je me suis doutée que ça cachait autre chose.

— Et autrement, ça se passe bien ton apprentissage ?

— Ça va, ça va.

— Sont moins cons que dans la gendarmerie, dans la boucherie ?

— De quoi tu parles ?

— Ben de ce qui te met en rage, là, depuis une plombe. Le bizutage est sévère, hein ?

— Un peu.

— Bienvenue au club !

On a passé le reste de la soirée à se raconter nos tribulations mutuelles de gonzesses énervées dans des mondes de machos, sans arriver à statuer sur lequel des deux est le plus arriéré sur la question. Quand nos paupières ont commencé à papillonner, elle a proposé :

— Tu restes ?

Bien sûr que je reste. On a déplié son canapé à fleurs, et on s'est blotties l'une contre l'autre, comme quand on était petites. Au moment de s'endormir, elle a murmuré :

— Quand même, tu devrais vérifier parmi ses employées, au boucher.

— Mais les employées, elles savent où piquer, elles plantent pas au hasard.

— Ah oui, t'as raison.

— Pense plus à ça, Martha, tu vas faire des cauchemars…

14

Le lendemain matin, elle s'est réveillée comme une fleur. Tellement de bonne humeur que je n'ai pas osé lui raconter ma nuit à moi. De toute façon, mes cauchemars, c'est la seule chose dont je ne lui ai jamais parlé. C'est trop… intime, je crois. Ou flippant. Je sais pas.

Ça avait bien commencé, lovée dans notre odeur délicieuse, et puis je me suis retrouvée une fois encore dans mes escaliers sans issue. En ouvrant une porte, je suis tombée sur une carcasse pendue au plafond, comme sur la scène de crime de Courchon. Sauf que c'était lui qui était pendu au plafond à la place du cochon. Et sa tête bien rangée sur la table du fond, au milieu des têtes de veau et des poulardes de Noël. J'ai réussi à me réveiller pour m'extirper de cette horreur. J'ai passé un long moment les yeux ouverts, à compter les étoiles à travers le Velux et à visualiser des chouettes images de voyages, de fêtes dans le jardin de Lili, de chahuts avec Martha. Normalement, ça marche à peu près : j'arrive à me rendormir en chassant le cauchemar. Mais pas cette fois. Dès que le sommeil est revenu, je me suis retrouvée dans le labo du Reculey, à patauger dans le sang au milieu des andouilles. En les regardant de plus près, je me suis rendu compte qu'elles étaient façonnées de manière qu'à la découpe, les tranches aient la forme de la croix basque.

N'importe quoi ! Je me suis re-réveillée dès que j'ai pu, et j'ai attendu le matin sans bouger, pour laisser Martha finir sa nuit tranquillement.

On a pris le petit déj' sans trop parler, comme on aime le faire, et puis – miracle – on a réussi à s'exfiltrer sans croiser la mère Lascaud, et on est reparties vaquer chacune à nos occupations. J'ai un tableau à remplir, moi...

Avant de m'y remettre, je laisse un message sur le répondeur de Jean-Mi pour lui demander de chercher aussi quand Courchon s'est fait tatouer. Et à quelle date Sandrine et Mia ont quitté le bocage pour retourner au Pays basque.

Pour remplir la rubrique *« vu pour la dernière fois »*, je fouille dans les auditions d'Aurélie et de François. Ils disent qu'ils ont dîné tous les trois le dimanche soir, pas trop tard parce que le père et le fils devaient se lever tôt le lendemain pour préparer, en plus de tout le reste, le repas de Noël de la maison de retraite prévu pour le jeudi.

Donc, dîner tranquillou en famille le dimanche, rien de spécial à signaler, et puis chacun part dans sa chambre comme d'habitude, sauf que *« François est resté jusqu'au dessert, et a même aidé à débarrasser. Ça ne lui arrive pas souvent »* – elle ne lâche rien, la sœurette.

Elle notifie quand même, en toute fin de journée, un coup de fil un peu long d'un gars *« avec un accent du Sud »*. Son père est allé terminer la conversation dans sa chambre après avoir répondu au salon. Elle dit que cette voix-là appelait de temps en temps, mais qu'elle ne sait pas qui c'est. Je suppose que mes collègues ont tracé l'appel.

Dans *« liste des pièces manquantes d'après la famille »*, une seule chose à signaler : la médaille en or en forme de croix basque, gravée des noms de ses trois enfants, que Courchon portait toujours autour du cou. Dans son audition, Aurélie explique que c'est feu sa grand-mère paternelle qui avait offert ce bijou à son fils à la naissance de Mia, en même temps qu'une petite gourmette pour le bébé, aussi gravée du nom des trois enfants. Dans le PV de synthèse, il est noté que la chaîne et la médaille n'ont été retrouvées ni sur la scène de crime, ni dans les affaires personnelles de la victime lors de la perquisition de son domicile.

Mon analyse victimologique commence à prendre corps.

Dans une chemise spéciale, des photos et le compte-rendu de l'enterrement, que les gendarmes n'ont pas manqué d'observer à la loupe. Visiblement, le village au complet a fait le déplacement, même la veille du week-end de la Saint-Sylvestre. Le maire s'est fendu de son écharpe tricolore, et les confrères de l'Andouille Véritable ont sorti leur étendard.

Il faut quand même que je vérifie auprès de Jean-Mi qu'ils n'ont pas oublié d'établir, aussi, la liste des absents. Il est stipulé que Sandrine Merlin est présente, sans la petite. Ça fait combien, Anglet-Le Reculey ? Aux alentours de mille bornes, je dirais. Sacrée traversée, surtout avec la neige et le verglas. Est-ce que c'est de l'amour ? Est-ce que c'est de la rage ? Ou juste une forme de bonne éducation, du genre « on ne manque pas l'enterrement du père de son enfant » ? La preuve un peu trop criante qu'elle ne lui en veut pas ? Ou la preuve encore plus criante qu'elle ne veut pas qu'on puisse croire qu'elle lui en veut ? C'est toujours compliqué, ce genre de situation. Quoi que tu fasses, si on décide que c'est louche, c'est louche.

J'essaie de reconnaître Merlin sur les photos. Peut-être la jolie fille en jean et blouson noir qui parle avec Aurélie à la sortie du cimetière ? Pas sûr. Des jolies filles à l'air triste, il en traîne un paquet, sur ces clichés. On arrive assez facilement à repérer le noyau dur : en première ligne, l'ex-femme et les deux enfants ; derrière, le maire et les confrères ; et puis le boulanger et les employées éplorées. Mais pour le reste, il faudra que je me fasse expliquer par Jean-Mi, en temps utile. Et si c'est vraiment utile.

Mes camarades du Calvados n'ont pas manqué de joindre au dossier la photo des pages du cahier de condoléances. Au milieu des gnangnanteries habituelles – qu'est-ce qu'on peut écrire, dans ces circonstances, à part le truc bateau qu'on est censé écrire ? –, le retour du champion d'orthographe, ou d'un de ses challengers : *« tu ais la ou tu doit être. »* Bon, je suppose qu'ils ont fait analyser. Mais est-ce qu'un assassin serait assez con pour venir signer son crime sur un registre de condoléances ? Statistiquement, on sait que la réponse est oui, même si ça me dépasse toujours. Dans les meurtres de vengeance, très souvent, le mec est tellement en rage contre sa victime qu'il ne peut pas s'empêcher d'en rajouter une dernière couche, post mortem. D'abord sur le corps, s'il a le temps et qu'il est vraiment tordu ; quelques petits coups dans les testicules, ou sur le visage, histoire de bien « punir » et humilier le mort. Et puis en n'hésitant pas à salir un peu sa mémoire, discrétos. Je ne suis pas sûre que ça corresponde au profil qui est en train de se dessiner, mais je ne suis pas sûre non plus que ça ne corresponde pas. On va voir…

En ce qui concerne les ennemis potentiels, en plus de la tripotée de conjoints énervés, on retrouve dans les coupures de presse jointes au dossier les multiples rebondissements de la guerre de l'andouille. Ordre contre confrérie, médailles gagnées et perdues aux concours professionnels, bataille pour l'obtention d'un chalet au marché de Noël, algarades autour du respect des « règles strictes », de l'adjonction ou pas d'assaisonnement, de la durée de fumage et du bois utilisé… Ces dernières années, Courchon a été plusieurs fois médaille d'or ou d'argent et il semblerait que ça ait provoqué quelques vagues dans le bocage virois. Mais quand même, assassiné pour une histoire d'andouilles, ça serait tellement stupide !

Quand Maxime a frappé à ma porte, je l'ai accueilli avec plaisir : je commençais à avoir un peu la nausée, moi, avec toutes ces histoires de tripes.

— Je peux te déranger deux minutes ?

— Oui ! Ça tombe bien, j'ai besoin d'air frais. Un petit thé ?

Bon. On ne peut pas dire qu'il ait fait preuve d'un furieux enthousiasme mais quand même : le mec a accepté de boire du thé ! Y'a du changement dans la gendarmerie, c'est moi qui vous le dis…

— T'as un truc à me demander ?

— Je voulais savoir si ça t'intéresse d'assister à une autopsie.

— Une autopsie ? L'autopsie de qui ?

— Je ne sais pas si tu as entendu parler d'une vieille dame assassinée à Rampillon.

— Ça me dit vaguement quelque chose, oui… Tu es sur le dossier ?

— Plus ou moins. On attend la date de l'autopsie. On sera avec Marcadot, tu connais ?

— Olivia Marcadot ? *The* Marcadot ? La nouvelle star de l'autopsie ?

— Exactement.

— Ouaaah !

— Ça te dit ? T'as déjà assisté à une autopsie ?

— Oui, plusieurs fois quand j'étais étudiante. Mais de loin, depuis les gradins…

— Là, ça ne sera pas pareil. On va être en petit comité, et Marcadot est hyper précise. Comme le corps a été très maltraité, il y aura plein de choses à chercher et à apprendre aussi, sûrement. Mais ça va être gore, hein. Tu supporteras ?

— Si je ne supporte pas, vaut mieux que je le sache tout de suite, pour envisager une reconversion…

— Non. T'inquiète. Parfois, il faut du temps pour s'y faire… Je te redirai quand, sans doute un peu à la dernière minute : Marcadot est tellement occupée qu'on ne sait jamais trop… Mais ça sera sûrement un soir de cette semaine.

— OK. Tu penses qu'il faut que j'en informe Médart ?

— On va éviter de lui donner l'occasion de nous dire non, tu crois pas ?

Il est vraiment top ce Maxime. C'est sympa d'avoir pensé à moi, il n'était pas du tout obligé.

« "C'est sympa d'avoir pensé à moi", non mais tu te fous de qui ? » Martha, ne commence pas. « Mais tu les vois pas, les grandes manœuvres ? » Les grandes manœuvres de quoi ? « Ben, il te drague ! » Tu veux la voir mon autopsie, tu trouves que c'est de la drague, toi ? « Évidemment ! Tu préfères aller au resto, ou assister à une autopsie menée par l'étoile montante des légistes ? » Bon, Martha, tu m'emmerdes. Laisse-moi tranquille.

— Mina ? Ça va pas ?

— Si si, ça va, excuse-moi.

— Donc, tu viens au mess manger un morceau ?

Je ne peux pas accepter l'autopsie, et refuser le déjeuner. On file au mess juste avant la fin du service et c'est cool, il n'y a plus personne. Il m'explique un peu le dossier de cette pauvre mamie de Rampillon qu'on a retrouvée massacrée dans sa cuisine.

— Mais vraiment massacrée, hein ! Violée, martyrisée, la totale…

Penser à vérifier le système de fermeture de la porte de Lili la prochaine fois que je vais à Montmartre.

— Visiblement elle le connaissait : aucune effraction.

Ne plus penser à Lili. Ne plus penser à Lili.

— On a retrouvé la maison sens dessus dessous : il cherchait le pognon et les bijoux. Il a pas trouvé d'ailleurs… Et toi, tu fais quoi en ce moment ? Tu as l'air hyper occupée.

Là j'ai une demi-seconde pour décider si je lui parle enfin de Courchon, ou pas. Plutôt oui, ça me fera du bien d'avoir un allié dans la place, mais sûrement pas au mess, où tout gendarme doté de deux neurones se doute bien qu'il est tout à fait inconséquent de partager le moindre secret.

— Un truc, je te dirai…

— Et ton grand bazar familial, dimanche dernier, ça s'est bien passé ?

Ça, je peux raconter ; la salle est presque vide. J'offre donc à Maxime le dernier épisode de notre grande saga familiale, comme un cadeau de remerciement. Au début, il écoute avec des yeux comme des soucoupes. Et puis ça le fait marrer. Mais vraiment marrer.

— Une autre famille de cinglés, non ?

— Peut-être, mais ça semble plutôt sympathique.

— Oui, enfin, dès que mon père aura digéré le truc. J'espère que ça va pas virer sympathétique…

— Très drôle. Ta jumelle a l'air d'être aussi un sacré numéro.

— Comme tu dis. Elle va être verte, quand je vais lui dire que j'assiste à une autopsie de Marcadot.

— Elle la connaît tu crois ?

— Je ne sais pas. Mais en ce moment, comme je te l'ai expliqué, tout ce qui touche de près ou de loin à la découpe des corps la met en transe.

Il se re-marre.

— C'est une sorte de bouchère intello, on peut dire ?

— Sans doute la plus intello des bouchères. De la terre entière.

On est remontés vers nos bureaux respectifs. Arrivé devant ma porte, il m'a proposé avec un grand sourire :

— Tu crois que ça lui plairait, à Martha, de venir avec nous à l'autopsie ?

Et paf, re-dilemme. Bien sûr que ça lui plairait. Elle serait même folle de joie, c'est sûr. Mais est-ce que ça me plairait, à moi ? Je veux dire, qu'elle rencontre Maxime et qu'elle me bassine pendant les semaines qui suivent avec son analyse comportementale à deux balles sur la façon dont on gère notre relation, lui et moi ?

« Ah, tu vois, y'a relation. » Bien sûr qu'il y a relation, on travaille ensemble. « Oui mais il t'invite à l'autopsie de Marcadot, il est pas du tout obligé. » Martha… « Ben quoi ? » OK. Tu veux y aller à l'autopsie ? « Et comment que je veux. » Alors tu t'écrases sur Maxime. Vraiment.

J'ai répondu avec l'air détaché que j'allais lui en parler mais qu'effectivement, ça pourrait l'intéresser. Quand je me suis inquiétée de savoir comment on allait faire pour que moi, et éventuellement elle, ayons accès au truc – c'est quand même un acte de procédure, confidentiel –, il a pris son petit air gêné pour me dire qu'il connaissait Marcadot, « très bien », et que c'était simple à organiser. Merci papa.

15

Quelle efficacité, ce Jean-Mi ! Trois jours à peine après notre coup de fil, un mec de sa brigade, de passage à Paris pour une formation, vient me déposer en main propre – avec l'air de ne pas y toucher, des fois que Médart ferait une pause dans ses vacances –, une petite enveloppe qui ne ressemble surtout à rien. À l'intérieur, une cassette vidéo, quelques photos et un feuillet dactylographié avec, en dessous de chaque question soigneusement soulignée, sa réponse en bonne et due forme. La cassette, ça sera pour ce soir, sur mon magnétoscope – de toute façon, celui d'ici ne fonctionne que quand on n'en a pas vraiment besoin –, mais pour le reste, j'ai trop hâte de voir.

Méga bonne tête, Courchon. Sur la première photo, torse nu dans la mer, de l'eau jusqu'au nombril, il montre ses biscotos l'air vainqueur et un sourire aussi maous que sa moustache. *« Anglet, août 94 »*, dit la légende. Tu m'étonnes qu'il est vainqueur : d'après ma chronologie, c'est l'été du grand amour et de la conception de la petite Mia. La vie est au beau fixe, comme la météo du jour de la photo. C'est idiot, mais ça me fait vraiment plaisir de le voir si vivant. Je note qu'il a le téton gauche bien poilu, mais absolument exempt de tatouage. On verra si Jean-Mi retrouve la facture… Sur la deuxième photo, il a le bébé dans les bras, et c'est la jeune maman qui semble conquérante. Bien plus que conquise, d'ailleurs. Je découvre à quoi ressemble Sandrine

Merlin et, j'ignore pourquoi, mais je la sens moyen-moyen, la demoiselle. Un truc dans le regard. Bon, elle a l'air crevé des nanas qui viennent d'accoucher, mais pas seulement. Comme si elle avait la rage de quelque chose. De quoi, ça, on ne sait pas. En même temps, abandonner la côte basque pour venir vivre avec un dépendeur d'andouilles au fin fond de la Normandie, on peut comprendre que ça laisse rageuse. À part ça, elle a tous les attributs qu'on attend d'une femme qui plaît aux hommes à femmes : balcon pigeonnant, peroxydation approximative, bronzage et musculature de surfeuse. Et sur le deltoïde bien rond de son épaule gauche, un grand tatouage coloré : la même croix basque que celle que son chéri n'a pas encore sur le cœur. Sans les chiffres ésotériques…

La photo d'après, c'est toute la petite famille le jour du baptême, bien posée, chacun dans son rôle. Le bébé en dentelles est dans les bras de la grand-mère attendrie, entourée des parents souriants, et des deux grands de Courchon : Aurélie, qui fait des gazou-gazous à sa petite sœur, et François, préado ronchon, qui regarde un truc hors champ. La seule chose qui saute aux yeux, là, c'est la recomposition pas encore très recomposée de cette nouvelle famille un peu tirée par les cheveux. En regardant à la loupe, je repère bien autour du cou du père le fameux pendentif, flambant neuf, qu'on n'a pas retrouvé sur la scène de crime. Et le même en miniature au poignet de la petite. Rien d'autre à apprendre de ces trois clichés, on dirait, à part la sensation agréable que tous ces noms deviennent enfin de vraies personnes, incarnées, auxquelles je peux penser en visualisant autre chose que les images glauques du dossier…

La note complémentaire est concise, précise, efficace, exactement comme son auteur.

« Retour définitif de Sandrine Merlin au Pays basque : mai 1996. »

Le 17, même, si ça se trouve ? Elle avait raison, Martha, c'est sûrement cette date qui boucle la boucle. Et qui marque sans ambiguïté l'importance de cette histoire pour Courchon...

« Réalisation du tatouage : mai 2001. »

Je ne sais pas comment ils ont récupéré l'info si vite – il me le dira, j'espère –, mais c'est un élément de dingue. Le mec s'est fait tatouer tous les symboles de son histoire avec Merlin l'an dernier, soit cinq ans après la séparation et sept mois avant d'être assassiné. Dans sa tête, c'était tellement pas terminé qu'il l'a imprimée dans sa chair *forever*. Si ça c'est pas de l'amour, c'est de la rage. Et la rage, dans ce genre de cas, on sait très bien où ça peut mener...

« Dossier prud'hommes Cécile Chalon : recherches en cours. »

« Appels téléphoniques anonymes : recherches en cours. »

Et pour conclure, un petit mot manuscrit : *« J'ai d'autres choses à vous dire, appelez-moi quand vous pouvez. »*

Avec plaisir, Jean-Mi, vu que le chat Médart n'est pas là, je vais m'empresser d'ouvrir la danse. Juste le temps de fermer la porte, au cas où les murs auraient des oreilles.

— Bonjour, Jean-Michel. Quelle rapidité !

— Je vous ai envoyé les éléments dont je disposais...

— Vous aviez la facture du tatoueur ?

— Non, ça c'est une contribution plus... personnelle.

— Vous êtes tatoueur, ou tatoué ?

— Ah ah ah ! Ni l'un ni l'autre. Mais par ma bande de bikers, j'ai un accès direct à certaines informations...

Biker, Jean-Mi ? J'adore ! L'image m'apparaît comme un flash : lui, tout en cuir sur sa Harley, moteur vrombissant...

— Il se trouve que, par ce biais, je suis pote avec le meilleur tatoueur de la région... Il se souvient très bien de Courchon.

— Ça, c'est du bol !

— Comme vous dites. Et c'est en discutant avec lui que j'ai levé une autre piste... C'est ce dont je voulais vous parler.

— Ça a à voir directement avec Courchon ?

— Presque, c'est une petite histoire de stups, avec son gamin.

— Stop ! N'en dites pas plus ! Ça ne vous ennuie pas de creuser la piste, et qu'on en reparle quand j'ai avancé ?

— Mais il me semblait que…

— Je vous assure, j'ai besoin de garder le focus grand ouvert sur la victime et son entourage, sans échafauder quoi que ce soit.

— Mais le fils, c'est son entourage…

— Jean-Michel, je vous jure, faites-moi confiance !

Je le sens dépité. Agacé même, et un peu vexé. Il va falloir du temps pour qu'ils comprennent, tous, que je ne suis pas là pour leur emboîter le pas, bien au contraire…

— Vous me direz si les vidéos vous conviennent, ou s'il faut que j'y retourne. On est en train de mouliner les appels téléphoniques, en particulier ceux de la veille des faits. Et on a approché le fils du boulanger. Il va passer nous voir ce samedi. Il vous faut autre chose ? Vous avez avancé ?

— J'avance, oui. J'espère qu'on pourra bientôt faire le point. Je visionne la cassette ce soir et je vous dis. Merci, Jean-Michel.

— C'est moi qui vous remercie.

— Attendez qu'on ait trouvé !

— Et que vous n'ayez plus besoin de personne en Harley Davidson ?

On raccroche en riant tous les deux. Les stups ? Qu'est-ce que les stups pourraient bien avoir à faire dans cette histoire ? Voilà, maintenant, je ne vais plus penser qu'à ça…

Heureusement, Maxime déboule en trombe dans mon bureau pour faire diversion.

— J'espère que t'as rien de prévu ce soir parce qu'on a autopsie. T'as deux heures pour prévenir ta sœur et qu'on rapplique à l'institut médico-légal de Paris. Tu sais où c'est ?

— C'est l'affreux bâtiment en bord de Seine, près de la gare d'Austerlitz ?

— C'est ça. Voie Mazas, dans le douzième. Mais je le trouve pas si affreux ! Si on a le temps, je te montrerai comment le regarder autrement...

— Si tu veux, mais y'a du boulot ! On dirait un décor de film d'horreur...

— Vu de l'intérieur, tu finiras peut-être par changer d'avis ? Je t'emmène si tu veux.

— OK.

— Mais passe chez toi pour te changer, et mets des vieilles fringues que tu pourras jeter en rentrant.

Il voit à mon regard ahuri que je ne comprends pas ce qu'il me dit. On ne va quand même pas se salir en assistant, même de près, à une autopsie ?

— Ils fournissent pas les blouses ?

— Si, si, mais c'est l'odeur. Rien à voir avec ce que t'as senti depuis les gradins de ton amphi. Là, tu vas voir, ça imprègne. On peut rien faire.

16

Ça a été une nuit in-croy-able. On a retrouvé Martha comme convenu à 7 heures et demie devant l'Institut mais, entre-temps, Marcadot avait prévenu Maxime qu'elle allait être en retard, alors on est allés boire une bière et manger quelques frites dans une brasserie près de la gare.

Évidemment, Martha était super excitée à l'idée de rencontrer Maxime, qui bien entendu n'a pas résisté à la tentation du jeu des sept erreurs, même s'il s'efforçait que ça ne se remarque pas. On a l'habitude, elle et moi : quand on est ensemble, les gens qui nous voient pour la première fois passent de l'une à l'autre en cherchant frénétiquement ce qui pourrait nous distinguer. La coupe de cheveux ? Les grains de beauté ? Le tracé des sourcils ? Les mimiques ? Les tics de langage ? Le son de la voix ? Du calme, Maxime, t'affole pas. Ce qui nous distingue le plus, à part les couleurs extravagantes de la salopette invraisemblable qu'elle a choisie comme costume d'apparat pour entrer dans le *game* – la bonne nouvelle, c'est qu'elle passera à la benne dès la fin de l'épisode, et personne ne la regrettera –, c'est qui nous sommes, chacune. Et ça va te sauter aux yeux au moins autant que les rayures rose vif et les pois jaune citron de Bozo le clown.

— T'as raison, faut manger.

Bon, je n'aurais pas dû me jeter comme ça sur les frites, mais je n'avais rien avalé depuis mon petit déj', j'étais affamée.

— Et toi Martha, t'as pas faim ?

Je la connais par cœur. Elle est tellement occupée à le scanner de la tête aux pieds qu'elle n'a même pas pensé à me soustraire sa portion.

— Même si t'as pas faim, mange quand même. C'est une très mauvaise idée d'arriver à une autopsie le ventre vide.

Elle a croqué deux ou trois frites, en cherchant quelque chose de spirituel à lui répondre. Mais je l'avais tellement bien briefée au téléphone avant qu'elle arrive, sur tous les sujets qu'il était formellement interdit d'aborder ce soir et les blagounettes que je lui ferais regretter jusqu'à la fin de ses jours, qu'elle n'a pas trouvé. Maxime a gardé la main, et c'était bien mieux comme ça.

— Je préfère vous prévenir : elle est pas mal amochée, la petite dame. Ça peut être violent pour vous, même si c'est pas votre première autopsie.

Il a expliqué à Martha que l'octogénaire avait été retrouvée massacrée au milieu de sa cuisine à Rampillon quelques jours plus tôt, avant de répéter tranquillement ce qu'il m'avait déjà dit dans la voiture en venant : le mieux, si c'est possible, c'est de ne pas quitter la salle au cours de l'autopsie, sauf définitivement, parce que plus on avance et plus l'odeur est puissante.

— L'odorat s'adapte au fur et à mesure, mais si tu sors et que tu prends l'air dehors, quand tu reviens ça te saute à la gorge et c'est insoutenable.

Martha dégaine de son grand sac – rouge vif à fleurs orange, pour que la panoplie soit complète – un petit pot en verre bleu reconnaissable entre mille.

— J'ai l'arme secrète ! Vicks Vaporub, ça pue tellement que ça couvre toutes les autres puanteurs.

Maxime lui répond gentiment :

— Alors là, c'est une très mauvaise idée !

— Ben pourquoi ? Dans tous les films ils font ça !

— Oui, mais là, on n'est pas au cinéma… Ce truc, c'est fait pour aider à mieux respirer, non ? Même si ça sent fort, ça va surtout t'ouvrir les bronches et tu vas sniffer encore mieux ce que tu essaies de ne pas sentir.

— Houla ! Ça c'est pas du tout ce que nous voulons.

Il se marre.

— Voilà.

Quand on s'est pointés à l'entrée, Marcadot a rappelé pour dire qu'elle en avait encore pour une grosse demi-heure, alors Maxime a proposé de nous faire une visite guidée. Je ne sais pas comment il s'est débrouillé – son père n'est quand même pas Dieu le Père ? –, mais il a dégainé le badge magique qui ouvre toutes les portes. Y compris celle de la grande bibliothèque incroyable, avec parquet à chevrons qui craque sous les pieds. On a eu droit aux rayons rasants du soleil couchant à travers les baies vitrées, sur fond de passage du métro aérien, c'était complètement surréaliste. À la limite de transformer en objets d'art délicats et poétiques les squelettes et les bocaux de formol remplis de trucs bizarres posés dans les vitrines.

Ensuite, on est passés par le grand amphi et ses pupitres en bois où nous avions assisté ensemble, Martha et moi, à notre première autopsie, en tant qu'étudiantes. Lointaine mais quand même assez impressionnante pour qu'on s'en souvienne très bien toutes les deux. On a crapahuté dans les escaliers et les couloirs déserts, beaux carreaux de ciment et vitraux Art déco, en ayant l'impression d'être les fantômes d'un château hanté. On est passés par la petite cour aux façades entièrement carrelées de céramique blanche, comme les paillasses d'un labo, où arrivent d'habitude les ambulances qui viennent déposer les corps. Derrière une porte qui stipulait très clairement *« Entrée interdite à toute personne étrangère au service »*, mais que Maxime a poussée comme si c'était chez lui, on a découvert la morgue et ses tiroirs réfrigérés, qui nous ont nous aussi pas mal refroidis. Et puis on est arrivés dans la salle d'autopsie où poireautaient déjà deux assistants et le technicien en identification criminelle – « TIC » pour les intimes – chargé de prendre les photos pendant l'opération. Maxime nous a présentées. Marcadot n'était toujours pas là mais le corps de la vieille dame, lui, nous attendait sur un brancard garé à côté de la table d'autopsie, emballé dans un linceul en toile cirée blanche fermé par une grosse fermeture Éclair.

Là, ça ne rigolait plus du tout. On s'est emmitouflés de la tête aux pieds dans de grandes blouses blanches, on a enfilé charlottes et surchaussures, et on a attendu l'arrivée de la patronne au milieu de cette petite salle glaciale, remplie d'instruments chirurgicaux et de quelques couteaux que Martha reluquait avec curiosité.

Elle est arrivée, jolie comme un cœur, magnifique crinière blond vénitien retenue dans un chignon incertain d'où s'échappaient des petites mèches bouclées. Des yeux qui hésitent entre vert et gris, un sourire à tomber et de belles mains aux longs doigts fins. Vernis, les ongles. Rose nacré. Jamais de la vie on ne pourrait imaginer que cette bombasse semblant tout droit sortie d'un tableau de Botticelli passe ses jours – et même une partie de ses nuits, visiblement – à découper des cadavres, assembler des vieux os pour recomposer des corps décomposés, tripatouiller des viscères et trépaner des crânes. Et en plus, elle sent bon : un mélange de fleurs et d'agrumes, au milieu de l'odeur de vieil hôpital qui flotte par ici. En même temps qu'elle claque la bise à Maxime – un grand pote on dirait, « au minimum » rajouterait Martha –, qu'elle nous souhaite la bienvenue, qu'elle s'excuse de son retard, elle s'emmaillote dans la tenue réglementaire, enfile une paire de gants en latex, puis une paire de gants en Kevlar, et par-dessus une autre paire de gants en latex. En trois minutes chrono, elle est prête. Et trouve encore le moyen de ressembler à une gracieuse créature délicatement empaquetée en face de nous, piteuse bande de lapins blancs engoncés dans nos costumes de l'espace.

« Elle m'énerve, celle-là. » Ta gueule, Martha. « J'ai rien dit. » Ouais mais tu le penses si fort que je l'entends d'ici. Tu te souviens de la règle, hein ? Pas un mot qui dépasse. Reçu ? « Reçu fort et clair, capitaine. » Je suis pas *capitaine.*

Le zip glaçant de la fermeture Éclair résonne dans la pièce, comme pour donner le coup d'envoi de cette prestation tragique et magistrale. La belle Olivia commence par observer attentivement les radios que son assistant lui présente au fur et à mesure sur le tableau lumineux du mur du fond. Ses commentaires, méthodiquement pris en sténo par l'autre assistant, égrènent avec précision les évidences qui apparaissaient sous nos yeux horrifiés : crâne défoncé, multiples fractures des membres, et la silhouette immonde d'un gros objet qui se détache au milieu du bassin.

— Présence d'un corps étranger : bouteille au niveau du vagin.

Au très court silence qui suit, je comprends que même elle, au milieu du nuage de joliesses dont elle semble se vaporiser pour ne pas laisser la mort l'empester, peut être percutée par la violence de sa spécialité. Elle reprend, très vite. Termine l'observation radiologique pour passer à celle du corps.

Cicatrices, plaies, bleus, taches, matière sous les ongles, matières sur le corps, sang, poils... Un inventaire implacable et macabre qui continue de raconter le massacre dans toute sa nudité. Il y a seulement sa voix, douce et précise, et le cliquetis de l'appareil photo du TIC, concentré, qui shoote chacune des choses qu'elle décrit. Une par une, toutes les plaies sont observées, détaillées, leur profondeur mesurée à l'aide d'une tige qu'on enfonce jusqu'à ce que ça bloque. On est tous trop concentrés pour trouver ça horrible : juste utile, clinique, technique, et bizarrement, infiniment respectueux de cette petite dame dont on cherche le bourreau. Avec beaucoup de douceur, elle relève ses empreintes digitales avant de lui couper les ongles. Un sachet pour la main droite, un autre pour la gauche, dûment étiquetés. Je sais que ce n'est que le début de cet éparpillement en mille morceaux qui seront tous, un par un, envoyés au labo.

Une fois terminé l'examen extérieur, c'est le moment de réaliser les « crevées ». Je me souviens de ce mot bizarre, presque déplacé, qui avait provoqué chez certains étudiants un rire nerveux. Une profonde incision dans chaque bras et chaque jambe, jusqu'à l'os, pour chercher des ecchymoses profondes imperceptibles en surface. Je regarde sans voir, ou vois sans regarder. Non, c'est différent de ça : je regarde avec attention mais comme détachée de ce qui pourrait rendre insupportable la découpe si précise et méthodique de cette personne. C'est son corps qu'on découpe, pas son être.

Olivia procède à l'ouverture du tronc, pour examiner l'intérieur. Poumons, cœur, foie, rate, reins. Bouteille.

— Une bouteille d'antiseptique en verre, encore à moitié remplie de son contenu.

Penser à autre chose. Un truc beau, grand, qui m'emmène ailleurs. Tiens, la ria d'Étel, l'autre jour, au petit matin. Le ciel rose sur la petite maison qui sourit, au milieu des bateaux de pêcheurs. Martha non plus n'en mène pas large. Mais je vois son sourcil droit trembler un peu, signe qu'elle est très concentrée.

Maxime nous avait briefées en attendant Marcadot :

— Détachez-vous de tout affect. Ne pensez pas à la personne qui est devant vous, mais à ce que vous cherchez, et à ce que vous pouvez trouver qui vous aidera à résoudre l'affaire.

Au milieu du son métallique des instruments chirurgicaux sur les plateaux en alu, la voix d'Olivia continue à décrire, en choisissant chaque mot avec soin, l'état dans lequel est ce corps, exactement comme ce qu'il est : une scène de crime. C'est incroyablement long et précis. Incroyablement doux aussi, et respectueux, au milieu de ce chaos de violence.

Il avait ajouté :

— Et si c'est trop dur, détournez les yeux.

Elle prélève. De la bile, du sang, des cheveux, de l'urine et d'autres trucs dont je préfère ne pas me rappeler. Elle enlève chaque organe, le mesure, le pèse, énonce son état et en extrait un petit morceau que ses assistants enferment dans des bocaux numérotés, qu'ils alignent l'un après l'autre sur la console qui leur est destinée. Tout un corps morcelé, comme une mosaïque qui finira par révéler, peut-être, la manière dont on lui a ôté la vie. Il fait froid. Chaque geste semble résonner à l'infini contre le carrelage sans vie. Mon odorat s'est habitué à ce qu'il respire mais de temps en temps, une odeur indescriptible se rappelle à moi et s'insinue avec entêtement dans mon nez. Mes sinus. Ma gorge. C'est l'odeur de la mort, je le sais. C'est la première fois que je la respire avec autant d'intensité.

Prélèvement de l'humeur vitrée avec une grande seringue. Détourner les yeux pour ne pas voir ça. Rasage des cheveux, puis décalottage de la boîte crânienne à la scie électrique. Penser à autre chose. Le « plop » au moment où elle enlève le morceau de crâne qu'elle vient de découper pour laisser apparaître le cerveau. Je découvre que si je le veux vraiment, en plus des yeux, je peux aussi détourner les oreilles et le nez. Je peux être là, pro et déterminée, en laissant mon cœur et mon âme – mon humanité – vagabonder ailleurs où c'est soutenable. Juste le temps de reprendre mon souffle.

Quand elle a terminé, il était 4 h 42. Je le sais, j'ai regardé la pendule, au-dessus de la porte. Sa voix s'est tue, et le silence s'est fait assourdissant. Nous sommes passés dans la pièce d'à côté pendant qu'avec une infinie délicatesse, les assistants recomposaient le corps martyrisé de la petite dame avant de le remettre dans sa housse. J'ai entendu le zip de la fermeture Éclair qui s'est mis à tourner en écho dans mon crâne, en même temps que nous jetions dans une grande poubelle nos oripeaux d'autopsieurs. Olivia s'est envolée comme elle était apparue, telle une nuée de libellules.

— Je file dormir un peu, j'ai cours à 10 heures...

On s'est retrouvés complètement stone sur le perron de l'Institut. Il faisait presque jour, les oiseaux commençaient à faire les malins. Ça sentait le printemps, la ville et la vie qui reprend. Le premier métro aérien est venu nous le rappeler dans un fracas d'enfer.

— On marche un peu ?

— Oh que oui !

On s'est posés tous les trois sur un banc, au bord de la Seine, pour guetter le lever du soleil. À ce moment très beau, où nous étions juste heureux de respirer ensemble loin de toutes les horreurs dont nous venions d'être spectateurs, mon abominable sœur s'est tournée vers Maxime pour lui demander, sur un ton faussement détaché :

— Et tu la connais depuis longtemps, Olivia ?

Je vais la dézinguer.

17

— Elle est marrante, ta sœur.

— Je préfère ne pas en parler.

Il rigole. On est repartis vers Rosny et, contre toute attente, nous voilà empêtrés dans un énorme embouteillage, à même pas 7 heures du matin : il semblerait qu'un camion de tomates ait perdu sa cargaison sur l'autoroute. Après une bonne session de mutisme sur fond de Radio Nostalgie, que je me suis bien gardée d'interrompre, c'est Maxime qui s'est lancé :

— T'inquiète, je sais ce que c'est qu'une sœur. J'en ai une moi aussi !

— Ah oui ?

— Arzelle, 35 ans, cueilleuse de plantes sauvages. Professionnelle, je veux dire, hein !

C'est à mon tour de rigoler.

— Elle s'appelle vraiment Arzelle ?

— Pour l'état civil, c'est plutôt Armelle. Mais elle a changé de nom quand elle a changé de vie. Arzelle, ça veut dire « ourse », en breton.

— C'est joli. Et donc, elle est herboriste ?

— Non. Elle était major de sa promo à Saint-Cyr Coëtquidan, promise à une grande carrière militaire. Du genre la première nana à grimper si vite et si haut, tu vois ?

— Je vois. Il devait être fier, ton père.

— Surtout ma mère, t'imagines !

— Un peu, oui. Et alors ? Qu'est-ce qui s'est passé ?

— Elle a « réfléchi ». Sa première mission, c'était il y a onze ans, en Irak, pendant la guerre du Golfe. Elle est revenue capitaine, mais elle n'a jamais raconté ce qu'elle a vécu là-bas. C'est pas trop le style de la famille, de s'étendre sur ce genre de truc.

— Exactement le contraire de chez moi.

— Oui, j'ai cru comprendre. Donc, elle est rentrée assez chamboulée et elle a pris trois mois de perm, en plein hiver, pour se poser à Houat. Tu connais ?

— « De toutes les matières, c'est la ouate qu'elle préfère » ?

« Alors là j'hallucine. Il est en train de te faire des confidences sur sa famille et toi tu fais de l'humour à la con ? » J'ai pas fait exprès, c'est sorti tout seul. « Bon, ben moi, j'abandonne... » Oui, c'est ça, abandonne, s'il te plaît. J'ai eu ma dose de toi ce matin.

— Mina, t'es là ?

— Oui oui, excuse-moi, j'ai eu un blanc !

— Faut que t'ailles à Houat un jour, c'est une île de dingue ! Mais pas forcément l'hiver, comme ma sœur. Elle est copine avec une nana qui possède un fort.

— Un fort ?

— Ouais, je te jure, un vrai fort, genre Vauban, tu vois ? Elle l'a aménagé en gîte pour le louer l'été. Mais l'hiver, c'est vide, vu qu'il y a juste un poêle dans la cuisine pour chauffer le machin, entre deux tempêtes.

— Et elle y a passé trois mois ?

— Décembre, janvier, février ! Toute seule dans son fort.

— La vache !

— Quand elle est rentrée sur le continent, elle s'appelait Arzelle et elle était cueilleuse de plantes sauvages.

Et là – je ne sais pas comment des trucs comme ça sont possibles, mais j'adore quand ça arrive –, qu'est-ce qui déboule sur les ondes de Radio Nostalgie ? *« De toutes les matières, c'est la ouate qu'elle préfère, passive elle est pensive en négligé de soie.* » Le fou rire ! Comme si les douze heures invraisemblables que nous venions de vivre se transformaient en une énorme gondolade insubmersible.

Une fois qu'on a retrouvé notre calme, et après avoir échangé les considérations d'usage sur nos familles respectives – très différentes, certes, mais peut-être aussi assez semblables à certains égards –, j'ai senti que c'était le bon moment pour lui parler de Courchon. Alors j'ai pris mon élan, et je lui ai tout déballé. Il était scotché. Et un peu épaté aussi. Mais surtout scotché.

— Je me doutais que tu me cachais un truc, mais j'étais loin d'imaginer !

— Fallait bien que je m'y mette un jour, et si j'attends Médart, tu seras colonel que j'aurai pas encore commencé.

— Oui, mais c'est chaud quand même...

— C'est peut-être chaud, mais c'est surtout pour ça que je suis là. Et si j'arrive à leur démerder le truc – et je suis quasiment sûre d'y arriver, suffit d'être méthodique –, c'est le début de ma carrière. Enfin !

— T'as intérêt à y arriver, tu veux dire ! Autrement t'es morte.

— Je sais.

— Surtout si Médart l'apprend.

— Je sais. Mais il ne l'apprendra pas.

On sait très bien, tous les deux, ce que Médart le connard a les moyens de m'infliger pour venger son autorité bafouée : notations catastrophiques pour ruiner mes espoirs d'avancement, obstruction systématique à toute demande de stage ou de formation, placardisation puissance dix... Mais je sais aussi très bien que si je commence à penser à ça, je ne fais plus rien de ma vie. Et qu'elle est bien trop courte pour que j'attende le bon vouloir de Médart et consorts pour qu'elle commence enfin.

On a fini par arriver à Rosny. Je suis rentrée chez moi prendre une longue, longue douche, avec triple savonnage et double shampoing pour extirper autant que possible les remugles de notre nuit à l'Institut. J'ai enfermé mon vieux survêt' dans un sac-poubelle bien étanche que j'ai jeté à la benne en sortant et je suis allée terminer mon vendredi au bureau, mollo-mollo, un thé après l'autre, en attendant avec impatience que la pendule parvienne jusqu'à 17 heures.

Ce week-end-là, je ne l'aurai pas volé ! Direction mon petit nid parisien, mais pas avant d'avoir visionné la cassette de Jean-Mi, histoire que tout ça puisse décanter tranquillement d'ici lundi.

Finalement, je suis restée dormir à Rosny : j'ai passé la soirée sur la télécommande du magnéto, entre *pause*, *play* et *rewind*, jusqu'à me rendre à l'évidence : il a fait ce qu'il a pu Jean-Mi, mais sur une vidéo, je ne parviens pas du tout à me rendre compte. C'était une mauvaise idée, cette histoire de caméscope. Beaucoup de temps perdu pour rien…

La seule certitude que j'en ai tiré, c'est qu'il va falloir que j'y aille, au Reculey. Et le plus tôt serait le mieux. J'ai regardé sur Internet : en train, Vire, c'est trois heures depuis Montparnasse. Mais après, qu'est-ce que je fais ? Je demande à Jean-Mi de venir me chercher pour une visite guidée ? On n'a absolument pas le droit de faire un truc pareil. Si on se fait choper, ça fout toute ma crédibilité en l'air. Pour des années… Je n'ai pas le choix : je suis bonne pour un week-end solo au pays des andouilles. Mais avec quelle voiture ? Quand j'ai vu qu'on approchait de minuit, j'ai décidé de ne rien décider. On verra si une solution de génie me vient dans la nuit. Pour le moment, la seule urgence, c'est de récupérer de ma nuit blanche. Extinction des feux.

C'était couru. Je me suis endormie comme une souche, mais pour me précipiter dans un escalier Art déco sans fin, en parquet à chevrons, qui grimpait bien raide le long du métro aérien. Et puis je suis arrivée dans une très petite pièce entièrement carrelée de blanc, aux murs tapissés de toutes sortes d'instruments chirurgicaux, et d'une invraisemblable collection de couteaux. J'ai essayé de faire marche arrière mais évidemment, la porte ne s'ouvrait plus. J'ai repéré une trappe sous la table. Je l'ai soulevée et j'ai trouvé un escalier en colimaçon qui semblait plonger dans les entrailles de la terre. J'ai hésité : rester coincée ici ou m'enfoncer vers l'enfer ? J'ai opté pour l'enfer. Plus je descendais, plus il faisait chaud, au milieu d'un grondement qui enflait, qui enflait. Je n'arrivais plus à respirer, j'ai voulu faire demi-tour pour remonter à la surface et retrouver la salle d'autopsie mais au-dessus de moi, les marches avaient disparu. J'étais foutue, condamnée à l'engloutissement dans ce gouffre de tous les diables. C'est là, en pleine asphyxie, que le miracle s'est produit : ouverture d'une trappe magique, courant d'air frais pour reprendre ma respiration, et apparition de mon héros, encuiré de la tête aux pieds. Jean-Mimi, *king of bikers*. Sauvée.

18

Après tout, qu'est-ce que je risque ? Je veux dire, qu'est-ce que je risque de plus que ce que je risque déjà ? Je devrais dire ce qu'ON risque, d'ailleurs. Médart m'a interdit de bosser sur ce dossier, mais Jean-Mi n'a pas le droit non plus de l'oublier sur mon bureau. Ni de m'envoyer les éléments que je lui demande. Ni d'aller filmer la boucherie pour moi... On est déjà complètement hors cadre, alors un peu plus un peu moins, si ça peut faire avancer le Schmilblick, pourquoi pas ?

À ma deuxième tasse de Earl Grey impérial – faut c'qu'y faut pour les grandes décisions –, tout est super clair dans mon esprit. Au pire, il m'envoie balader et je suis méga gênée. Au mieux, je remplis mon tableau en deux temps trois mouvements. Affaire réglée.

À 9 heures pile, j'appelle.

Bon, j'ai quand même un peu le trac en composant son numéro perso, surtout qu'on est samedi. Mais c'est lui qui me l'a donné. Et puis il n'est pas obligé de répondre.

— Bonjour, Jean-Michel, je vous dérange ?

— Pas du tout, Mina, que puis-je faire pour vous ?

— Désolée de vous appeler pendant le week-end...

— Y'a pas d'heures pour les braves ! Tout va bien ?

J'ai un peu bégayé, pas mal périphrasé, remercié pour la vidéo tout en expliquant que j'avais quand même du mal à m'y retrouver... J'ai été nulle, quoi. Quand il a vu que je ne m'en sortais pas du tout, il a pris les rênes.

— Vous voulez venir ?

— Ça serait super. Mais j'ai pas tellement le droit...

— Vous avez le droit de vous offrir un petit week-end en Normandie, non ?

— Bien sûr, mais...

— Ça tombe bien, ma sœur tient un bed & breakfast à deux pas d'ici. Si ça se trouve, il est libre ce soir.

— Ce soir ?

— Ah. Vous avez d'autres projets ?

— Non non, je...

Le mec est encore plus frappé que moi.

— Bon, alors débrouillez-vous pour attraper le train de 13 h 47, et je vous récupère à Vire à 16 h 32. C'est jouable ?

— Tout à fait.

— Ça tombe bien, c'est la foire à l'andouille ce week-end au Reculey. Ça vous fera une initiation...

— La foire ? Mais ça va être compliqué de passer inaperçus si tout le monde est dehors...

— Au contraire ! Y'a tellement personne d'habitude que tout mouvement paraîtrait suspect. Mais un jour de foire, personne ne nous calculera.

Après, tout s'est enchaîné très vite : le temps de préparer un sac et un grand thermos de thé, de me ruer dans le RER pour rallier la gare Montparnasse, de choper au passage un petit pain aux lardons et un grand sac de chouquettes pour accompagner mon Marco Polo, je me suis assise dans le Paris-Granville en ayant l'impression de ne même pas y avoir réfléchi. C'est peut-être mieux comme ça, dans le fond. Est-ce bien nécessaire de me demander si je ne suis pas en train de faire la connerie de ma vie ?

« C'est un peu tard pour y penser. » Alors là, c'est la meilleure ! Madame « ben quoi » a quelque chose à dire ? « T'exagères.

Tu sais très bien que je prends toutes mes décisions après mûre réflexion. » Ce qu'il faut pas entendre ! Et le banquier, c'était mûrement réfléchi ? « Ça, c'est pas pareil, c'est un coup de foudre. » Les jumeaux ? Ton déménagement ? Le CAP boucherie après un master de psycho ? « C'est bon, calme-toi, pourquoi tu t'énerves ? » La salopette de Bozo le clown, on en parle ? « Qu'est-ce qu'elle avait ma salopette ? » Et ta petite question merdeuse sur Olivia, hier matin sur le banc ? « Aaaaaah, c'est pour çaaa... » On avait dit pas un mot qui dépasse. « Désolée, ça m'a échappé. » Oui ben, comment tu dis déjà ? C'est un peu tard pour y penser !

J'ai investi dans un billet de première – avec le tarif « quart de place » spécial gendarmerie, ça reste quand même très abordable – pour pouvoir m'enfermer tranquille dans un compartiment et réviser le dossier Courchon sans que personne ne louche sur mon épaule. J'imagine la tronche des voisins dont le regard tomberait sur les photos de la scène de crime... Là, je suis à peu près sûre de ne pas être dérangée, surtout un samedi après-midi : c'était hier soir ou ce matin, la ruée du week-end. Le seul moment délicat sera l'irruption du contrôleur au milieu du rapport d'autopsie. Mais je vais guetter, ça devrait être jouable.

Le but de la manœuvre, c'est de m'imprégner le plus possible des éléments dont je dispose dans le dossier, de manière à les avoir en tête, tous, quand je serai dans le labo de Courchon. C'est à partir de là qu'on pourra imaginer différents scénarios pour se faire une idée de plus en plus précise de ce qui s'est passé, et de comment. Normalement, plus ces points seront clairs et plus je serai capable d'en déduire le profil et les mobiles de l'auteur.

Pour l'instant, là où j'ai bien avancé, c'est sur la victimologie. Je commence à le connaître pas mal, mon Courchon, et même s'il y a encore plusieurs questions à éclaircir, je vois à peu près qui il était, et où il en était de sa vie au moment où elle s'est arrêtée. Mais un crime, c'est la rencontre entre une victime et un assassin, et pour le moment, sur ce sujet crucial – c'est quand même pour ça que je fais ce métier, hein ? –, j'ai surtout piétiné. La visite du labo devrait me servir à ça : si tout se passe comme je l'espère, je vais faire des pas de géant dans l'analyse comportementale de l'auteur.

Coup de bol : le contrôleur s'est pointé au moment où je potassais mon tableau, après avoir soigneusement rangé les photos dans leur pochette. Il a poinçonné mon billet sans le regarder, avec un grand sourire encourageant.

— Ma fille aussi est en pleines révisions. Vous passez quel bac ?

Je ne sais pas à quel moment de ma vie j'aurai l'air d'avoir vraiment l'âge que j'ai. En attendant, j'ai appris que le meilleur moyen d'avoir la paix est de ne pas les contrarier.

— Économie. Et après fac de droit.

— Bonne chance alors !

— Merci !

T'inquiète mon pote, on l'a eu, le bac. Ça fait un bail. De justesse, mais on l'a eu.

Jean-Mi m'attendait devant la gare. Et devant sa Harley rutilante. Pas le gros machin clinquant, avec des enjoliveurs partout, des poignées à franges et des flammes jaune et or peintes sur le réservoir. Non. Une belle machine super soft entièrement noire, moteur argenté dont on imagine avant même qu'il tourne le joli ronronnement qu'il produira. La classe. Il m'a tendu un casque avec un grand sourire.

— C'est un baptême ?

— Je ne vous le fais pas dire.

— Ne vous inquiétez pas, ça va bien se passer !

— Je ne suis pas inquiète. Pas pour ça en tout cas…

— On s'arrête chez ma sœur pour poser votre sac, et on file au Reculey ?

J'avais raison, pour le ronronnement. Canon. Et la petite balade dans le bocage normand, au milieu des pommiers en fleur et des champs de coquelicots, pas mal non plus. Je n'avais jamais trop compris l'intérêt des « week-ends en Normandie », quatre heures de bouchon à l'aller, quatre heures de bouchon au retour pour s'entasser sur des plages blindées de Parisiens, mais là je saisis mieux. Le printemps, vu sous cet angle, c'est carrément délicieux.

La sœur est charmante, autant que son gîte – *Sweet home,* le bien nommé –, niché dans une chaumière absolument conforme à l'idée qu'on s'en fait : colombages, roses trémières, fruitiers en espalier le long du mur du fond et même une petite fontaine qui glougloute au milieu du jardin. Ma chambre, on dirait une bonbonnière anglaise, tout en fleurs et en volants. Vu l'opulence du *bed*, j'ose même pas imaginer l'exubérance du *breakfast*. Ça va être grandiose.

À peine arrivés, déjà repartis, je me laisse embarquer sans rien piloter et honnêtement, ça me va très bien. Un peu comme si ça me rendait moins responsable de la grosse acrobatie procédurale dont nous sommes en train de nous rendre coupables, Easy Rider et moi…

La fête de l'andouille, on ne peut pas la rater : bien avant Le Reculey, de grandes pancartes très explicites invitent le voyageur à ne surtout pas manquer cet événement majeur de la gastronomie. À l'entrée du bourg, nous nous garons dans un champ déjà rempli de voitures, camping-cars et motos, venus de tout le département et même des limitrophes, au vu des immatriculations.

— Badidon, quand on fête l'andouille, on fait pas semblant par ici !

Il m'explique en rangeant mon casque :

— C'est une des plus grosses foires de la région. Et c'est d'autant plus étonnant que Le Reculey n'est qu'un village. Même pas deux mille habitants, je crois. Mais le week-end de l'andouille, il devient la capitale mondiale de la charcuterie !

Je le suis au milieu de la foule. Ça rigole, ça piaille, ça discute, et je me demande si une fois dans ma vie, j'ai déjà vu une foire. Une vraie, à l'ancienne, avec badauds, camelots et stands de dégustation à gogo. Ça pour déguster, ça déguste, et pas que de l'andouille ! Camembert, livarot, pont-l'évêque, calvados, tripes en tout genre, poissons et fruits de mer, crème, beurre, caramel, pommeau, cidre, et pour le dessert, teurgoule et douillon, respectivement riz au lait et gâteau aux pommes, comme l'expliquent les affiches. C'est bien simple : le temps d'arriver sur la place du village, j'ai l'impression de sortir de trois heures de banquet. Repue, jusqu'à demain, au moins.

Mister enquêteur est aux anges. Avec sa casquette et son blouson de biker, il a autant l'air d'un adjudant de gendarmerie que moi d'une profileuse du FBI. Il avait raison : y'a pas meilleure couverture qu'une foire à l'andouille !

Sur la place bondée du village, je reconnais la boulangerie Rolin, débordante de douillons jusque sur le trottoir, et juste en face, la boucherie Courchon, seul commerce fermé un jour comme aujourd'hui. Derrière la grille, dans les grandes vitrines vides traînent encore les guirlandes de Noël et le présentoir annonçant sur un faux parchemin le menu du réveillon. Sur la porte, un petit mot manuscrit : *« L'établissement est fermer jusqu'à nouvelle ordre. »* Le champion de l'orthographe a encore frappé, on dirait. Faudra voir s'ils ont pensé à comparer…

Contournement de la place, petite rue de derrière : là aussi, je reconnais ce que j'ai vu sur les photos, et sur la vidéo. C'est par cette porte-là, en métal gris, peinture tout écaillée autour de la serrure, qu'Étienne Courchon est entré dans son labo au petit matin. Et vraisemblablement quelques instants plus tard, c'est aussi par là qu'est entré son assassin. Zéro fenêtre à proximité : la ruelle semble être juste un passage et, même en ce jour de grande affluence, pas un chat par ici. Tu m'étonnes qu'il n'y ait pas de témoin…

Devant la porte, un truc me saute aux yeux et je me demande comment je n'y ai pas pensé avant de me précipiter dans ce putain de 13 h 47 : les scellés ! Évidemment, c'est la scène d'un crime en cours d'instruction. Pas moyen d'entrer sans faire une demande officielle de bris des scellés. Et on lui aurait dit quoi, au procureur ? « La sous-bite Lacan voudrait faire un tour sur la scène de crime, mais comme son patron le lui a interdit, elle vient en loucedé un samedi, c'est OK pour vous ? » Non mais, c'est pas possible d'être aussi… dé… butante…

Heureusement Jean-Mi, lui, n'est plus débutant depuis longtemps. Sans un mot pour ma mine déconfite, il s'approche des deux médaillons de cire rouge, reliés par les deux morceaux de ficelle réglementaires qui interdisent l'accès à la serrure. Et là, miracle, une pichenette délicate de son index droit suffit à soulever l'un des deux cachets rouges, visiblement pas collé du tout.

— Quelle saloperie, ces scellés… Suffit qu'il pleuve au moment de la pause pour que rien ne tienne.

Alors là, c'est moi qui suis scotchée. Il me regarde, l'air triomphal, avant de conclure dans un clin d'œil :

— Et mardi, quand je suis venu filmer, il tombait des trombes d'eau.

Tel un prestidigitateur, il dégaine de sa poche droite *The* trousseau et de sa poche gauche deux paires de surchaussures en plastique que nous nous empressons d'enfiler avant d'entrer dans le labo, comme des voleurs, en prenant bien soin de refermer derrière nous. Il actionne l'interrupteur, les grands néons du plafond s'allument en grésillant et en tremblotant.

— Bon ! Là, on ne risque plus rien. À vous de jouer.

19

J'avoue, ça me fait quelque chose. Un peu comme si j'entrais dans un tombeau. Un homme a été assassiné ici.

Ambiance de mort : ils ont tout nettoyé, sans rien nettoyer. Dieu merci, même si la règle est qu'on ne touche rien d'une scène de crime, toute la viande, les carcasses, les andouilles ont été évacuées depuis longtemps. Restent leurs traces, un peu partout dans le labo, les taches là où étaient posées les têtes, les bacs vides dont on voit bien qu'ils ont été pleins, une pile de torchons propres qui attendent qu'une main les saisisse – les sales ont été embarqués pour expertise… Au mur, comme sur les photos, les couteaux bien rangés sur une barre aimantée. Et cette odeur un peu âcre qui ressemble tellement à celle de l'Institut.

Évidemment, ce qui prend toute la place au milieu de ce désordre, c'est le sang. Des giclures sur les murs et une grosse flaque noire, encroûtée, autour de l'endroit où Courchon est tombé. Et puis les empreintes de piétinement, séchées. Le rond du seau renversé. Les petites traces des « cavaliers », ces plots posés par les collègues, le temps de faire les photos, à l'endroit des objets saisis, dont l'énorme couteau.

Voilà. J'y suis. Mon boulot, maintenant, c'est de choper toutes les informations qui vont me permettre de comprendre qui est le mec qui est entré par cette porte, comment il est entré, avec quelle intention et pourquoi. Et qu'est-ce qui s'est passé exactement cette nuit-là.

— Surtout, dites-moi si je peux vous aider.

Et comment, que tu vas m'aider, Jean-Mimi. On ne sera pas trop de deux pour imaginer toutes les façons dont ça a pu se dérouler…

— La première chose à faire, c'est de partir du moment où vous l'avez trouvé, et de tout rembobiner pour comprendre la logique des mouvements et du tempo. Donc, il était couché là, c'est ça ?

Je m'approche précautionneusement du centre de la pièce, où, d'après les photos, le corps a été découvert. C'est facile à repérer : au sol, des traces blanches au milieu du noir du sang séché. Je sens la croûte craquer sous mes pas, comme une biscotte qui s'effrite. Bouger le moins possible, pour ne pas ajouter mes traces à moi.

Quand je suis dos à la porte, qu'est-ce que je vois ? Pile en face, la porte qui donne sur la boutique. A priori, fermée jusqu'à l'arrivée de l'employée. À la droite de la porte, la longue console où s'alignent les bacs en plastique contenant ce jour-là les divers boyaux qui attendaient d'être remplis. Et le mur derrière, recouvert d'une crédence en alu jusqu'à hauteur de mon regard. Tellement briquée que j'aperçois, très clairement, la silhouette floue de Jean-Mi s'y refléter.

— Bougez un bras pour voir ?

Je vois son bras bouger.

— Vous pouvez sortir, fermer la porte, et puis l'ouvrir et entrer ?

Il s'exécute et c'est net : je vois une ombre entrer et refermer derrière elle.

— S'il était là, en train de s'occuper de son boudin, il a vu le reflet du mec entrer derrière lui.

— Il a *pu voir* le reflet. Mais s'il avait les yeux occupés à regarder ce que ses mains fabriquaient par exemple, et que l'autre est entré en silence, il a très bien pu ne rien remarquer.

— OK. Les deux hypothèses sont possibles. On sait si la porte était fermée à clé ?

C'est un des éléments qui manque : d'après certains témoins, Courchon ne s'enfermait jamais. Une fois entré, il accrochait la clé à un clou planté dans le chambranle et ne verrouillait qu'en partant. Mais selon certaines de ses employées, il lui arrivait souvent, surtout ces derniers temps – et il faudra comprendre pourquoi –, de refermer derrière lui en laissant la clé dans la serrure.

— Et vous avez trouvé quoi, le jour de sa mort ?

— C'est assez bizarre : elle était dans la serrure, à l'intérieur, mais la porte n'était pas verrouillée.

— Donc, il a ouvert à son agresseur ?

— Ou pas. L'auteur a aussi pu mettre la clé dans la serrure avant de repartir.

— Mais pourquoi ?

— Pour qu'on croie que c'est Courchon qui a ouvert, par exemple ?

Rien de ce que je vois autour de moi ne permet, pour le moment, de répondre à cette question. Elle rejoint sur mon cahier les autres points à élucider. Ce n'est que le début d'une longue série.

D'après le légiste, le premier coup porté serait entre les omoplates. De dos, donc. Pas létal, mais assez violent pour le faire tomber sur le ventre. Par surprise. Peut-être parce qu'il n'a ni vu ni entendu son agresseur arriver. Ou peut-être parce qu'il ne s'en méfiait tellement pas qu'il lui a tourné le dos sans se poser de question.

— Vous pensez qu'il ne s'est ni débattu, ni battu ?

— Pas au début. C'est après qu'il s'est débattu. Quand il s'est retrouvé sur le dos, face à son agresseur.

— Vous êtes sûre de ça ?

— Presque. Vous voyez des traces de bagarre ? C'est là, quand ils sont face à face, qu'il essaie de se défendre. Très clairement, le désordre est cantonné à un très petit espace autour de son corps.

— OK. Il devait déjà être affaibli par la première blessure.

— Et surtout, si l'autre est sur lui, il n'a pas l'avantage.

Les entailles profondes sur le pouce et les avant-bras de Courchon semblent le confirmer : il a dû essayer de saisir le couteau qui l'attaquait, et de s'en protéger avec ses bras. En vain.

Ce qui s'est passé dans les minutes d'après, c'est le corps qui nous le dit : cinq entailles autour de la jugulaire et de la carotide, et puis une vingtaine de coups sur le flanc gauche et dans l'abdomen.

— C'est là qu'il le tue.

— Oui. D'ailleurs, de là où je suis – où ils étaient, donc –, je vois les giclures de sang tout autour de moi, et surtout sur la gauche.

— OK. Ça, ça marche. Mais après ? Il le retourne, ou Courchon se retourne dans un dernier sursaut ?

— Les deux sont possibles, on dirait.

D'après le légiste, Courchon avait le bras sur son bas-ventre, comme pour retenir ses viscères. Mais ça ne nous aide pas à savoir qui l'a retourné.

— Vous êtes sûre que c'est la peine de passer du temps à se poser cette question ? Il est déjà foutu, à ce moment-là.

— Oui, mais c'est une énorme indication sur le degré d'acharnement de l'agresseur.

Il opine. Je pense qu'il commence à comprendre ce que je suis, moi, en train d'expérimenter pour de vrai après l'avoir potassé mille fois depuis des années : plus on se met à la place de l'auteur, et plus on a de chances de savoir où et comment le chercher.

— Il faut une sacrée rage pour retourner un mec en pleine agonie, non ?

— De la rage ou de la honte. Si l'auteur le retourne, il ne croise plus son regard.

— Et pas mal de sang-froid aussi…

— Au moins de la détermination, je dirais.

Une fois sur le ventre, d'après le légiste, Courchon était mort, mais l'auteur l'a encore piqué à plusieurs reprises, dans la nuque, les bras et les cuisses. Quand j'ai lu ça, ça m'a intriguée, j'ai cherché dans mes fiches et j'ai trouvé, dans un des cours de Lygia, tout un passage sur les « piques de vérification ». L'auteur a frappé encore et encore, non pas pour s'acharner comme il a pu le faire devant, sur le ventre et le flanc, mais pour voir si la victime réagissait, et s'assurer qu'elle était bien morte.

Et là, tout d'un coup, accroupie au milieu du sang séché d'Étienne Courchon, me revient en mémoire un autre cours de ma chère Lygia, qui nous expliquait qu'il se passe souvent un petit laps de temps entre la mort d'un être et l'arrêt de son corps. Et qu'un corps déjà mort peut sembler ne pas l'être, surtout aux yeux d'un béotien : il continue d'émettre des sons et des mouvements réflexes quelques instants avant de devenir un cadavre inerte. Je le savais, puisque je l'ai étudié et appris. Mais là, en situation réelle pour la première fois de ma vie, je le comprends, avec mon corps à moi. Après avoir provoqué son agonie et sa mort, l'auteur a assisté à cet ultime moment, sans doute sans comprendre ce qui était en train de se passer. Et c'est peut-être pour ne pas le voir qu'il l'a retourné, avant de le piquer pour être sûr que tout était fini.

— Ça va, Mina ?

— Ça va.

— Tu es sûre ? C'est violent, hein ?

— Pas autant pour moi que pour ce pauvre Courchon…

Il me tend la main pour m'aider à me relever. Je n'en ai pas besoin, mais je la saisis quand même, parce que ça me fait du bien de sentir le contact chaleureux d'une main bien vivante.

— Bon, et une fois qu'il l'a tué, qu'est-ce qu'il fait ?

— Ben, il se carapate.

— Oui, mais comment ? En panique ? Calmement ? Il s'essuie les mains ? Les pieds ? Nettoie son couteau pour le remettre au milieu des autres, ou repart avec ?

— Ça, on sait pas. On les a expertisés, mais on n'a pas retrouvé l'arme du crime. La seule chose dont on est sûrs, c'est que c'est pas la grosse lame trouvée à côté du corps. Elle ne correspond pas du tout aux blessures.

— Et sur les torchons ? Le robinet ? Dans le siphon de l'évier ? Vous avez retrouvé des traces ? Ses fringues ? Tout devait être couvert de sang, non ?

— Là-dessus non plus on n'a pas très bien avancé. Y'a ces tabliers jetables, tu sais ?

Il me montre, pendus à une patère à côté de la porte d'entrée, un petit paquet de tabliers en plastique fin, dépliés et prêts à l'usage, exactement les mêmes que celui avec lequel Marcadot s'est protégée pour l'autopsie.

— Ils utilisent des trucs comme ça, les bouchers ?

— Courchon, en tout cas. C'était un malade de la propreté.

— Et ça suffirait à protéger le tueur ?

— Ça peut. On en a retrouvé un, souillé, dans la poubelle. On a aussi saisi un tablier en tissu, imprégné de sang. D'après sa fille, qui se charge de la lessive à la maison depuis que sa mère n'est plus là, quand il faisait des choses très salissantes, il rajoutait cette protection.

— Bon. Faudrait vérifier ça…

— Avec le légiste, peut-être. Je vais lui demander.

— OK. Reprenons depuis le début. Tu veux bien te mettre à la place de Courchon, là, vers les bacs à boudin, dos tourné à la porte, et moi je rentre ?

On a essayé plein de combinaisons possibles. Je rentre en faisant super gaffe de ne pas faire de bruit, et viens rapidement lui porter le premier coup par surprise. Si – et seulement si – je suis méga furtive et qu'il ne lève pas les yeux pour choper mon reflet dans la crédence, ça peut marcher. Ou alors, je rentre en faisant du bruit, ou après avoir frappé à la porte pour qu'il vienne m'ouvrir avant de retourner à son boudin, et là ça marche aussi. Si – et seulement si – il n'a pas peur de moi et trouve normal que je sois là. Ou bien, il vient m'ouvrir la porte et je l'attaque immédiatement…

Au bout d'une bonne demi-heure de tentatives diverses, nous avons quasiment validé que, même si on ne peut pas complètement évacuer la possibilité d'un auteur très discret le surprenant alors qu'il était très concentré, la situation la plus probable, c'est qu'il a entendu l'auteur entrer ou qu'il lui a ouvert en confiance. Puis qu'il lui a tourné le dos pour reprendre sa tâche, pendant que son assassin enfilait – ou pas – un tablier jetable et s'approchait tranquillement de lui pour le planter.

— Avec une arme qu'il a lui-même apportée.

— Voilà.

— Donc, il connaît son assassin.

— Sans doute. Il l'attend, même, si ça se trouve.

C'est à ce moment qu'un truc m'a sauté aux yeux – non mais pourquoi personne n'a pensé à ça ? À gauche de la porte qui mène à la boutique, bien rangé le long du mur, posé sur un chariot en alu, un énorme hachoir électrique, dernier cri, devant lequel est posé un bac en plastique. Je couvre mon doigt avec la manche de mon tee-shirt et j'appuie sur le bouton. Ronronnement. Gros ronronnement, même.

— Et encore, il est vide.

En vérifiant dans le dossier, je retrouve facilement une photo où on l'aperçoit, à côté de la porte. On voit très nettement quelque chose dégueuler de sa grille, et un petit tas d'un truc haché amoncelé dans le bac posé devant.

— S'il était en train de hacher, il a très bien pu ne pas entendre le mec arriver.

— Mais s'il était en train de hacher là, il n'est pas du tout à l'endroit où il est tombé.

— Sauf s'il faisait autre chose en attendant que son hachis soit prêt.

— Oui. Et tant qu'on y est, t'as vu ça ?

Il me montre un poste de radio, posé sur une étagère murale, un peu au-dessus du hachoir.

— Vous avez pas constaté s'il était allumé à votre arrivée ?

— Je n'en ai pas le souvenir, et il n'en est pas fait mention.

Je recache mon doigt pour appuyer sur *on.* « Radio Nostalgie » s'affiche en vert fluo sur l'écran numérique. *« Elle s'en fout / elle s'en balance de savoir ce que les autres pensent / De toutes les matières, c'est la ouate qu'elle préfère... »* Non mais il y avait combien de chances, sur un milliard, que je retombe sur cette chanson ? Quand je vais raconter ça à Maxime, il n'en reviendra pas !

« Et donc, à moi, tu me le raconteras pas ? » Pitié Martha, c'est pas le moment...

Je n'ai pas touché le bouton du volume : il aimait écouter bien fort, Courchon, on dirait.

— Mets-toi à la porte, et entre, pour voir si j'entends ?

Là, on est formels tous les deux : radio sans hachoir, ou hachoir sans radio, on a déjà du mal à entendre la porte s'ouvrir. Mais radio plus hachoir, on ne l'entend plus du tout.

Ça doit faire presque deux heures qu'on est là. On passe encore un bon quart d'heure à se prendre la tête sur la manière dont l'auteur a pu repartir : nettoyé, pas nettoyé ; calmement, ou en panique... Et un autre à se demander comment exploiter les traces de pas inexploitables autour de la tache de sang : entre la découverte du corps et l'arrivée des gendarmes, tout le monde a pataugé là-dedans, en rendant définitivement les empreintes ininterprétables. Après quelques vérifications supplémentaires, on a tous les deux l'impression d'avoir fait le tour.

J'ai tout pris en notes, à la volée : l'ensemble des hypothèses, et les trucs que Jean-Mi devra vérifier. Je mettrai ça en ordre ce soir, dans mon *bed* à fleurs. Mais le plus important, je sais que je l'ai : mon corps a enregistré l'espace, les volumes, les lumières, les sons et les distances. Il a intégré la logique du lieu, et les multiples possibilités que nous avons testées. Et je sais que mon cerveau s'en souviendra au moment de compléter le puzzle.

Une fois dans la ruelle, on enlève nos surchaussures, Jean-Mi referme la porte et repositionne symboliquement le scellé récalcitrant, avant de proposer avec un grand sourire :

— On la goûte, cette andouille ?

J'avoue, j'étais moyennement emballée. Mais pouvais-je vraiment décliner ? Nous avons retrouvé la foule qui grouillait sur la place, et dégoté deux places au comptoir de l'Ordre de l'Andouille, le temps de boire un petit cidre accompagné de quelques tranches du machin.

— Vas-y, essaie ! Suffit de pas réfléchir à ce que tu es en train de manger et tu verras, c'est très bon.

Une pensée pour ma chère maman, que l'image ferait sans doute tomber dans les pommes. Et une autre pour Martha, que cette transgression suprême fera sûrement hurler de rire. Go !

— T'as raison ! C'est bon !

Honnêtement, je n'ai même pas eu à me forcer... La deuxième rondelle, je l'ai dédiée à Étienne Courchon, qui devait être si fier de sa production.

— Tu es contente de la visite ?

— Très. Je pense que ça va aller assez vite, maintenant...

— Vite comment ?

— Si Médart ne me confie aucune autre mission de première importance – on n'est jamais à l'abri, hein ? –, je pense que dans quelques jours, j'aurai une idée bien plus claire de qui nous cherchons.

— Et je pourrai te parler de cette nouvelle piste ?

— Oui ! Et de toutes les autres.

Il avance son verre de cidre pour trinquer. Avant de sortir de sa poche magique un nouveau trousseau de clés.

— Et devine quoi ? On a encore une visite à faire !

— Oh ? C'est les clés du Désert ?

— Exactement.

Jean-Mimi, roi des bikers *ET* des enquêteurs !

20

Ça, pour être désert, c'est désert. Il nous a fallu dix minutes à peine pour faire le trajet depuis Le Reculey, sans croiser personne. La maison est nichée dans le creux d'un vallon, au bout d'un chemin bordé de haies ; de la route on ne l'aperçoit même pas. Un pavillon pur style années 70, assez quelconque, et même carrément tristounet depuis que plus personne n'entretient le jardin. Visiblement, il n'y a plus que les mauvaises herbes pour vivre ici… Pas un chat, et pas un toit qui dépasse aux alentours.

Pas de scellés non plus, cette fois-ci. Jean-Mi déverrouille la serrure, et on entre par la porte du garage.

— C'est là qu'ils ont installé l'atelier.

Les néons grésillent et clignotent, exactement comme au labo, avant d'éclairer une grande cuisine professionnelle, tout en carrelage et alu, impeccablement rangée. Un immense évier, deux gros fours posés l'un sur l'autre, une grande paillasse centrale et sur les étagères, classés par forme et par taille, des moules, des terrines, des plats. Sur le mur du fond, un grand panneau effaçable sur lequel est tracé un tableau d'emploi du temps indélébile, une colonne par jour de la semaine. Vide. Juste à côté, deux autres colonnes : « À faire » et « À commander ». Vides. On voit bien que la vie s'est arrêtée ici aussi, et c'est comme s'il n'en restait plus une trace.

Je n'avais pas réalisé, sur les vidéos, mais la première chose qui saute aux yeux en entrant, c'est le nombre de similitudes avec l'endroit qu'on vient de quitter. Mêmes néons, même mobilier, même ambiance. Même hachoir, tiens ! Même pile des mêmes torchons, mêmes couteaux aimantés sur la même barre. Même paquet de tabliers en plastique jetables, accrochés à la même patère à droite de la porte en entrant. Et sur une petite étagère murale, même minichaîne hi-fi, de la même marque ! J'appuie sur *on*. Cette fois-ci, l'écran indique *CD*, en même temps que rugissent à nos oreilles, à plein tube, des hurlements sauvages que je suis incapable d'identifier. *Of.*

— Ouaah ! *Dead Yuppies* ! Ça c'est pour les connaisseurs ! Il est bluffant ce Jean-Mi.

— Biker *ET* fan de hard rock, donc ?

— C'est pas du hard rock, ma petite demoiselle. C'est Agnostic Front, un des meilleurs groupes de punk hardcore new-yorkais. Et là c'était *Love to be hated*, un titre de *Dead Yuppies*, leur dernier album.

— *Love to be hated* ? Ça c'est du romantisme qui déchire ! Surtout les tympans…

— C'est sûr, ça nous change de Radio Nostalgie !

Allez, fous-toi de ma gueule. On n'est pas en train de devenir un peu trop familiers, là, mon adjudant ? Déjà qu'on s'est retrouvés à se tutoyer sans se demander la permission – bon, les scènes de crime, ça rapproche –, faudrait pas non plus que je me mette à t'appeler Jean-Mimi à voix haute, et qu'on se retrouve empêtrés dans un truc indémerdable, hein ! Complices d'instruction, ça me va bien. Mais ça me suffit, aussi.

L'atelier est tellement briqué que je ne vois pas bien ce qu'on pourrait en tirer. À part la conclusion qu'Étienne Courchon était sans doute un brin obsessionnel, au moins pour ce qui touchait à son boulot. Le coup du « tout à l'identique », c'est un peu… vertigineux, non ? Parole de jumelle…

Je pousse une porte qui ouvre sur une buanderie. Nickel, elle aussi. On pourrait manger par terre, dans une bonne odeur de lessive. Sur une étagère, des vêtements professionnels, soigneusement rangés et étiquetés : une pile pour les pantalons, une pour les blouses, et une dernière, deux fois plus haute que les autres, pour les tabliers. Il y a aussi un plein panier de chaussettes, toutes les mêmes, un autre où attendent quelques calots, au garde-à-vous.

Du sous-sol, on accède au rez-de-chaussée par un escalier recouvert d'un linoléum tellement briqué qu'on dirait du bois ciré. Hall d'entrée style rustique, rien qui traîne là non plus. J'ouvre la penderie, où s'alignent parkas et anoraks, dans des vapeurs de naphtaline.

— On se croirait chez papy et mamie…

Il se marre.

— C'est comme ça chez ta mamie ?

Je visualise Lili et sa nouvelle… épouse ; le joyeux bazar de la maison de Montmartre, les couleurs qui pètent au mur et les assemblages fantasques de vieux cadres remplis de photos sépia…

— Pas vraiment, non !

— Ben, chez la mienne non plus !

Pour pénétrer dans le salon, on aurait presque envie de mettre les patins – ils attendent, là, posés à côté du paillasson de l'entrée. Dans un coin, un sapin de Noël, cent pour cent pur plastique, encore orné de ses pauvres décorations, qui se sont mises à clignoter quand Jean-Mi a actionné l'interrupteur du plafonnier.

— Pitié ! Éteins-moi ça !

Je sais, c'est bête, mais ça me fout immédiatement un cafard noir. Et pas moyen de compter sur le reste du décor pour me remonter le moral. Tout est rustico-rustique, encaustiqué, embibeloté, et figé sous une très fine couche de poussière. Au-dessus du bahut de salle à manger trône en majesté un grand cadre doré dans lequel je reconnais la photo du baptême.

La cuisine aussi est impeccable. Et rustique tout pareil, avec les petites biches qui baguenaudent sur le carrelage champêtre de la crédence. La dernière pièce du rez-de-chaussée est un bureau, sûrement tiré au cordeau avant la perquisition d'usage. La preuve : même après le passage de mes collègues, il a encore l'air à peu près rangé.

— On a saisi les pièces de compta, un peu de courrier et quelques photos. Je te les filerai, si tu veux. Rien de bien passionnant…

Sur le mur le long du bureau, au milieu de quelques Post-it au bord du décollement, une seule photo : Sandrine et Mia, dans un sous-verre en forme de cœur. T'étais bien accro, on dirait, mon pauvre gars…

Je sais qu'elle est inhabitée depuis bientôt six mois, et qu'elle a été désertée après la mort tragique du pater familias, mais quand même, quelle atmosphère sinistre, dans cette maison soi-disant familiale…

À l'étage, pas mieux. Et même pire, je trouve. La première porte que j'ouvre donne sur une chambre d'enfant, entièrement peinte en rose avec mobile à nuages, table à langer, berceau à froufrous, et une armée de peluches.

— Rappelle-moi quel âge elle a, la petite ?

— Ben, ça doit lui faire dans les… 6 ans.

— C'est pas une chambre de 6 ans, ça…

— Non. C'est une chambre de un an, l'âge qu'elle avait quand elles sont reparties au Pays basque.

— Quelle tristesse…

Et quelle angoisse, surtout, d'avoir conservé cette espèce de mausolée sacré à la gamine absente.

— T'imagines, pour les deux autres ?

— L'horreur.

La porte d'à côté, c'est la chambre de Courchon. Austère. Glaciale, même, on dirait une chambre d'hôtel premier prix, où tout est là pour te rappeler que le seul truc que tu peux faire ici, c'est t'endormir le plus vite possible et te barrer dès que tu es réveillé.

— Tu crois qu'il les emmenait ici, ses conquêtes ?

— Ja-mais ! Toutes celles que j'ai interrogées ont insisté sur le côté clandestin de leurs petites affaires, et affirmé qu'il n'était pas question d'interagir avec la famille.

— À part la Cécile Chalon, non ?

— Exact. Elle, je pense qu'elle a fait l'énorme erreur de tenter l'incruste.

— Et du coup ?

— Ben, du coup, virée ! De la maison et du boulot…

— Pourtant, c'est pas très difficile de voir qu'ici, depuis Merlin, c'est terre brûlée.

Il soupire.

— Si tu savais le nombre de fois où j'ai croisé, dans ma loooongue carrière, des gens complètement à l'ouest qui ne comprenaient pas ou ne percevaient pas des trucs qui se voyaient comme le nez au milieu de la figure ! C'est un des mystères de ce métier…

Sur la table de chevet, seulement une petite lampe et un gros réveil dont les chiffres semblent clignoter dans le vide depuis des semaines et des semaines. Je tire quand même le tiroir, machinalement. Des photos, encore. Du Pays basque, encore. Et au milieu de la pile, comme oubliée, une petite enveloppe rose nacré.

— Vous aviez vu ça ?

— Non, je ne crois pas.

À l'intérieur de l'enveloppe, le faire-part de naissance de Mia. Rose nacré, lui aussi, avec petits anges et falbalas. Et à l'intérieur du faire-part, un petit lauburu en or, accroché à une chaîne très fine.

— Ah ben, le voilà, le fameux tour de cou !

— Non non, regarde : c'est pas un tour de cou, c'est la gourmette de la petite.

— De quoi tu parles ?

— Tu te souviens pas ? C'est Aurélie qui vous a raconté ça, je crois. Pour le baptême, la grand-mère a offert le même bijou basque en tour de cou à son fils, et en bracelet à sa petite-fille.

— Ça me dit vaguement quelque chose.

— Et quand elle s'est barrée avec la petite, Merlin a rendu la gourmette.

— Ou l'a oubliée.

— Que ce soit l'un ou l'autre, ça veut dire la même chose : elle ne fait plus partie de cette famille. Voire, elle ne veut plus en entendre parler…

— Sauf pour récupérer la pension alimentaire, quand même.

Bien sûr, je le savais, sur le papier, et puis il y a cet invraisemblable tatouage pour le gueuler à tous ceux qui n'auraient pas compris, mais là, dans cette maison, c'est carrément palpable : pour Étienne Courchon, la fin de son histoire avec Merlin, ça a dû ressembler à la fin du monde…

Je remets la gourmette dans son enveloppe, et l'enveloppe au milieu des photos. Et en refermant le tiroir, j'ai l'impression d'y enfermer son chagrin.

Dans la salle de bains, mis à part la violente agression visuelle du carrelage bleu piscine agrémenté de facétieux dauphins dorés, il y a tellement rien qui dépasse que le tour est très vite fait. Dans la chambre d'Aurélie, murs, rideaux, couette, tapis, tout déborde de fleurs, déclinées dans toutes les nuances de rose. On voit bien qu'elle a été vidée : elle a dû tout ramasser pour aller potasser ailleurs… Punaisé à côté de son lit, un tirage de Photomaton gondolé, où elle fait un concours de grimaces avec son frère, quand ils étaient encore des enfants. Jolies têtes, bons sourires ; ce sont les seules photos où ils ont l'air vraiment heureux.

Il fait presque nuit quand on attaque la chambre de François. Là, on est prévenus avant d'entrer. Le charmant bambin a pris soin de tapisser sa porte de messages : du plus enfantin – une vieille photocopie d'une pancarte *« No trespassing »* probablement tirée d'un album de Lucky Luke – à des avertissements beaucoup moins avenants, allant d'un très clair *« Défense d'entrer »* à un carrément menaçant panneau signalant un risque d'explosion nucléaire. Et quand on pénètre dans la piaule, on comprend pourquoi il ne voulait pas de témoin. Et pourquoi la personne qui a briqué tout le reste de la maison avant de la refermer a renoncé à attaquer ce chantier-là. C'est bien simple : on dirait un squat ! Au milieu d'une odeur très reconnaissable...

— Ça pue le shit, non ?

— Si. Mais t'as pas voulu qu'on en parle...

S'entasse, au pied du lit, une montagne de vêtements allant du noir crasseux au kaki dégueu. Mais le plus saisissant, ce sont les murs : couverts de tags. On dirait le côté le plus dark du mur de Berlin, juste avant la Chute.

— Badidon, il a pas lésiné sur la crise d'ado.

— Étonnant, non ? Surtout que quand tu le vois, comme ça, au milieu de la boutique de son père, propre comme un sou neuf dans sa blouse de charcutier, tu peux pas t'imaginer que son cerveau, ça ressemble à ça !

— Son cerveau, on sait pas. Mais sa chambre, en tout cas, ça impressionne !

Au-dessus du lit, un grand poster très noir, tout en longueur, annonce le Hardcore Fury Fest à Clisson, le 26 juin prochain, avec en guest star... Agnostic Front.

— C'est pas tes potes, ça ?

— Si si. D'ailleurs, j'ai bien l'intention d'aller y faire un tour !

— Ah ah ah ! Sans moi !

Jean-Mi a l'air pas mal renseigné sur la petite bande de Bretons néopunks qui s'agite à Clisson pour créer le festival dont rêvent tous les amateurs de « musiques extrêmes ».

— T'entends quoi par « musiques extrêmes » ?

— Punk hardcore, metalcore, grindcore, metal extrême... Ça te parle ?

— Pas du tout. Mais rien qu'à l'oreille, et vu l'affiche, je sais que c'est pas pour moi. En revanche, il a l'air fan, le François.

— Tu peux le dire. C'est même grâce à ça que je l'ai amadoué pendant sa déposition et que j'ai pu le décoincer, un peu.

J'imagine le problème : c'est souvent une tannée d'interroger les ados. Surtout les garçons. Et encore plus les adeptes du gros *« No Future »* bien destroy qui s'étale sur la totalité du mur de gauche de la chambre de François.

— Il n'en revenait pas qu'un vieux con comme moi, gendarme de surcroît, soit aussi pointu que lui dans le domaine !

C'est comme ça qu'il a réussi à lui faire lâcher deux ou trois saloperies sur Merlin et sur la fameuse Cécile Chalon qui louchait sur son père.

— Et d'autres trucs intéressants ?

Il soulève le matelas du lit et en extirpe une petite pipe à cannabis, accompagnée d'un sachet en plastique, vide, mais dont l'odeur ne laisse aucun doute sur ce qu'il contenait.

— Y'a ça, mais tu ne veux pas qu'on en parle.

— OK. Il consomme beaucoup ?

— Non, je ne crois pas. Un usage plutôt festif, quand il retrouve ses potes ou qu'il va aux concerts.

— Et son père était au courant ?

— T'as vu l'état de sa chambre ? Faudrait avoir les narines et les yeux bien bouchés pour ne pas se douter…

— Ouais, mais t'as vu l'état de Courchon ? Suis pas bien sûre qu'il faisait très attention à ses mômes, si tu veux mon avis.

— Visiblement, ils ont eu une grosse engueulade à ce propos aux alentours de la rentrée de septembre. On devrait en savoir plus la semaine prochaine.

— Ça tombe bien, je pense que j'aurai pas mal avancé aussi. On pourra croiser nos informations.

Derrière la porte, un casque de moto semblant dater de Mathusalem, aussi tagué que le mur sur lequel il est accroché.

— Tiens, il est motard ?

— Heu… Je te rappelle qu'il n'est majeur que depuis janvier. Jusque-là, il se déplaçait à mobylette.

— Encore un truc qui vous rapproche.

Je croyais que ça le ferait rire, mais en fait non. Penser à me souvenir de ne *jamais* essayer de tenter des blagues de moto avec un motard.

On fait un dernier tour de la chambre, et de la maison, avant de tout refermer. Quand on sort dans le jardin, la nuit est tombée et moi, je suis K.-O. Complètement stone de ce gros bombardement d'informations. À la fois excitée à l'idée de passer tout ça dans ma moulinette pour voir apparaître, enfin, ce que je suis censée faire apparaître, et inquiète que finalement, ça ne donne rien. Rien de plus, en tout cas, que ce que Jean-Mi et sa bande ont déjà obtenu depuis décembre dernier...

— On va dîner ?

C'est sympa Jean-Mimi mais là je suis crevée. J'ai besoin que ça se taise à l'intérieur de moi, et que ça décante en silence...

— J'ai rendez-vous avec quelques-uns de mes potes bikers. Je t'intronise ?

— J'adorerais, mais je suis complètement vannée.

— Ah ah ah ! La jeunesse, c'est plus ce que c'était !

— Et puis je voudrais remettre tout ça en ordre, pour qu'on puisse avancer avant que Médart ne m'envoie au cachot pour une durée indéterminée...

— T'inquiète, on le laissera pas faire. Je te ramène chez ma sœur, donc ? Elle trouvera bien un truc à te faire à dîner.

— Tu rigoles ? Avec tout ce que j'ai boulotté à la foire, je suis calée au moins jusqu'à demain soir.

— Alors là, je préfère te prévenir : tu échappes aux agapes de ce soir, mais pour le brunch de demain, y'a pas moyen.

Il me tend mon casque avec un sourire vengeur.

— Je te ramène à mobylette ou tu préfères rentrer à pied ?

Promis, Jean-Mimi, je le ferai plus.

Il m'a déposée devant le portail du *Sweet home*, et j'ai filé direct dans ma chambre. Comme la baignoire me tendait les bras, je me suis fait couler un bain dans lequel j'ai ajouté quelques billes de gel moussant verveine-agrumes, « revitalisant », d'après l'étiquette du flacon. Exactement ce qu'il me fallait pour pouvoir m'atteler à une première mise en ordre de mes notes avant de me coucher.

« Revitalisant » mes fesses. J'étais tellement cuite que j'ai cru que je n'arriverais même pas à sortir de la baignoire. Je me suis traînée jusqu'au lit pour m'enfouir dans la couette impression lilas-marguerite. Et j'ai sombré illico. Sans faire le moindre rêve de quoi que ce soit.

21

— Tu fais la gueule ?

— Mais non, pourquoi ?

— Tu rigoles ? J'ai pas de nouvelles de toi depuis qu'on s'est quittées vendredi matin. J'ai essayé de te joindre tout l'après-midi d'hier, et je t'ai laissé au moins cinq messages.

Elle a raison. Elle me ferait ça, moi, je serais morte d'inquiétude. C'est bien pour ça que je l'ai appelée, malgré l'heure pas chrétienne.

— Excuse, Martha. D'abord, c'est vrai, je t'ai fait la gueule. Un peu.

— Ah, j'en étais sûre.

— Si t'en étais sûre, c'est que tu sais pourquoi. Tu tiens absolument à ce qu'on en reparle ?

— Non non, ça va.

— Voilà. Et après, j'ai été complètement absorbée...

— T'es partie en week-end ? C'est ça ? Avec Maxime ?

— Mais non, pas avec Maxime ! Tu vas me lâcher avec Maxime ?

— Ça alors ! Mais si t'es pas avec Maxime, t'es avec qui ?

— Je suis avec Jean-Mi.

— C'est qui çui-là ?

— C'est l'adjudant Stéphane, en charge du dossier Courchon.

— Je le crois pas. T'es allée là-bas ?

J'ai dormi comme un loir dans les fleurs de la sœur. Et comme je n'avais pas tiré les volets, le soleil m'a réveillée à l'aube. La beauté du jardin, dans la rosée du matin ! Fenêtre grande ouverte pour entendre les petits oiseaux, je me suis préparé une grande tasse de Luxury Assam de chez Marks & Spencer – *so british*, la *sister* – et puis au boulot. J'ai une autoroute devant moi : il est à peine 6 heures, et on a convenu, avec Jean-Mi, de se retrouver vers midi pour le brunch. Royal !

C'est là que je me suis rendu compte que je n'avais pas regardé mon téléphone depuis une éternité. Quand j'ai vu que Martha m'avait appelée un million de fois, j'ai voulu lui laisser un petit message pour qu'elle arrête de s'affoler. Trop tard : elle était affolée. La preuve, elle a décroché immédiatement. Un dimanche. À 6 heures du mat'…

— Désolée de t'avoir inquiétée. Et réveillée ; je pensais que tu serais sur silencieux. Mais là, faut que je m'y mette.

— Hein ? Tu me raccroches au nez ?

— Non, je te raccroche pas au nez, Martha. Je t'embrasse très fort et je te souhaite un bon dimanche.

— Mais tu vas pas me racon…

— Si, je vais te raconter. Mais pas maintenant. J'ai une urgence. T'inquiète, tout va bien.

Je sais, c'est pas cool. Mais si j'avais commencé à expliquer, j'en prenais pour une plombe, avec tout un chapitre sur « est-ce que je suis bien sûre que c'est raisonnable » – non – et « est-ce que j'ai bien mesuré ce que je risque » – gros – et « redis-moi à quoi il ressemble ce Jean-Mimi, est-ce qu'il est marié ? » Sauf que moi, j'ai un tableau à remplir.

Première étape : classer chaque information dans une chemise appropriée. J'ai aussi apporté un gros paquet de fiches bristol, ça va m'aider à faire de l'ordre dans mon cerveau.

Les bristols, c'est une vieille méthode qu'on a peaufinée, Martha et moi, quand c'est devenu galère au collège. D'abord, ça marchait tellement bien pour nous qu'ils ont pensé que c'étaient nos parents qui faisaient nos devoirs. Grossière erreur : les parents, ils étaient toujours à fond du côté des profs. Alors on a opté pour travailler moins, histoire de faire baisser nos notes. Bingo : plus personne ne nous a accusées de tricher. Sauf qu'à partir de la troisième, on a dégringolé, et même carrément dévissé. Avec un père psy et une mère graphologue, on a eu droit à la totale : une batterie complète de tests, spéciale élèves récalcitrants. Il en est résulté que non, nous n'étions pas des cancres ni des têtes de bois mais plutôt des dys-je-sais-pas-trop-quoi. Et pour que ce soit plus marrant, on n'avait pas le même « dys », Martha et moi. Du genre QI plutôt au-dessus du lot, mais grosses difficultés à s'adapter au système scolaire qui lui, n'est pas prévu pour s'adapter à qui que ce soit.

Alors il a fallu s'organiser ; c'est comme ça qu'on s'est mises aux fiches bristol. On s'est partagé le travail, chacune sa spécialité. Ça nous a permis de cahoter jusqu'au bac, sans trop abuser des petites manœuvres pas toujours très réglementaires qu'utilisent tous les jumeaux. Par exemple, personne ne s'est demandé pourquoi, l'année de notre terminale, nous qui refusions d'être coiffées ou habillées pareil, nous avons opté pour la même coupe de cheveux. Tant mieux. En s'y mettant à deux, on a fini par les avoir, ces putains de bacs. Au rattrapage, certes, mais de façon tout à fait paritaire. Le reste ne regarde que nous.

J'en ai eu pour une bonne heure à relire mon capharnaüm de notes – c'est de pire en pire, mon écriture – et à le transformer en une trentaine de fiches parfaitement claires et utilisables, avec surlignage en couleur et titres qui sautent aux yeux. Et après une phase Tchernobyl, où j'avais entièrement englouti sous les papiers la totalité des fleurs du tapis, j'ai tout classé et commencé à y voir plus clair.

Dans la chemise *« Victime »*, ce que la journée d'hier m'a appris de nouveau sur Courchon. Essentiellement, son côté méga obsessionnel, que je n'avais pas capté, et la profondeur abyssale de son chagrin d'amour. Le mec était complètement à vif sur la question de Merlin et Mia. Voire carrément dépressif, il me semble.

Dans la chemise *« Scène de crime »*, les trucs principaux sont la question des reflets dans la crédence, le bruit du hachoir et de la radio, et les clés sur la porte. Pour l'instant, pas moyen de définir s'il a ouvert à son agresseur ou s'il a été pris par surprise, sans même savoir que quelqu'un était entré. Et ça, c'est un point majeur, en particulier pour comprendre qui pourrait bien être ce *quelqu'un*… On n'est pas plus avancés non plus à propos de l'arme du crime, ni du départ de l'assassin. En revanche, on est quasiment certains qu'il y a eu un assaut sans bagarre préalable, et que l'agresseur a eu le dessus du début à la fin.

Ce qui enrichit considérablement la chemise *« Auteur »* : dans son compte-rendu, le médecin légiste allègue qu'il est forcément un homme de corpulence et puissance physique égales ou supérieures à celles de Courchon, en négligeant que le déchaînement et la rage décuplent les forces. On n'a pas trop d'indices concernant son gabarit, en revanche vu le nombre et la profondeur des coups portés, je pencherais clairement pour un mec fébrile, enragé, et très déterminé. Très amateur aussi : en matière d'égorgement, le type s'y prend comme un manche, voire carrément à contresens. Tous ces piquetages inutiles au niveau de la gorge et du cœur sont à la fois la preuve de son inexpérience et de sa détermination à tuer. Si on ajoute à ces nombreuses approximations le retournement de Courchon sur le ventre (franchement, vu son état, ça m'étonnerait qu'il se soit retourné de lui-même) et les pitoyables piques de vérification, ça ressemble bien plus à un meurtre émotionnel qu'à une exécution. Tous ces facteurs enchevêtrés me font nettement penser à un auteur immature, impétueux, pris par une sorte de rage violente. Mais qui est quand même capable de garder assez de sang-froid pour ne pas semer des indices à tout va. Et qui connaît très bien les habitudes et manies de Courchon. Ou alors qui a eu beaucoup, beaucoup de bol…

J'ai ajouté une chemise orange pour les éléments concernant l'environnement, avec un plan de la ruelle et de ses alentours. Il connaissait la configuration, c'est obligé. On ne se lance pas dans un projet aussi sanglant sans savoir comment s'exfiltrer…

Dans une chemise jaune, un bon paquet de questions encore irrésolues, dont les réponses se trouvent peut-être déjà dans certaines pièces du dossier qui m'auraient échappé. Ou que Jean-Mi et ses enquêteurs vont devoir creuser fissa pour qu'on arrête de faire du surplace. Dans l'ordre : Pourquoi Courchon s'enfermait-il dans son labo depuis quelque temps ? A-t-on cherché s'il manque des couteaux à sa collection ? L'analyse des torchons saisis donne-t-elle des traces d'essuyage de mains ? Si oui, de quelles mains ? Et que dit l'analyse du siphon de l'évier ? Y a-t-il des indices que l'auteur s'est nettoyé avant de partir ? Et puis aussi : L'employée qui a trouvé le corps, ou le boulanger et le maire, qui sont arrivés après, ont-ils arrêté le hachoir ? Et la radio ? Et enfin, qu'est-ce qui s'est passé entre Courchon et François pendant l'engueulade de septembre ?

Ça fait encore beaucoup d'incertitudes, mais quand même, je me refais un grand mug de thé et je m'offre le plaisir de rouvrir mon tableau pour le compléter avec ce que j'ai glané et ordonné ces dernières vingt-quatre heures. Et là, je dois dire, il commence à se dessiner un profil ! *Âge* : jeune. *Sexe* : masculin. *Situation de famille* : indifférent. *Niveau d'intelligence* : moyen. *Niveau d'étude supposé atteint* : indifférent. *Style de vie* : lève-tôt. *Type de personnalité* : colérique et déterminé. *Comportement* : silencieux et violent. *Adaptation émotionnelle* : explosive. *Relation avec la scène de crime* : coutumier. *Troubles sexuels* : sans objet. *Antécédents criminels* : sans doute aucun, ou petite frappe. *Pronostic de la fréquence de crimes* : débutant. *Choix du lieu et de l'heure de l'attaque* : un moment où Courchon est seul et vulnérable. *Circonstances de l'attaque* : coup porté dans le dos, au milieu de la pièce. Que l'auteur soit entré par surprise ou que Courchon lui ait ouvert la porte, il sait qu'il va le trouver là pour pouvoir l'attaquer par-derrière et sans bagarre. *Comportement avant, pendant et après le crime* : préméditation, rage et sang-froid. *Motif* : conflit, colère, vengeance.

En prenant une petite douche vite fait avant de retrouver Jean-Mi pour le gavage du dimanche matin, je me débats avec une question délicate : qu'est-ce que je lui dis, à lui ? Est-ce que j'attends que la chemise jaune se dégonfle, ou est-ce que je lui montre mon tableau ? Et est-ce que j'accepte qu'il me briefe sur son histoire de stups, ou est-ce que je le laisse ronger son frein encore quelques jours ?

C'est fatigant toutes ces questions à la con. Vivement que j'aie assez de bouteille pour ne plus me les poser…

22

Non mais la brioche miel-noix-cannelle ! Les scones au cassis ! La marmelade pamplemousse-gin-baies roses ! La nana est incroyable, aussi dingue que son petit déjeuner. Je ne sais pas si c'est le menu habituel, ou si j'ai droit au spécial VIP, mais je n'ai jamais vu un *breakfast* pareil. Jean-Mi, lui, a l'air pas trop dépaysé. Bon, il a surtout la tête du mec qui s'est couché bien tard après avoir bu plein de bières avec ses potes. La bonne idée que j'ai eue, de décliner ! Ça ne l'empêche pas de piocher goulûment dans la jatte de teurgoule. Comment ils font, tous ces gens, pour se taper des cloches de cette envergure et continuer d'entrer dans leurs fringues ?

On a tourné autour du pot tant qu'on a pu – une blagounette sur la mobylette, une autre sur la profusion de fleurs et de chouquettes, trois-quatre allusions au punk new-yorkais – et puis on est entrés dans le vif du sujet.

— Bon, t'as pu mouliner, dans ta chambre de Lady Di ?

Je n'avais toujours pas décidé quoi lui raconter, ou pas, alors j'ai laissé filer, et c'est sorti tout seul.

— C'est pas encore complètement abouti, mais ce qui s'impose très nettement, c'est que c'est sûrement un crime émotionnel.

— Passionnel, tu veux dire ?

— Pas forcément passionnel, mais enragé et déterminé. Le mec est pas venu pour discuter, mais pour tuer.

— Et on a une idée de pourquoi ?

— Si on savait, il serait déjà derrière les barreaux, je suppose. Mais tu as raison : il faut vraiment qu'on s'attache au pourquoi. Vu la violence et la détermination de l'assaut, il y a évidemment un lien entre l'auteur et la victime. Du genre conflit, colère, vengeance.

— OK. C'est ça qu'on doit chercher, donc ?

— Exactement. Et même un conflit ignoré par la victime, hein ?

— Comme une vieille rancœur bien ruminée mais jamais exprimée ?

— J'ai pas de préférence, mais pourquoi pas ?

Pendant qu'il finit ses œufs au bacon, je lui énumère la totalité du contenu de la chemise jaune, qu'il prend en note avec sa main libre. Et pendant que je boulotte un de ces incroyables scones au cassis – c'est le dernier, promis juré –, il m'expose son plan d'action.

— Bon, je pense que la première chose à faire, c'est de réentendre les deux gamins et de les interroger sur les éventuels conflits dans lesquels pouvait être pris leur père.

— Oui.

— Et puis, ça nous coûte pas grand-chose de convoquer aussi le mari de l'employée qui a fait un sketch à la boucherie, avec menaces de mort, il n'y a pas si longtemps.

— OK. Bonne idée. Et la nana des prud'hommes, tu sais si elle a un mec ? Faudrait peut-être vérifier.

— D'accord. Et puis, il y a cette piste dont je voulais te parler…

— Y'a conflit ?

— On peut dire ça, oui.

— Alors, si y'a conflit, vas-y… Mais ne m'en dis pas trop, hein !

Il est tellement content de raconter son histoire de stups ! Je l'écoute avec attention, en faisant gaffe de ne pas me laisser embarquer. Donc, il a dégoté un jeune cousin de Sandrine Merlin, Peio Dachary, cent pour cent pur basque comme son nom l'indique, casier judiciaire garni de quelques condamnations pour trafic de stupéfiants et association de malfaiteurs, qui fournirait à François et à ses potes de quoi remplir leurs pipes et leurs bangs.

— Le Pays basque, ça fait quand même loin pour les fumeurs de Clisson...

— Sauf qu'à la suite d'une mesure d'éloignement pour une malencontreuse histoire de trafic de stupéfiants, il s'est installé à Rennes en 95.

— Et il y est toujours ?

— Plus ou moins.

— Et c'est loin d'ici, Rennes ?

— À moto, une heure et demie, si tu respectes les limitations.

— Mais lui, c'est pas trop le genre à les respecter, hein ?

— Pas trop, non.

Bon, d'accord. Ils ont trouvé le dealer de François, mais est-ce que ça fait de lui un suspect ?

— Et là, il est où, le conflit ?

— Imagine que Courchon ait eu vent du truc, et qu'il ait eu une explication avec le cousin de son ex ?

— Moui.

— Ça se vérifie, non ?

Vérifie, Jean-Mimi. Vérifie. De toute façon, maintenant que t'as un soupçon, tu es tenu de le faire. Mais honnêtement, cette histoire-là, j'y crois pas. Au pire, ça serait Courchon qui voudrait régler son compte au fournisseur de son fiston. Mais l'inverse, pour quelle raison ?

— Bon, t'es pressée de rentrer à Paris ?

— Pas plus que ça.

— T'as un billet pour le 16 h 33 ?

— Exact.

— Ça nous laisse le temps d'aller voir la mer.

— La mer ? Mais elle est où, la mer ?

— En moto, à une heure.

— Si tu respectes les limitations.
— Voilà.

Il n'a pas trop trop respecté, mais j'ai adoré. En trois quarts d'heures à peine, on s'est retrouvés sur la plage de Granville, pieds nus dans le sable à regarder passer les bateaux. Il m'a raconté un peu sa vie, et j'ai mieux compris le bonhomme. Arrière-petit-fils, petit-fils et fils de chasseurs alpins, il a transgressé la tradition familiale en choisissant de devenir gendarme de montagne, parce que son truc, c'était les sauvetages. Il a grandi et vécu dans les Alpes, vers Chamonix, avec sa femme prof de ski l'hiver et maître-nageuse l'été et leurs deux enfants – une fille d'exactement mon âge et un garçon de l'âge de François – jusqu'en 95. Là il y a eu un accident de montagne, très grave, dans lequel il était impliqué, mais il ne m'a pas dit en quoi. Et du coup, il a quitté les pelotons de haute montagne pour devenir enquêteur le plus loin possible des sommets. Il a aussi quitté sa famille qui vit à Toulon, maintenant. Sa femme est instructrice de plongée.

Il a raconté tout ça les yeux fixés sur la mer, sans me regarder, en faisant machinalement passer une poignée de sable d'une main à l'autre. Avec une sorte de détachement qui n'arrivait pas à masquer une tristesse infinie.

On bosse d'égal à égale, lui et moi, et on se parle comme si on était de la même génération, mais en fait pas du tout : il a exactement l'âge de Sigmund. C'est la première fois que je suis copine avec un mec de l'âge de mon père. Ça m'a fait bizarre, quand j'en ai pris conscience.

Mais je n'ai pas trop eu le temps de m'appesantir. On avait un peu laissé filer l'heure, il a fallu qu'on décanille vite fait. On a mis encore moins de temps pour faire la route du retour. Il m'a posée devant la gare de Vire à 16 h 29, et j'ai eu mon train. Haut la main.

23

J'ai hésité mais finalement, une fois arrivée à Montparnasse, j'ai opté pour rentrer à pied à Saint-Eustache. Après un week-end pareil, pas envie d'aller m'enfermer à Rosny. Il faisait un temps délicieux, les terrasses étaient bondées et tout Paris était en joie. Le même genre d'ébullition que dans mon cerveau, rempli de tellement d'informations qu'il avait besoin d'un break. J'adore crapahuter dans Paris. J'adore traverser la Seine pour rentrer chez moi, en croisant des touristes du monde entier qui viennent s'en émerveiller. Et j'adore arriver dans les jolies rues sinueuses de mon quartier en imaginant qu'il y a cinq cents ans, une petite nana comme moi rentrait déjà chez elle – qui est maintenant chez moi – en s'en réjouissant tout pareil. J'avais juste omis un élément non négligeable : la mère Lascaud, Fabienne de son prénom, sur le pied de guerre sept jours sur sept, y compris les chouettes soirées de dimanches printaniers.

— Ah ben, ça fait longtemps qu'on ne vous a pas vue !

— Bonsoir, madame Lascaud.

— Vous rentrez de ouikène ?

— C'est ça.

— Vous avez vu la dernière de la Badaoui ?

Surtout ne rien répondre.

— C'est vraiment une vipère, celle-là. Moi je dis, pour les gens comme ça, la seule solution, c'est la guillotine.

Tais-toi, Mina. Souris-lui et contourne l'obstacle.

— Et encore, on n'est qu'au début de l'histoire. Souvenez-vous de ce que je vous dis, Mina : cette affaire d'Outreau, c'est gros. Très très gros...

— L'avenir nous le dira...

— Aaaaaahhhh ! C'est là-dessus que vous travaillez, hein ? Vous revenez de là-bas ?

Je connais le moyen le plus efficace pour qu'elle me laisse passer, même si ça n'est pas hyper loyal. Je prends l'air grave pour lui répondre, à mi-voix.

— Vous savez bien que je ne peux rien vous dire. Secret de l'instruction.

— J'en étais sûre ! Reposez-vous bien, Mina. Et bon courage, parce qu'on le sait toutes les deux, hein ? Cette affaire-là, c'est gros. Très très gros...

Si je peine au troisième étage, c'est que j'ai très, très besoin de dormir. Et là, au deuxième, je tire déjà la langue. Dans ce cas, une seule technique : ne surtout pas s'arrêter, mais ralentir pour pouvoir arriver au sixième à peu près vivante.

J'ai senti que Martha était là avant même de le savoir, et avant d'entendre le piano déborder jusque dans les escaliers : les *Gymnopédies* de Satie, à plein tube. Ça m'a électrisé le cœur. Erik Satie, c'est une des rares choses qui nous sépare vraiment : un jour, on devait avoir 11 ans, elle s'est découvert, je ne sais pas comment, une passion pour le piano – enfin, non, seulement pour ce compositeur-là –, mais moi, j'ai eu beau essayer, j'ai jamais pu accrocher. Alors elle a un peu laissé tomber, sauf dans les cas de grande divagation solitaire. Généralement, ça n'augure rien de bon. J'espère que tout va bien.

Pourvu que tout aille bien.

J'ai gratté à sa porte, elle a mis un moment interminable à entendre.

— Ben, t'es là ?

— Et toi aussi, t'es là ?

— C'est fini ta lune de miel avec Jean-Mimi ?

Au secours ! Pas ce soir...

— Et toi, tu t'es engueulée avec Géronimo ?

— Au secours ! Pas ce soir !

— Ah. On est bien d'accord.

Le bonheur de la retrouver. Elle m'a rappelé que cette semaine, elle passait son CAP, et que c'est pour ça qu'elle était ici, loin de sa smala. Je me suis excusée d'avoir oublié. Je lui ai expliqué que j'étais en pleine affaire Courchon, et que ça prenait toute la place dans mon cerveau. Elle a souri en disant qu'elle s'en était bien rendu compte, merci beaucoup. On s'est regardées droit dans les yeux comme on le fait quelquefois, pas souvent, avant de dire, parfaitement à l'unisson :

— Silence ?

Ça me fait un effet dingue, quand on fait ça. Depuis qu'on est toutes petites, je crois. Les moments où tout est trop compliqué, ou trop plein, ou trop chaotique, on décide de se taire ensemble, et c'est absolument, exactement, incroyablement ce dont on a besoin. En même temps.

— Chez toi ou chez moi ?

Elle avait déjà déplié son canapé. J'ai posé mes affaires dans ma chambre et je suis venue me lover dans ses draps blancs. À pois roses.

On a dormi comme des bébés.

Et on a drôlement bien fait parce que la semaine qui a suivi, ça a été le festival des emmerdements. Pour moi, en tout cas. Le lundi matin, on s'est bien réveillées à l'heure, mais à l'heure de Martha. Moi, j'avais oublié de mettre un réveil. Le temps de me doucher, de me ruer dans le RER, de me retrouver coincée entre deux stations à cause d'un « incident voyageur », je savais que ma seule chance d'arriver avant ou en même temps que Médart, c'était qu'il galère dans la même rame que moi. Mais Médart ne prend pas le RER, vu qu'il est logé, comme je suis censée l'être aussi, à la caserne.

En revanche, ça aurait été beaucoup trop de chance qu'il rate mon arrivée tardive, juste après son retour ponctuel et réglementaire d'une semaine de permission.

— Ça va, Lacan ? Vous avez passé un bon week-end ?

Mon sang n'a fait qu'un tour. Comment peut-il savoir à quoi j'ai passé mon week-end ? Et comment va-t-il me sanctionner ? J'ai vu en quelques secondes défiler les misérables mois de ma brève carrière, le temps de me souvenir que « l'humour » de Médart prédomine toujours sur ses compétences. Ou son intuition. Il n'a aucune idée de mon escapade au pays de l'andouille ; il veut juste me mettre minable devant mes chers collègues buveurs de café, qui n'ont pas manqué, eux, d'arriver à l'heure. Et qui me louchent dessus, regards narquois, en attendant la réplique spirituelle censée fuser de ma bouche.

Sauf que là, je suis à sec, les gars. Et comme je ne sais pas quoi répondre, je ne réponds rien.

— Vous avez oublié votre sens de la repartie, en plus de votre montre ?

— Désolée, mon colonel. Il y a eu un problème dans le RER et je…

— Il me semble qu'on vous loge ici pour que ce genre de choses n'arrive pas, justement. Je vous attendais, nous vous attendions tous, pour vous annoncer la nouvelle.

— Je vous écoute, mon colonel.

— Vendredi, nous aurons la visite d'une autorité. Nous avons donc besoin d'une personne de confiance pour diriger le peloton…

Oh non, pitié. Pas ça.

— … en ordre serré pour la cérémonie des couleurs.

Là, les regards ont fait place aux sourires. Carrément goguenards.

— Je compte sur vous pour que ce soit parfait, comme à votre habitude.

— À vos ordres, mon colonel.

— Parfait *ET* ponctuel. N'est-ce pas ?

La cata. Je m'enferme dans mon bureau avec l'envie de pleurer et, le temps que la bouilloire chauffe l'eau de mon thé, je cherche désespérément où j'ai pu ranger ce putain de bordel de merde de livret des cadres d'ordres où sont décrites par le menu les procédures réglementaires des défilés. Introuvable. En revanche, je trouve posée sur mon bureau, bien en évidence, la note de service qui désigne les douze gendarmes adjoints volontaires qui formeront le peloton pour la cérémonie. Ils sont convoqués ce jour même à 11 heures – soit dans même pas une heure – dans la cour de la caserne pour leur « répétition de déplacement en ordre serré », « OS » pour les intimes. Sous ma responsabilité, donc. Je vais passer la semaine à apprendre à marcher au pas à des gendarmes adjoints qui se sont engagés en rêvant d'assister l'institution dans le maintien de la paix publique, et qui se retrouvent désignés, comme moi, pour faire les guignols sous le regard retors de Médart, en l'honneur de je ne sais quelle huile frelatée de passage, dont c'est le cadet des soucis.

— Bonjour la semaine de merde.

Maxime me sourit, l'air désolé. Et brandit sous mes yeux ébahis *The* livret magique.

— Tu vas avoir besoin de ça !

— Ooooohhhh ! Cool ! Et je vais aussi avoir besoin de toi…

C'est un officier, lui. Un vrai, pur jus, qui a barboté dans les us et coutumes militaires pendant ses deux années d'études et de préparation. Même si je ne connais pas un seul gendarme qui s'épanouit dans les répétitions de cérémonies officielles, je pense que mes collègues qui, comme Maxime, sortent de Melun (ça s'appelle l'EOGN, pour École des officiers de la gendarmerie nationale, mais personne ne dit jamais ça ici) se débrouillent beaucoup mieux que moi, qui ai juste eu droit à une initiation pendant mes trois pauvres mois de classes. Honnêtement, ça ne m'a pas dérangée : je ne suis pas entrée dans la gendarmerie pour défiler et marcher au pas. Mais aujourd'hui, pour apprendre à des bleus les subtilités de la parade, je me sens carrément incompétente. Pour le plus grand plaisir pervers de Médart, je suppose.

— Pas de panique, tu vas y arriver.

— Mais le sabre ! Tu sais quoi faire du sabre, toi ?

Il se marre.

— Reeeeessssspire. Ça va aller.

Évidemment que ça a fini par aller. Mais pas tout de suite tout de suite. Le premier jour, on a fait connaissance et on a pris nos marques. Ils ont passé l'après-midi à essayer de choper le rythme, sous des injonctions que je m'efforçais d'énoncer fermement, genre « c'est moi la cheffe, je sais parfaitement où je vous emmène, suivez-moi sans discuter ». Et j'ai passé le premier soir, et une bonne partie de la nuit, à réviser le livret en tâchant de me concentrer sur la méthodologie à employer, et de ne m'interroger en aucun cas sur le sens et l'utilité de ce que j'étais en train de faire. Pendant qu'au même moment, sous nos toits de Paris, Martha faisait exactement le même effort pour préparer son épreuve théorique du lendemain matin. Je le sais, on s'est offert un quart d'heure de récréation téléphonique à la tombée de la nuit, pour comparer nos coups de blues…

Le mardi, je commençais à reprendre un peu confiance en ma capacité de formatrice exemplaire, quand Médart s'est pointé dans la cour pour une petite inspection informelle. Il a félicité mes volontaires pour leurs treillis impeccables avant de se tourner vers moi, l'air sévère.

— En revanche, Lacan, qu'est-ce que c'est que ce machin, là ?

— C'est un chouchou, mon colonel. Mes cheveux doivent être attachés.

Il se tourne vers mes élèves – que des mecs, la boule à presque zéro – pour les embarquer du regard dans son entreprise d'humiliation.

— Avec un « chouchou » blanc ? Ça m'étonnerait beaucoup.

— Il me semble que c'est toléré, mon colonel.

— Peu m'importe ce qu'il vous semble, Lacan. Trouvez du bleu. Lisez le règlement et tenez-vous-y. Strictement.

— Oui, mon colonel.

Il opère un demi-tour triomphal, avant de se diriger vers la porte pour regagner ses pénates. Heureusement, « un trou du cul finit toujours par se dévoiler », dirait fort à propos mon amour de Lili. Tout colonel qu'il est, la dernière fois qu'il est allé se soulager, il devait penser à autre chose : il a bêtement coincé un pan de sa veste réglementaire dans sa ceinture réglementaire. Ce qui lui donne, de dos, une allure pas tellement réglementaire, qui n'échappe à aucun d'entre nous. Mina : 1 – Médart : 0.

Bon, excepté la blancheur de mon chouchou, je me débrouille plutôt pas mal – et du coup, mes volontaires aussi – avec le pas cadencé et autres joyeusetés, dont le terrible demi-tour qui doit être exécuté non seulement tous dans le même sens, ce qui n'est déjà pas une mince affaire, mais aussi dans un accord parfait. Ils progressent aussi assez bien dans la présentation des armes, en l'occurrence de bons gros fusils d'assaut Famas, pour laquelle néanmoins nous ne parvenons pas encore à obtenir l'indispensable « tchik-tchak-tchak » parfaitement uniforme qui réjouira l'oreille de notre « autorité ».

Mais là où ça coince, c'est sur le maniement de mon sabre personnel. Un petit bijou gravé à mon nom, offert par les parents pour ma sortie de promo comme le dicte « la tradition », directement venue du Moyen Âge de l'histoire de l'armée française, voire de sa préhistoire. Tout officier est censé savoir le sortir du fourreau qu'il porte à la ceinture, sans que ledit fourreau parte en goguette, pour présenter l'arme dressée bien droit devant son visage, pile le long du nez, *« dans un geste fluide et rapide »,* stipule le livret.

Le mardi soir, je dois me rendre à l'évidence : j'ai peu de chance de m'en sortir sans un cours particulier. Même si ça me vexe de lui demander un truc pareil, je passe le nez à la porte du bureau de Maxime.

— Ah ! Mina ! Ça va, tu t'en sors avec ton OS ?

— Presque.

— Tu coinces sur le sabre ?

— Comment tu sais ?

— C'est un grand classique !

— Le problème, c'est que je ne veux pas m'exercer devant mon peloton, ça serait vraiment trop la honte...

— Ni dans la cour où tout le monde peut te mater, surtout qui nous savons.

— Voilà.

— Écoute. Si tu me trouves l'endroit adéquat, je te propose qu'on se fasse un atelier sabre demain soir. Une petite heure devrait suffire.

— Sérieux ? Tu ferais ça pour moi ?

— Et mille autres choses, tu sais bien...

On se retrouve tous les deux comme des imbéciles, une fois de plus, sans savoir comment nous dépêtrer de notre embarras, moi trop occupée à empêcher Martha de commenter ce moment gênant, et lui à maîtriser son rougissement trop mignon. Ça va devenir compliqué, cette histoire. Si seulement je savais ce que je voulais...

Si je prends deux minutes pour me recentrer sur l'essentiel sans me laisser troubler par des émotions à la con ou les ricanements intérieurs de Martha, c'est pourtant pas compliqué de le savoir, ce que je veux : d'abord, me sortir dignement de cette cérémonie des couleurs, et dans la foulée, si possible pas trop longtemps après, choper le premier assassin de ma carrière naissante. Pour le reste, pas le temps. Et pas très envie, surtout...

Forte de ces solides évidences, j'ai trouvé la solution pour notre atelier, en me gardant bien d'en parler à Martha, heureusement trop accaparée par ses examens pour sentir le coup fourré.

Mercredi soir, armée de mon sabre empaqueté dans sa housse et du dossier Courchon bien niché dans mon sac à dos, je rejoins Maxime sur la place de parking où il gare sa moto – pas biker, mais motard bien accro, on dirait – pour filer à Montmartre, sabre savamment coincé entre son dos et mon ventre. Pas certain que ce soit très réglementaire, cette affaire…

Quand je l'ai appelée pour lui demander si on pouvait transformer son jardin en terrain d'exercice, Lili était ravie. Et quand je lui ai fait promettre le secret, carrément enchantée.

— Bien sûr ma chérie. Tu as bien vu que le secret, ça me connaît.

J'ai dit que je serais avec Maxime, que non, ce n'était pas mon petit ami et que oui, on serait sûrement contents de picorer un truc même si on n'aurait pas du tout du tout le temps de se mettre à table.

— Tu as bien compris que Cléo sera là aussi ?

— J'espère bien ! Je serai ravie de la revoir, et de la présenter à Maxime.

— Merci, ma chérie.

— Merci de quoi ? C'est vous qui nous rendez un grand service en nous accueillant…

Tout semble tellement marcher comme sur des roulettes que je passe le trajet en moto, nez au vent, à me demander pourquoi je sens ce petit trac désagréable au creux de mon ventre. Une soirée sabre et Courchon, je devrais m'en sortir haut la main, non ?

24

Lili et Cléo ont été parfaites. Elles avaient préparé un épatant apéro dînatoire sur la terrasse devant la maison. On a passé une dizaine de minutes à échanger des banalités de gens bien élevés en faisant tous attention d'éviter les bourdes, et puis Lili a dit :

— Bon, les enfants, je sais que vous êtes là pour travailler, alors on vous laisse le jardin. Profitez-en tant qu'il fait jour ! À tout à l'heure !

Et elles se sont retirées dans la maison, comme deux petites souris chassées par le chat. J'ai même entendu le bruit sec des rideaux du salon quand on les tire : le moyen que ma Lili chérie a trouvé pour me faire savoir qu'elles ne regarderaient même pas par la fenêtre. Ou alors, seulement par le petit interstice entre les deux pans…

Avant d'embarquer pour notre chevauchée sauvage, j'avais expliqué à Maxime qu'en plus de la leçon de sabre, je profiterais bien du jardin pour tenter avec lui, en toute discrétion, la reconstruction du meurtre de Courchon que je n'avais pas pu faire samedi pour ne pas troubler la scène de crime. Enfin, je ne lui avais pas encore parlé de mon week-end, mais ça serait l'occasion. Il était d'accord, évidemment. Je n'ai toujours pas trouvé ce qui pourrait extirper ce mec de son flegme et de sa gentillesse.

— Si tu veux, on commence par une petite demi-heure de sabre. Et puis on passe à Courchon. Et puis on revient au sabre pour vérifier que c'est bien acquis.

— Tu crois qu'une demi-heure, ça va suffire ?

— Mais oui ! Après, c'est juste de la pratique.

Concentration ; action ; exécution. Il a raison : c'est pas sorcier, en réalité. Une question de coordination entre le côté gauche, où je porte le fourreau, et le côté droit, avec lequel je dégaine mon arme pour la brandir dans la bonne position. Et comme toujours dans les exercices physiques, la respiration facilite grandement la manœuvre. Il nous faut à peine vingt minutes, et seulement deux fous rires, pour que j'aie l'impression de parfaitement maîtriser l'enchaînement.

— Tu te débrouilles super bien !

— T'as vu ? C'est grâce à toi. On dirait que j'ai fait ça toute ma vie !

Ça nous a donné chaud, et soif. On s'est installés sur la table de la terrasse où ma parfaite grand-mère avait pris soin de laisser un plateau avec deux verres et un pichet de framboisade – c'est la même chose qu'une citronnade, avec en plus les premières framboises du jardin délicatement écrasées, et quelques feuilles de menthe froissées ; j'adore ça depuis ma plus tendre enfance – et j'en ai profité pour lui débriefer mon week-end.

— Ah ouais, carrément !

— Ben, faut bien que ça avance, hein ?

— Tout à fait d'accord. Mais tu sais que dans ce boulot, si on ne reste pas dans les clous au niveau de la procédure, on obtient le contraire de ce qu'on cherche. Et ce qu'on cherche, c'est non seulement trouver les coupables, mais aussi les faire condamner…

— Ben, je suis restée dans les clous, là…

— Ouais, enfin vous avez quand même brisé des scellés pour pénétrer sur une scène de crime.

— On n'a rien brisé ; ils étaient décollés.

— Mina…

Je sais qu'il a raison, encore une fois. J'argumente que c'était le seul moyen, face à l'obstruction de Médart. Il me rétorque qu'il y a de très grandes probabilités que je doive régulièrement me coltiner des obstructeurs genre Médart qui entraveront mon boulot, d'une manière ou d'une autre, et que ça fait partie de la vie d'un gendarme d'intégrer cette donnée dans sa manière de bosser.

— Ou alors, tu optes pour détective privée.

— T'es pas fou ?

— Voire consultante pour la police.

On s'offre un nouveau fou rire, avant de s'y mettre sérieusement.

Je lui refais un topo, lui montre les photos, et on reconstitue ensemble, sur le gazon, à l'aide du mobilier de jardin, la configuration du labo du Reculey. Dans le petit abri à bois, je trouve une vieille nappe que je dispose au centre de la scène, pour figurer la tache de sang et l'endroit où a été trouvé le corps de Courchon.

Et nous voilà partis pour rejouer une fois encore les différents scénarios. Une première série où c'est moi qui fais Courchon et Maxime l'assaillant, et puis la même où on intervertit les rôles. Au fur et à mesure, il me pose des questions et la bonne surprise, c'est que je me les suis quasiment toutes déjà posées, et aussi que j'ai un bon paquet de réponses à lui fournir ! Il me semble que ça veut dire qu'on a bien avancé, Jean-Mi et moi. D'ailleurs, il ne dit rien, mais je vois dans ses yeux qu'il est plutôt impressionné.

Les différentes variantes de corps-à-corps nous permettent de valider ce qu'on avait déjà bien subodoré : l'assaut a été rapide et déterminé. Que l'auteur soit arrivé subrepticement ou que Courchon lui ait ouvert, il l'a de toute façon attaqué de dos, par surprise, et ça lui a donné un avantage immédiat et définitif.

L'autre chose qui se confirme, c'est que tout a dû aller assez vite. J'ai chronométré : l'assaut en lui-même, agonie comprise, n'a sans doute pas duré plus de quatre ou cinq minutes. Même si le légiste ne s'est pas prononcé par écrit sur la rapidité de la létalité des coups portés, Jean-Mi m'a dit en avoir discuté avec lui. Avec les cinq coups à l'abdomen et l'éviscération qu'ils ont provoquée, ça n'a pas pu prendre plus de trois minutes pour que Courchon soit en état de mort clinique.

— Il ne lui a laissé aucune chance, on dirait.

— Ou alors, il en a eu beaucoup…

En reprenant mon souffle devant la framboisade, j'énumère les énigmes de la chemise jaune concernant le déroulement précis du crime. En particulier comment l'auteur est entré.

— C'était ouvert, ou fermé à clé ?

— On ne sait pas. Le trousseau était sur la porte, à l'intérieur, mais pas verrouillé.

— Bizarre.

— Oui. C'est pour ça que même si je n'y crois pas trop, on ne peut pas négliger la possibilité d'une entrée d'un inconnu, par surprise.

— Il l'aurait entendu arriver.

— Sauf si le hachoir et la radio étaient à fond les ballons.

— Oublie ça !

— Mais pourquoi ? On a testé, ça fait un boucan d'enfer !

— Le mec avait besoin d'être sûr de pouvoir entrer sans se faire dégager par Courchon. Et rien ne pouvait lui garantir d'être couvert par le bruit du hachoir et de la radio. C'est beaucoup trop hasardeux…

— Mais…

— Moi je crois que ton assassin, il savait parfaitement ce qu'il venait faire, et à quelle heure il pouvait le faire sans être dérangé.

Évidemment. Ça referme définitivement la piste de l'inconnu, et confirme celle de la préméditation, et du lien de connaissance, quel qu'il soit, entre la victime et l'auteur.

— Reste la question de comment il est parti, et dans quel état, une fois le forfait accompli. T'as une idée ?

— Il n'y a pas d'empreintes de pas ?
— Inexploitables.
— De traces d'essuyage ou de nettoyage ?
— Rien de très probant.
— Et l'arme du crime ?
— Introuvable.
— T'as avancé sur un mobile ?
— Tout laisse à penser que c'est un conflit ou une vengeance ; un truc très émotionnel en tout cas.

J'énumère les indices trouvés sur la scène qui actent l'amateurisme, la frénésie, l'approximation, la précipitation, et aussi la préméditation. Il semble d'accord avec moi. Mais ça ne nous avance pas d'un pouce sur la manière dont l'assassin s'est carapaté.

— Ça t'ennuie qu'on se le refasse une dernière fois, toi Courchon et moi l'auteur, version tu viens m'ouvrir la porte, et pendant que tu me tournes le dos, j'enfile mon tablier en plastique avant de te planter ?
— Pas de problème, je suis à ta disposition.
— Comme ça je l'aurai bien en tête. Et je vais chiader mon départ, cette fois-ci, pour voir comment il a pu se barrer sans laisser aucune trace.

C'était une moyennement bonne idée, la petite dernière pour la route. La pause nous a un peu déconcentrés, et du coup, on se retrouve gênés, l'un autant que l'autre, de s'empoigner sens dessus dessous et de se rouler l'un sur l'autre dans le gazon. On n'est plus du tout dans le labo de Courchon, là ; on est dans les pâquerettes du jardin de Lili et c'est très… embarrassant. Bizarrement, je sens son odeur envahir mes narines, alors que ça fait des plombes qu'on est dans une proximité corporelle assez rapprochée, sans que mes sens n'aient capté cette donnée intime. Et quelques autres, dont je préfère ne pas parler.

« "Et quelques autres dont je préfère ne pas parler", non mais tu te moques de qui, là ? » Pitié Martha… « Y'a pas de pitié

qui tienne. Tu te rends compte de ce que tu lui infliges, à ton Maxou, depuis deux heures ? Et un petit coup de sabre par-ci, et un petit corps-à-corps par-là ? » C'est bon, on bosse, je te dis. *« Arrête de faire l'imbécile, Mina. Prends deux minutes pour réfléchir. Et discutes-en avec lui. »* Alors là, pas question.

On fait comme si de rien n'était. On remet le jardin en ordre, et on se refait une série de « présentez sabre », vite fait. Ça y est : je le tiens !

— Ah, tu vois, je te l'avais dit : une fois que tu l'as chopé, moins t'y penses, et plus ça vient tout seul.

Et puis on va extraire Lili et Cléo de leur trou de souris, le temps d'une dernière framboisade. Papoti-papota, bises qui claquent au milieu des odeurs de lilas ; porte de Clignancourt, boulevard périphérique, A3 ; en un rien de temps, on a réintégré la caserne.

Au moment de se séparer pour rejoindre chacun son appartement, on s'échange une bise hésitante et un peu gênée. Il soupire un :

— Faudra qu'on se parle, je crois…

Avant de tourner les talons et de s'enfuir comme un voleur. Panique.

J'étais installée dans mon lit, et partie pour passer une très mauvaise nuit après cette pourtant excellente soirée, quand mon téléphone a sonné. J'ai décroché sans regarder qui m'appelait : à cette heure-ci, ça ne pouvait être que Martha.

— Tu dors ?

C'était pas Martha. C'était Maxime.

— Non, pas encore.

— Écoute, je voulais te dire…

Par pitié, Maxime… pas ça…

— T'es sûr ?

— Oui. Autrement on va pas s'en sortir.

Je sais bien qu'il a raison. Il est vraiment parfait, ce gars-là.

— Voilà, j'adore ce qui se passe entre nous…

Et en plus il est nettement, nettement plus courageux que moi.

— ... mais je ne voudrais pas qu'il y ait d'ambiguïté.

— Houlala, moi non plus.

— Je ne sais pas si tu as compris, mais...

Non, non, non ! Ne le dis pas !

— ... j'ai commencé une histoire avec Olivia.

— Olivia ? Olivia Marcadot ?

— Oui.

— Ouaaaa ! Génial !

— Vraiment ? Tu trouves ça génial ?

— Et comment ! J'avais peur que tu croies que...

— Moi aussi, j'avais peur que tu croies.

— Houlala, je suis super soulagée.

Il se marre. Je me marre. Et ça déclenche immédiatement notre énième fou rire de la soirée, mais assez différent des autres : celui-là ressemble plutôt au lâchage libérateur qui arrive après un gros, gros coup de flip.

— Eh ben, on l'a échappé belle, hein ?

— Je te le fais pas dire !

— Alors, amis ?

— Amis !

— Bonne nuit, camarade !

Pas de cauchemar non plus cette nuit-là. Et même pas la petite voix de Martha énervée qui vient me casser les pieds avec sa grosse déception d'ex-future belle-sœur frustrée. OK, pas de prince charmant, mais au change, j'ai gagné un frère. Et tout bien réfléchi, y'a pas photo : c'est exactement ce qu'il me faut.

25

À la répète de jeudi matin, je les ai épatés avec ma très aboutie présentation de sabre. Et ils m'ont épatée avec leurs immenses progrès en matière de « tchik-tchak-tchak », presque parfaitement synchronisés. M'est avis qu'on est à deux doigts d'être fin prêts pour le grand tralala. Ça a dû agacer ce connard de Médart, qui n'en rate pas une miette depuis la fenêtre de son bureau. Il a rappliqué pendant l'exercice de l'après-midi, l'air très préoccupé. Et nous a interrompus avec gravité, comme s'il venait d'apprendre le déclenchement de la Troisième Guerre mondiale. Au moins.

— Ça ne va pas du tout, Lacan.

Je vois dans le regard de mes gars, si guillerets il y a quelques instants de toucher enfin au but, une vague de découragement. Ça fait quatre jours qu'on joue aux petits soldats quasi non-stop, on en a tous ras le calot.

— On voit vos genoux.

Onde de stupeur dans le peloton.

— Mes genoux ?

— Ben oui, vous comprenez le français ? Votre jupe est trop courte.

— C'est la jupe réglementaire, mon colonel.

— Le règlement ne prévoit pas qu'on voie vos genoux, il me semble.

— Le règlement ne prévoit qu'une seule jupe, en plusieurs tailles mais d'une même longueur pour tout le monde, mon colonel. Ce qui fait qu'elle est longue pour les petites, et courte pour les grandes.

— Oui, eh ben, ça ne va pas du tout.

— Je ne vous le fais pas dire, mon colonel.

Il opère un demi-tour, le plus dignement qu'il peut, sous le regard réprobateur et même atterré d'un peloton clairement de mon côté. Il part un peu en vrille, le Médart. Et ça commence vraiment à se voir…

Ce n'était pas du tout, du tout le moment d'apporter la moindre goutte d'eau à son moulin. Alors quand Jean-Mi m'a appelée pour me proposer de me faxer les PV des nouvelles auditions des enfants Courchon, on s'est bien cassé la tête, tous les deux, pour trouver le moyen le plus sûr que ça reste entre nous. Le problème, c'est qu'ici nous ne sommes équipés que d'un seul et unique fax, qui trône dans le bureau d'accueil. Va falloir que je fasse amie-ami avec le permanent de nuit.

J'ai vérifié que Médart avait déserté son bureau depuis longtemps, et les membres de sa petite cour aussi. Prié pour qu'aucun d'entre eux n'ait l'idée saugrenue de revenir faire un saut au bureau pour récupérer un truc oublié. Ou alors, si ça se trouve, on est plein à bosser, comme moi, dans le dos de notre crétin de supérieur et je vais le découvrir ce soir, quand on fera la queue au fax ?

En réalité, tout s'est bien goupillé. Le mec de permanence était sympa, je lui ai monté un bon gros bateau, tout à fait plausible – des PV d'audition à récupérer pour compléter un dossier à présenter demain à l'autorité – et aucun autre envoi inopiné, aucune panne, aucun bourrage papier n'est venu perturber la manœuvre. À 19 heures pétantes, j'étais chez moi en possession d'un rouleau de fax long comme le bras, impatiente de découvrir ce qu'on pourrait en tirer.

C'était compter sans ma chère famille, qui a défilé dans mon téléphone pendant plus d'une heure avant de me laisser disposer de ma soirée. D'abord Martha, qui m'a appelée pendant que je me préparais une petite salade œufs durs-tomates. Elle a fini ses examens, et tout était catastrophique mais elle espère que ça s'est bien passé quand même. Rien à signaler, donc. J'ai l'habitude : elle a toujours l'impression d'avoir raté ce qu'elle réussit.

Ensuite, Anna, qui a appelé pendant que je mangeais ma salade œufs durs-tomates. Les épreuves du brevet sont terminées, mais elle, c'est le contraire de Martha : tout s'est toujours formidablement bien passé, et une fois sur deux elle n'en revient pas d'avoir des notes catastrophiques. Le seul moyen d'accéder à la vérité, c'est d'attendre les résultats.

— Et les parents, ça va ?

— Comme d'hab'. On est encore un peu en boucle sur le fameux dimanche, mais ils s'y font tout doucement.

— À Cléo ?

— Ben oui, à Cléo. Parce que la dinde et le CAP boucherie, ça a beaucoup plus de mal à passer.

Quand j'ai été certaine qu'elle n'avait rien de plus grave à me signaler, j'ai gentiment raccroché en expliquant que moi, je n'avais pas encore passé mes examens et que j'avais du pain sur la planche.

J'attaquais la vaisselle avant de m'y mettre enfin quand j'ai eu droit au coup de fil de Lili, avec son petit air de ne pas y toucher. Je l'ai vue arriver gros comme sa jolie maison.

— Ça va, ma chérie ? Tu es contente de ta soirée d'hier ?

— Ravie ! Merci encore, ma Lili. Ça m'a rendu un fier service.

— Il est charmant, ce Maxou.

— Maxime.

— Il nous a beaucoup plu. Tu le connais depuis longtemps ?

— Lili ! *Toi* je te connais depuis longtemps !

— Qu'est-ce que tu veux dire ?

— Justement, je ne veux *rien* te dire !

Ce qui est bien avec Lili, c'est qu'on peut être aussi cash qu'elle l'est elle-même. J'ai dit que je n'avais pas le temps de développer, mais que cette soirée nous avait aussi permis, à Maxime et moi, de valider qu'on est des potes, et rien de plus. Je l'ai remerciée et embrassée. Au moment où j'étais enfin prête à me plonger dans les PV, mon téléphone a re-sonné : Sigmund, d'après le numéro qui s'affichait. Là, je savais que si je décrochais, j'en avais pour une heure. Pas ce soir, papa, désolée…

Je les prends dans l'ordre où ils sont arrivés ; dans l'ordre où ils ont été interrogés, François d'abord et Aurélie dans la foulée. L'un après l'autre, sans qu'ils aient pu se parler entre-temps, d'après les horaires indiqués. Le b.a-ba de l'enquêteur, quoi.

Jean-Mi a attaqué sur Clisson, histoire de l'amadouer. Le gamin raconte qu'il est *« très engagé »* dans l'organisation du Hardcore Fury Fest, que ça lui prend beaucoup de temps et que ça tombe bien, il en a, du temps : il a arrêté sa spécialisation de traiteur après la mort de son père et la fermeture de la boucherie, où il avait encore un statut d'apprenti. Sa mère et son compagnon, le boulanger Rolin, chez qui il s'est installé provisoirement, l'aident à régler toutes les questions administratives inhérentes à la fermeture de l'entreprise. On glisse tranquillement sur ses relations avec son père, et plus particulièrement sur leurs différends. *« Nous n'étions pas toujours d'accord, mais c'est souvent comme ça, les relations père-fils. »*

Il a fallu le travailler encore un peu pour qu'il accepte de tout déballer : grosse engueulade en septembre à propos du cannabis et de ses potes de Clisson qui l'empêchaient de se concentrer sur son travail – *« Mais moi, je le faisais, mon travail »* –, et surtout, *« petit problème d'argent »* dont le papa n'aurait jamais dû être au courant. *« Pouvez-vous m'en dire plus ? – Je devais de l'argent à quelqu'un, et mon père l'a su. – À qui deviez-vous de l'argent ? – Je préfère ne pas répondre à cette question. – Était-ce à votre fournisseur de cannabis ? – Je préfère ne pas répondre à cette question. – Comment votre père l'a-t-il su ? – Je ne sais pas. – Il ne vous l'a pas dit ? – Je ne me souviens plus. »*

Sur la page suivante, apparition de Dachary, le fameux cousin de Merlin, croisé par hasard un jour à Rennes, qu'il a reconnu parce qu'il était là au baptême de Mia. *« C'est même son parrain, je crois. »* La suite ressemble à une autoroute : Peio Dachary devient le fournisseur de cannabis de François, et de pas mal de ses copains de Clisson. *« À un moment, comme il me connaissait, il m'a fait crédit. – Crédit de combien ? – 1 500 euros. Je croyais que j'arriverais à le rembourser mais ça a pris plus de temps que prévu. Alors il a perdu patience. »*

Il n'en est pas sûr, mais vraisemblablement, c'est Merlin qui a prévenu son père. Ce qui a donné lieu à l'explication houleuse de septembre.

« Et donc, votre père a remboursé ? – Je pense que oui. – Vous pensez ou vous êtes sûr ? – Je suis sûr parce qu'après, Peio m'a laissé tranquille. – Mais vous l'avez revu ? – De temps en temps. – Et vous continuez à lui acheter du cannabis ? – De temps en temps. – Votre père était au courant ? – Je ne sais pas. »

Ça en fait, des trucs qu'il ne sait pas, le petit gars…

Jean-Mi a dû sentir qu'il n'en tirerait rien de plus sur le sujet, alors il lui a fait re-raconter le dimanche d'avant le meurtre – repas du soir, coup de téléphone mystérieux, heure du coucher, heure du réveil… Rien de nouveau par rapport à la première audition. À un détail près : *« Votre père recevait-il souvent des coups de téléphone non identifiés ? – De temps en temps, surtout les derniers mois. – Avez-vous déjà décroché ? – Oui, ça m'est arrivé. – Avez-vous identifié le correspondant ? »*

Non, mais là, il est trop gros ton fil, Jean-Mimi…

« Je ne peux pas me prononcer. »

Ah ben non, finalement, peut-être pas si gros que ça…

« Pourrait-il s'agir de quelqu'un que vous connaissez ? – Peut-être, mais je ne suis pas sûr. – C'était Dachary ? – Peut-être mais je ne suis pas sûr. »

Comme quoi, il faut parfois des grosses ficelles pour attraper des petits poissons…

Avant de le lâcher, il lui a fait repréciser deux ou trois choses directement issues de notre petite escapade de samedi. Oui, Courchon travaillait souvent en écoutant la radio, bien fort. La plupart du temps Radio Nostalgie. Oui, depuis quelque temps, il lui arrivait de fermer la porte à clé derrière lui, mais non, il ne sait pas pourquoi. Une info technique au passage : le hachoir s'arrête automatiquement au bout d'une minute quand il n'a plus rien à hacher. Et, pour finir, la confirmation que ni Aurélie ni lui n'ont plus de rapport avec leur petite sœur, ni avec sa mère, depuis plusieurs années.

Aurélie a confirmé tout ce qu'a dit François, sans être au courant qu'il l'avait dit. L'engueulade de septembre, l'ambiance pas folichonne entre son père en plein chagrin d'amour et son frère en pleine crise d'ado et, globalement, la tristesse de la maison familiale où chacun s'occupait de ses petites affaires sans trop se mêler de celles des autres. Sur ses petites affaires à elle, elle est à la fois pudique et sommaire : elle rêve de missions humanitaires, si possible à l'autre bout du monde. Pas d'amoureux, peu de copains et copines, la vie monacale – mais à fleurs – d'une bonne élève entièrement concentrée sur son objectif. Elle se souvient très bien de Dachary, qui était au baptême de Mia et semble effectivement en être le parrain. Mais ne l'a revu qu'une fois depuis, sauf à l'enterrement de son père, et se dit incapable de reconnaître sa voix au téléphone. En revanche, elle pourrait sans doute reconnaître celle du mec à l'accent du Sud qui appelait de temps en temps pour parler à son père, les derniers mois avant sa mort.

Jean-Mi l'a un peu cuisinée sur les papillonnages amoureux paternels, mais ça n'a strictement rien donné de plus que ce qu'on sait déjà. Elle confirme un dernier voyage à Anglet en 98, pour les trois ans de la petite, dont elle garde un souvenir horrible : *« Il n'avait pas prévenu Sandrine de notre venue. On est arrivés par surprise au camping et elle l'a hyper mal pris.* » Tu m'étonnes. Elle n'a rien à ajouter sur le sujet, et ne sait pas non plus si et pourquoi son père s'enfermait dans son labo depuis quelque temps. *« À part le linge, je ne me suis jamais trop occupée de ce qui se passait là-bas.* »

Je sens un bon gros blues me prendre à la gorge. Au cœur, même, plutôt. J'ai beau avoir une famille brindezingue, au moins ça circule, ça vit, ça pétarade. Là, j'ai l'impression de sortir de semaines, de mois, d'années à traîner dans l'horrible salon tout marron du Désert, à la lueur sinistre des guirlandes clignotantes du pauvre sapin en plastique, sans que rien de vivant ne se passe. Tu m'étonnes que le gamin rêve d'un festival intergalactique et que la môme ait envie de se tirer à l'autre bout du monde.

La dernière page du rouleau, c'est une bafouille manuscrite de Jean-Mi : *« J'ai convoqué D. pour demain matin, je t'appelle quand j'ai terminé.* » Depuis le temps qu'il en rêve, de le cuisiner, son dealer ! Il ne faut pas que je le laisse m'embarquer là-dedans. Moi, je dois finir mon profil – j'y suis presque –, ensuite, on verra si Dachary correspond. Et pour l'instant, rien n'est moins sûr.

Avant de me coucher, je mets deux réveils à sonner : manquerait plus que j'arrive en retard à la cérémonie des couleurs. Médart a gardé le secret. On ignore toujours à quelle heure et devant quelle autorité on va défiler en ordre serré, et à qui on va présenter nos armes respectives. Dans un geste néanmoins *« fluide et rapide »* parfaitement maîtrisé, synchronisé et sonorisé.

26

La nuit a été courte et agitée : je me suis retrouvée une fois encore dans un maudit escalier, sinistre, version colimaçon, beige et marron avec poutres apparentes, éclairé de guirlandes clignotantes. J'entendais les sanglots d'une petite fille, mais plus je montais vers elle, et plus elle semblait s'éloigner de moi. Comme d'habitude, les marches ont rétréci au fil de mon ascension, j'étais de plus en plus compressée, j'arrivais de moins en moins à respirer, la détresse de la petite semblait augmenter au fur et à mesure que ma progression ralentissait. À un moment, j'ai aperçu une faible lueur, genre bout du tunnel, mais là est arrivé, comme une vague, un boucan assourdissant : un mélange de bruits de hachoir et de « tchik-tchak-tchak » complètement désynchronisés. Les clignotements des guirlandes sont devenus fous, la petite hurlait, j'étais en panique totale. Quelqu'un a poussé un mugissement atroce qui semblait directement sorti de l'enfer. J'ai clairement reconnu la voix du diable. C'était Médart, qui gueulait : « Présentez, armes ! »

Du coup j'étais au bureau très, très en avance. Cheveux parfaitement emprisonnés dans un chouchou bleu marine absolument assorti à ma jupe réglementaire trop courte, donc, et chaussures tellement bien cirées qu'on aurait presque pu y apercevoir le reflet de ma culotte, que j'ai choisie bleu marine elle aussi, des fois que Belzébuth y trouverait quelque chose à redire. Quand il est passé devant ma porte, à 8 heures pétantes, il a eu l'air surpris que je sois déjà là.

— Lacan, vous venez au café ?

— J'arrive, mon colonel.

J'ai pris mon temps, pour ne pas me retrouver en tête à tête avec lui. Quand je suis entrée dans son bureau, ils étaient déjà trois ou quatre à papoter, l'air de rien.

— Ah, lieutenant Lacan, prête pour le grand jour ?

— J'espère, mon colonel.

— Moi aussi, je l'espère. Finalement, vous ne défilerez pas. Nous nous contenterons de la cérémonie des couleurs.

Quel salopard. Une semaine qu'on apprend à marcher et à faire demi-tour, tout ça pour finir alignés en OS statique devant le drapeau. Sans bouger d'un pas, donc…

— À vos ordres, mon colonel.

Visiblement, ce petit happening va lui faire sa journée. Je vois bien qu'il espère que je lui demande l'identité de notre invité, sans doute pour qu'il s'offre le plaisir de ne pas me répondre. Il peut attendre longtemps.

— À quelle heure devons-nous être sur la place d'armes ?

— Fin de mise en place à 10 h 30. Comme ça, on est sûrs d'être prêts pour son arrivée.

— Bien reçu.

— Vous ne prenez pas de café, Lacan ?

— Non merci. Je préfère le thé.

Je tourne les talons en tâchant d'y mettre toute la dignité dont je suis capable, et en espérant que rien ne cloche dans ma silhouette arrière. Pourquoi je n'ai pas pensé à vérifier ?

Lapsang souchong très infusé, avec une dosette de crème et beaucoup de sucre. Oui, je sais, normalement, c'est en plein hiver, quand j'ai très froid, mais là j'ai eu un petit coup de mou et je me suis dit que ça m'aiderait à ne pas me laisser abattre par cette minable manœuvre d'humiliation. Ça n'a aucune importance. Médart n'a aucune importance. Ce qui compte, c'est Courchon, Jean-Mi, et le dénouement de cette enquête qui me sortira enfin des griffes de ce salopard. Dans le meilleur des cas.

— Sacré connard, hein ?

J'étais tellement furax que je n'ai même pas vu Maxime se pointer.

— Ah, t'es au courant ? Tout le monde est au courant…

— Oui. Et la plupart sont de ton côté.

— Ça me fait une belle jambe.

— T'inquiète. La roue tourne.

— Mais quand ?

— Ah, ça, chez nous, on sait jamais. Ça peut être fulgurant ou beaucoup plus lent…

— Et tu sais au moins qui on reçoit ?

— Non, là-dessus, black-out. Ça sera la surprise

— Tu veux un thé ?

Il a dit oui pour me faire plaisir. Et a eu l'air surpris de ce qu'il a goûté.

— Mmmm ! C'est pas mal ton machin !

— Spécial mauvais jours…

— Mais non, tu vas voir. Ça va aller. Tiens, tu veux une bonne nouvelle ?

— Oh que oui !

— Ils ont chopé le massacreur de la petite dame de Rampillon.

— Raconte ?

— C'est une massacreuse, figure-toi.

L'horreur. En croisant les témoignages et les emplois du temps, les enquêteurs sont tombés sur l'étudiante de l'immeuble d'à côté qui venait régulièrement lui livrer ses courses et lui rendre des petits services.

— Elles se connaissaient depuis des années, elle la considérait comme sa petite-fille. Tu te rends compte ?

— Mais qu'est-ce qui lui a pris ?

— On sait pas. Elle ne lui a même pas piqué ses économies. On attend l'expertise psychiatrique.

— T'as rien de plus… festif, comme bonne nouvelle ?

— Si. Je prépare une petite java sur la ria pour mon anniversaire. Tu es partante ?

— Et comment ! C'est quand ?

— Le dernier week-end de juillet.

— Vendu ! Si je ne suis pas aux arrêts dans je ne sais quel cachot…

Il a fallu que j'annonce à mon peloton le petit changement de programme. Ils étaient outrés. Après nous être tous minutieusement inspectés les uns les autres, nous nous sommes positionnés sur la place d'armes en ordre serré, à 10 h 30 pétantes. Et bien entendu, on a attendu en plein cagnard que le cortège se pointe à 11 heures tout aussi pétantes, vraisemblablement comme c'était prévu depuis le début. Parmi les huiles, j'ai reconnu immédiatement le colonel Armand, qui m'avait reçue en décembre 2000, juste après que j'avais envoyé ma lettre de candidature spontanée au big boss de la gendarmerie. Et, d'après mes connaissances approximatives en matière de galons et d'uniformes, il semblerait que notre autorité du jour soit justement le général Roche, major général de la gendarmerie. De la *very, very important autority*. Pas le moment de faire mauvaise impression…

On s'est débrouillés comme des cadors. Ordre parfaitement serré, dégainage de sabre et « tchik-tchak-tchak » impeccablement synchronisés ; cérémonie des couleurs magnifiquement exécutée. Fin de l'interlude, il est temps de retourner aux choses vraiment importantes.

J'allais regagner mon bureau après avoir félicité mes frères d'arme – à la fin d'une semaine pareille, on est potes à la vie à la mort, c'est certain – quand Maxime est venu m'alpaguer.

— Mina, qu'est-ce que tu fais ? T'es attendue pour le café !

— Heu… Tu sais bien que moi, j'aime le thé.

— Médart ne t'a pas prévenue ? Tous les officiers sont conviés au mess, pour rencontrer le général. Allez, magne-toi, ou tu vas encore te faire remarquer.

Raté. Quand on est arrivés dans la Salle du général, tout le monde était déjà là, à siroter son café en mangeant des petits gâteaux. Une vraie *tea party* de maison de retraite. Le colonel Armand semblait n'attendre que moi ; il s'est précipité pour me saluer.

— Lieutenant Lacan, je suis ravi de vous revoir ! Bravo pour la cérémonie, c'était parfait.

— Merci, mon colonel.

— Tout se passe bien pour vous ? On m'a dit que vous fourbissez vos armes…

— Elles sont fourbies, et ne demandent qu'à servir…

— Justement, nous en parlions avec votre supérieur, et le général. Suivez-moi que je vous présente.

Je lui emboîte le pas. Nous fendons la petite foule des officiers affairés à tenter une approche discrète vers le big boss, et je leur grille la priorité sans même l'avoir décidé. Ni voulu. Pourvu que je ne sois pas lapidée dès son départ. À côté du buffet, Belzébuth, tasse à la main, fait des courbettes à son patron. Qui a l'air de se faire chier comme un rat mort – comme je le comprends. Armand les interrompt sans précaution :

— Mon général, je vous présente le lieutenant Lacan, qui vous a écrit il y a un an et demi et que j'avais reçue à votre demande.

Là, Médart vire au blanc. Je salue le général, petit doigt sur la couture de ma jupe et menton en avant pour le « coup de bouc » réglementaire.

— Je me souviens très bien. Alors, lieutenant, où en êtes-vous de notre projet ?

— J'avance, mon général.

Blanc cassé. Je dirais même à deux doigts de l'apoplexie.

— Pensez-vous être bientôt prête ?

Au secours. Je dispose d'un quart de demi-seconde pour répondre le truc qui peut me sortir de la merde. Ou m'y plonger pour de longs mois, voire de longues années, si ça se trouve. Finalement, c'est Armand qui me sauve la mise.

— Nous avons tout lieu de croire que le lieutenant est prête, mon général. Il va être temps de lui confier un premier dossier.

Vert pâle. Dans deux secondes, *mister* connard vomit sur les pompes du grand patron.

— Parfait. Colonel Médart, vous allez bien lui trouver ça ?

— D'un jour à l'autre, mon général.

Belzébuth avait déjà clairement viré vert-de-gris quand son camarade Armand lui a assené le coup final :

— Général, j'ai contacté notre attaché de sécurité intérieure à Ottawa. Il me dit que la gendarmerie royale du Canada a une ou deux longueurs d'avance sur nous en matière de profilage. Et qu'elle est tout à fait disposée à recevoir le lieutenant Lacan en stage pour quelques semaines.

— Excellente idée. Je vous laisse régler ça entre vous, colonels ?

Là, c'est net : on frôle la lividité cadavérique.

La fin du pince-fesses a été... lunaire. Comme dans un grand bal des faux culs, au milieu duquel le maître de cérémonie aurait annoncé « changement de partenaire ». C'était exactement ça : sans que rien n'ait objectivement changé, tout a changé, comme si une onde électrique avait rebattu les cartes, et toutes les parties en cours. Je les ai laissé faire mumuse et je me suis éclipsée dès que j'ai pu. Moi, je suis nettement plus à l'aise dans mon bureau, au milieu des PV d'auditions, que dans ce jeu de chaises musicales dont la plupart des règles m'échappent. Maxime m'a rejointe dans les cinq minutes, hilare.

— Quand je te disais que ça peut être fulgurant !

— Mais t'étais au courant ?

— Pas du tout !

— Tu me le jures ?

— Je crache, même, si tu veux. Non mais la tête de Médart !

Il était en train de me proposer qu'on aille déjeuner ensemble pour fêter ça, quand mon téléphone a sonné. C'était Jean-Mi.

— Alors là, Mina, je crois qu'on le tient.

27

C'est quand même bizarre, les hommes. Et quel que soit leur degré de maturité, on dirait. Je me suis retrouvée dans la position étrange de parler à un mec qui a l'âge de mon père comme s'il était un enfant dont j'étais la mère. Jean-Mi était tellement excité que j'ai dû l'aider à se calmer pour qu'il parvienne à me dire posément et dans l'ordre ce qu'il avait commencé à me raconter de façon totalement décousue. Il était certain d'avoir décroché le gros lot, et j'ai eu un peu de mal à lui expliquer que non, et qu'il était surtout urgent de ne pas aller trop vite.

Grosso modo, après une première phase de négations intempestives et plus que prévisibles, Dachary a corroboré tout ce que François a raconté : la rencontre fortuite à Rennes, le trafic de cannabis avec les hard rockers de Clisson, l'ardoise qu'il accorde à François et l'insistance avec laquelle il veut récupérer son fric, parce qu'il avait lui-même une « petite dette » à apurer.

— Et donc, il l'a récupéré.

— Il dit que oui.

— Et il dit comment ?

Visiblement, François avait raison : il a appelé sa cousine, qui a appelé le papa, et ça s'est réglé « d'homme à homme », d'après lui. C'est-à-dire lors d'une explication un peu orageuse, un lundi d'octobre dans un troquet de

Rennes, dont il est reparti avec ses biftons en échange de la promesse de ne plus approcher le gamin.

— Promesse qu'il n'a pas tenue, donc.

— D'après lui, si.

— Et il a des preuves de ce qu'il avance ?

Il commence à m'expliquer par le menu les arguments de Dachary, et la liste des points que ses enquêteurs sont en train de vérifier, quand je me rends compte que je dévie complètement de mes rails à moi.

— Jean-Michel ! Stooop !

— Quoi ?

— Tu sais bien : pas de détails sur les pistes que vous suivez tant que je n'ai pas terminé le profil.

— Mais c'est terminé, là, non ? Ça sent bon quand même, tout ça…

— C'est *ta* piste. Mais pas *mon* profil.

— Enfin Mina, on y est, là…

Je réexplique : la méthode, le tableau, la précision de chaque détail, mais je sens bien qu'il n'écoute qu'à moitié. Il finit par cracher le morceau :

— En fait, je suis à deux doigts de le mettre en garde à vue.

— En garde à vue ? Il est encore dans vos locaux, là ?

— Oui. On lui a proposé une pause sandwich avant d'y retourner.

— Mais tu la justifierais comment ta garde à vue ?

— « Indices laissant supposer la commission d'un crime ».

— Quels indices ?

— Ben, la dette, les menaces, et puis son casier judiciaire. Je t'ai pas parlé de son casier judiciaire…

— Et dans tout ça, tu vois un conflit ?

— Entre un père énervé et le mec qui est en train de pourrir son fils, oui.

— Et ça mettrait Dachary dans un conflit émotionnel si violent qu'il va dézinguer Courchon ?

Il se tait un instant et je crois qu'il a compris. Mais pas du tout ; il cherche des arguments pour repartir à l'assaut. J'ai beau insister, il n'en démord pas, exactement comme un chien de chasse qui a chopé sa proie et qui refuse de la lâcher. D'un côté, je le comprends. Ça fait six mois qu'il cherche l'auteur de ce crime, dont il a les images horribles dans la tête. Et là, il croit qu'il tient un coupable. Pas un coupable, d'ailleurs ; *LE* coupable. Alors il fonce. C'est grâce à cette détermination des enquêteurs que plein d'affaires inextricables sont résolues. Mais c'est aussi à cause de l'obstination qu'elle demande qu'ils se fourvoient parfois dans des situations qui peuvent devenir catastrophiques. Et pour peu qu'un juge un peu pressé les suive dans cette voie, c'est la porte ouverte à des méga erreurs judiciaires. Du genre de ce qui est en train de se passer du côté d'Outreau, on dirait, où ça a l'air de puer sacrément.

Moi, ce que je veux, ce n'est pas contrer les enquêteurs. C'est augmenter leur savoir-faire en y ajoutant le mien. Mais en face des décennies de bouteille de Jean-Mi, mon avis de débutante est difficile à imposer. Pas moyen de le faire lâcher.

— Alors juste une petite GAV de six heures, pour lever le doute ?

Je ne sais pas comment je réussis à le convaincre, ni comment on fait pour ne pas s'engueuler – on était vraiment à deux doigts. Il finit quand même par se rallier à ma proposition : il termine tranquillement son audition, sans rien forcer et sans mettre la puce à l'oreille du mec – qui doit bien être au courant que Courchon a été assassiné, et que c'est sur ça qu'on est en train d'enquêter ; c'est même sans doute pour cette raison qu'il a lâché si facilement sur ses petits trafics – et il le laisse repartir. Moi, je pédale tout ce que je peux ce week-end pour peaufiner mon profil. On fait un vrai point lundi en fin de journée, en tenant compte aussi des éléments nouveaux que ses gars auront glanés d'ici là, et il décide à ce moment-là, et seulement à ce moment-là, si ça débouche sur une garde à vue ou si on attend encore un peu.

— C'est vraiment pour te faire plaisir, hein !

— Je préférerais que ce soit pour me faire confiance.

— Oui, enfin, tu vois ce que je veux dire.

J'ai intérêt à carburer ce week-end, parce que là, ça m'étonnerait que j'arrive à le tenir plus longtemps…

On a passé l'après-midi dans une ambiance poisseuse, à raser les murs pour s'éviter les uns les autres. Après le départ du général Roche et consorts, Médart a disparu des écrans radar mais je n'ai quand même pas osé prendre le risque de sortir mon dossier au vu et au su des raseurs de murs ; c'était franchement pas le moment d'en rajouter. Alors j'ai patiemment attendu l'heure de la sortie, comme tout le monde. J'en ai profité pour prévenir ma smala que j'étais abonnée absente au moins jusqu'à dimanche midi : j'avais besoin de calme et de silence, et qu'on me fiche la paix. Dès que j'ai pu, je suis allée récupérer le PV d'audition de Dachary que Jean-Mi m'avait faxé, avant de filer chez moi. Et là, je me suis mise au boulot.

Ça a occupé toute ma soirée et une partie de ma nuit de reprendre minutieusement la totalité de mes notes, du début à la fin. Parce que, une fois qu'on a le fameux profil, bien peaufiné – et là il a raison, Jean-Mimi, je crois que je le tiens –, il faut passer tous les suspects et tous les témoins dans ce filtre-là, en vérifiant qu'on n'a oublié aucun paramètre. Celui qu'on cherche devra cocher toutes les cases, ou au moins le plus de cases possible. Et il ne faut surtout pas perdre de vue que, si ça se trouve, il n'est même pas encore dans la liste…

Je me suis couchée quand je suis tombée de sommeil, en ayant l'impression que plus j'avançais, plus je reculais : tout ce bazar ressemblait à un chaos indescriptible dans lequel j'étais sûrement en train de me fourvoyer. J'avais fait chier le monde avec ma technique du XXIe siècle qui allait tout révolutionner, et je me retrouvais comme une pauvre imbécile engloutie sous un truc beaucoup trop complexe pour moi, autant que pour cette vieille institution remplie de vieux mâles bien trop aigris pour être capables, finalement, d'envisager de nouveaux modes de fonctionnement.

Quand je me suis réveillée vers 11 heures j'avais l'impression de ne pas avoir fermé l'œil. Dans ce cas, il n'y a pas trente-six solutions, les mesures d'urgence s'imposent : une grosse théière de Blue Valentine et mon amie la boîte à broder, seule capable de remettre mon cerveau à l'endroit. Ça tombe bien, j'ai un truc à finir : je me suis lancée dans la confection de bijoux en perles, strass et paillettes. Il m'a fallu quelques tâtonnements pour trouver la technique mais ça y est, je commence à maîtriser. Je prépare une surprise à Martha, en l'honneur de son CAP. Deux petites pièces qu'elle pourra porter soit en broches soit en boucles d'oreilles, je vais prévoir les deux systèmes d'accroche. J'ai un peu hésité entre des couteaux, des pièces de boucher ou des morceaux de squelette, mais finalement j'ai choisi et le résultat commence à avoir une sacrée gueule : un sacrum et un humérus, avec plein de nuances de rose et de rouge comme elle aime, des petites pointes nacrées et un joli fil de soie violet foncé. Elle va a-do-rer.

L'intérêt avec la broderie, c'est qu'on ne voit pas le temps passer. Les idées se remettent en place tranquillement, petit à petit, pendant qu'on est en train d'enfiler des perles sans s'en préoccuper. Quelqu'un qui m'observerait de l'extérieur penserait que je suis en plein loisir créatif, mais en fait non : je suis en pleine infusion du dossier Courchon. En milieu d'après-midi, j'avais fini mon cadeau pour Martha et même commencé une jolie tête de mort pour Anna. Et tout d'un coup, on ne sait pas pourquoi, j'ai senti que j'étais prête à m'y remettre. Et à faire des étincelles, même, si ça se trouve.

Je me suis préparé une nouvelle théière – Chandernagor, cette fois-ci, avec du gingembre et du poivre pour me donner la niaque –, j'ai mis deux gaufres à décongeler dans mon grille-pain, ouvert un pot de confiture de cassis bien noire, comme j'aime, et je m'y suis recollée.

C'est fastidieux mais hyper efficace : une fiche par témoin – même les plus improbables – pour pouvoir les passer, un par un, à l'épreuve de mon tableau. Le but de la manœuvre est de me pencher enfin, sans a priori et de façon concrète, avec un regard neuf et surtout différent de celui des enquêteurs, sur les pistes possibles. De cette manière, je serai prête pour discuter lundi soir avec Jean-Mi de toutes les hypothèses encore ouvertes ou à ouvrir, avant qu'il ne s'engouffre définitivement dans celle de Dachary comme il est en train de le faire.

Le truc le plus important, c'est que je garde en tête les grandes lignes de mon profil : un homme sans doute jeune, ou très immature, qui présente un lien de connaissance avec la victime envers qui il peut éprouver des sentiments ou des émotions fortes, et avec qui il est en conflit…

Pour être sûre de devoir les éliminer, je commence par les personnes qui n'avaient aucun ou peu de lien de connaissance avec Courchon : le routard moldave qui s'est présenté à l'hôpital de Vire pour faire soigner des estafilades ; la seule possibilité qu'il soit impliqué serait le crime de rôdeur, ce qui n'est quasiment pas envisageable. Il y a aussi Ernesto Romero, le mécanicien du garage voisin de la boucherie, qui a assisté à ses funérailles en pleurant beaucoup, la main droite emmaillotée dans un gros pansement. Sans objet : le gars s'est entaillé le pouce deux jours avant le crime en bossant. Dans le même lot, les « habitués » de l'emploi du temps de Courchon : les livreurs des abattoirs, producteurs de volailles et minoteries, de produits d'entretien, d'épices et d'emballages… Et puis les employés du ramassage des ordures et des services municipaux du Reculey… Visiblement, tout a été passé au peigne fin par les enquêteurs, sans que personne, ni aucun incident notoire ne retienne leur attention.

Si on zoome un peu, on arrive à Marcel Fresnet, président de l'Ordre de l'Andouille, avec qui plusieurs journalistes ont écrit que Courchon était *« à couteaux tirés »* – ça ne s'invente pas. Là, franchement, tout pourrait pas mal matcher. Gros contentieux, énervement réciproque, connaissance assez fine de l'emploi du temps et de la configuration des lieux, enjeux de pouvoir et de représentation qui peuvent vite devenir très émotionnels. Et puis Fresnet, lui-même charcutier, doit disposer d'une chouette collection d'armes du crime potentielles, dans son propre labo... Sauf qu'il frôle les 80 ans. Je sais bien que la rage et la haine décuplent les forces physiques, mais ça me semble très hasardeux, pour un quasi-octogénaire, de se lancer dans pareille entreprise. Je mets quand même la fiche sur le tas « À vérifier », histoire de m'assurer auprès de Jean-Mi que le monsieur n'est pas par ailleurs champion d'arts martiaux ou de lancer de marteau, auquel cas ça vaudrait sans doute le coup de creuser un peu.

On en arrive à la tripotée de maris ou concubins énervés par les roucoulades de Courchon. Là, j'ai trouvé plus simple de faire les fiches au nom des femmes. Juliette Antounin, 22 ans, l'employée qui a découvert le corps et dit avoir dû *« remettre à sa place »* son patron aux mains baladeuses, sans que ça *« porte à conséquence »*. Oui d'accord, mais est-ce qu'elle a un mec, ou un frère, un père, un ami, de préférence jeune et immature, à qui elle l'aurait raconté et qui l'aurait mal pris ? Sa fiche rejoint celle de Fresnet, dans le tas « À vérifier ». Claudette Bonnet, 31 ans, comptable de l'entreprise. Elle, ils ont vérifié : elle vit en concubinage très discret avec une jeune femme professeure de musique en poste dans un lycée d'Avranches. Par ailleurs, d'après les dépositions, elle n'a jamais mis les pieds au Reculey : tous ses rendez-vous avec Courchon avaient lieu dans son cabinet à elle, en plein centre-ville de Vire. J'élimine.

Ensuite vient le cas plus problématique de Cécile Chalon, 29 ans. C'est elle qui est en contentieux aux prud'hommes, pour un imbroglio à la Courchon : il l'a embauchée, mais ils ont aussi un peu fricoté, et même sans doute plus qu'un peu puisqu'elle a fait une petite tentative d'installation au Désert, dont on ne sait pas trop si c'était pour tenir la maison ou pour concubiner plus durablement. Elle, c'est clair, elle a la rage. Et aussi un peu l'habitude des situations ambiguës : c'est son troisième dossier aux prud'hommes. La dame, par ailleurs abonnée au célibat, semble être bien plus procédurière que meurtrière. J'élimine.

Pour Jennifer Marcon, 26 ans, préparatrice en charcuterie, épouse de Joël Marcon, pompier de Paris, qui s'est pris un bon gros coup de sang contre Courchon dans la boutique et devant témoins, c'est moins net. Il était très, très remonté on dirait, et même s'il ne connaît rien au lieu ni à l'emploi du temps, sa femme, elle, possédait toutes ces informations. Là, on serait pile dedans. Sauf que le scandale, c'était en 97. Depuis, Jennifer a enchaîné maternité sur maternité : trois enfants en quatre ans. Du coup, elle n'a pratiquement pas mis les pieds à la boucherie ces dernières années. Et puis du 10 au 17 décembre inclus, l'adjudant-chef Marcon était en poste à la caserne Rousseau, rue du Jour à Paris – à deux pas de chez moi ! Il est rentré au Reculey le surlendemain du crime, pour dix jours de permission qui lui ont permis de passer Noël en famille. J'élimine.

L'autre énervé à envisager, c'est Alexandre Laboulois, ex-chauffeur routier, le compagnon d'Émilie Morin, 25 ans, ex-vendeuse au magasin. Lui, c'est un sanguin, jaloux, qui s'en est pris à Courchon à plusieurs reprises, en public et en privé. Dans le genre jeune et immature, on est au top. C'est devenu si problématique qu'Émilie a démissionné quelques semaines avant que son patron ne soit assassiné. Et d'après la note de mes collègues, le couple a carrément déménagé : depuis le 15 novembre, ils vivent à Malo-les-Bains, en banlieue de Dunkerque, où ils ont repris une baraque à frites, ensemble, histoire qu'il puisse garder un œil sur elle vingt-quatre heures sur vingt-quatre. C'est pas moi qui le dis : c'est lui. Il est venu de son plein gré – et à nouveau très à cran – déposer, et signaler la fameuse lettre anonyme *« t'ais plus cocu »*, reçue quelques jours après la mort de Courchon.

C'est sûr que Dunkerque-Le Reculey, ça fait une trotte pour dégommer un rival qu'un déménagement a par ailleurs neutralisé de fait. Mais l'histoire criminelle est remplie de crimes de jalousie perpétrés quelquefois des années plus tard. Et aussi d'assassins qui viennent de leur plein gré témoigner « pour faire avancer l'enquête » en pensant que ça prouvera leur bonne foi. Il pourrait matcher pas mal, ce Laboulois. C'est bizarre qu'il n'ait pas tapé dans l'œil de Jean-Mi. Trop évident, peut-être ? Je crée une nouvelle pile « À vérifier + + », en attendant de savoir ce qu'il a à m'en dire.

La dernière de ma liste alphabétique, c'est la jeune Esther Zaoui. À peine 20 ans, une des rares copines déclarées d'Aurélie. Elle est vendeuse chez Rolin, et avoue une petite amourette avec Courchon, l'été dernier. Rien de bien sérieux ni de bien passionné, d'après ses dires : une histoire *« pour s'amuser »*, jusqu'à ce qu'elle rencontre un vrai fiancé. Et là, surprise, on dirait qu'elle l'a trouvé. Depuis quelques mois, elle file le parfait amour avec Jean-Baptiste Rolin, le fils de son patron, par ailleurs flic à la préfecture de police de Paris. D'après les informations dont on dispose, aucun conflit n'a opposé Courchon à la petite boulangère, ni à son amoureux de flic. On verra si sa déposition change la donne. « À vérifier », donc.

Je le savais : c'est chiant, de passer en revue tous les suspects. Pour me changer un peu les idées, je me penche sur le dossier lettres et appels anonymes. Pas de nouvelles du champion de l'orthographe. Les écritures de la lettre à Laboulois et du mot dans le carnet de condoléances se ressemblent mais je ne suis pas experte, et visiblement, aucun spécialiste n'a été mandaté. Par ailleurs, je ne trouve aucune trace de l'affichette du magasin dans le dossier. Ça serait bien de les comparer, même s'il n'y a sûrement pas qu'un nul en orthographe dans toute l'académie de Vire. Mais ce sur quoi je dois vraiment m'interroger, c'est le contenu rageur des deux messages : *« t'ais plus cocu »*, et *« tu ais la ou tu doit être »*. Je ne sais pas si c'est lui qui a tué, mais en tout cas, il le déteste avec insistance…

Pour les appels téléphoniques, c'est le grand désert. Les enquêteurs ont fait une réquisition à France Télécom, sans résultat. Le mec utilise sûrement ces cochonneries de cartes prépayées, apparues tout récemment, qui nous privent d'informations précieuses. Un vrai bonheur pour les dealers, la nouvelle technologie.

C'est à ce moment-là que je me rends compte qu'il fait presque nuit, et que j'ai une énorme dalle. Et plus rien à manger dans mon frigo, si je me souviens bien. Heureusement, il me reste le congélo. J'aligne bien comme il faut mes trois piles de fiches sur mon bureau, et je me refais une tournée de gaufres avant d'attaquer les deux derniers gros morceaux en pensant à une de mes petites rengaines préférées de Lili, qui annonçait toujours un délice : « Ça se nourrit, un cerveau. » Et comment !

28

Avant de me pencher attentivement sur Peio Dachary, j'ai quand même envie de bien scanner la fiche de Rolin. D'abord parce qu'en matière de lien de connaissance, on ne peut pas tellement faire mieux : ils étaient à l'école ensemble, avec Courchon. Et puis ils ont aussi fait leur service militaire dans le même bataillon d'artillerie de marine en Bretagne, à quelques mois d'intervalle. Après ils sont devenus voisins d'en face ; Rolin en reprenant l'affaire de son père et Courchon en créant la sienne, la même année. D'après les enquêteurs, ils se sont toujours plutôt bien entendus, jusqu'au moment où Évelyne Courchon a switché pour le boulanger. Dans sa déposition, elle déclare qu'elle était déjà séparée de son mari quand elle a entamé sa liaison avec Rolin, mais il a quand même eu du mal à l'encaisser. Rolin, lui, donne cette explication qui met un peu mal à l'aise : *« Il m'a reproché mon histoire avec son ex-femme en disant que c'était comme un inceste. J'ai trouvé ça dingue. Je ne suis pas son frère, et ne me suis jamais considéré comme tel. »* Il a raison, c'est assez immature de la part de Courchon mais quand t'as passé toute ta vie à côté de quelqu'un, ça doit faire bizarre que ta femme se tire avec lui.

Par ailleurs, Rolin maîtrise parfaitement les lieux et l'emploi du temps très routinier de son voisin ; il était seul dans son fournil à l'heure où Courchon est arrivé au labo ce jour-là, et a très bien pu repérer sa présence et venir frapper à sa porte. Il assure n'avoir rien remarqué, mais s'il était impliqué, il ne dirait pas le contraire… Il est aussi le premier à avoir touché le corps. Il l'a même retourné, avec le maire, *« pour vérifier s'il vivait encore »*, ce qui fournit une excellente explication aux taches de sang qu'on a retrouvées sur ses vêtements et ses chaussures. Son commis n'arrive pour l'aider qu'à 5 h 30. Ça lui laisse les deux heures et demie d'avant pour être seul avec Courchon, le poignarder, et se caler bien au chaud dans son fournil jusqu'à ce qu'on découvre le drame.

OK, mais pourquoi il aurait fait ça ? D'après tous les témoins, le conflit était apaisé. Et puis l'immaturité émotionnelle est très clairement du côté de Courchon, dans leur histoire. S'il avait dû se passer quelque chose, c'était le boucher contre le boulanger, et pas l'inverse… Tout ça semble plutôt bancal, mais c'est quand même une piste majeure, que je devrai vérifier avec Jean-Mi.

Deux autres gaufres avant d'attaquer Dachary. Faut bien ça. J'ai fait comme pour les auditions des deux mômes : découpé le rouleau page par page, que j'ai essayé d'aplatir sous le gros catalogue de couteaux que m'a offert Martha. Évidemment, ça n'a pas marché. Ça ne marche jamais. La meilleure solution, avec les fax, c'est de les passer à la photocopieuse pour avoir des documents papier, mais là, j'ai évité de m'attarder dans la zone technique de l'accueil, pour limiter les risques d'être chopée en flagrant délit.

Pour changer un peu, je commence par le casier judiciaire du monsieur ; Jean-Mi m'a fait une petite note récapitulative. Il a à peine 25 ans, mais déjà presque dix ans de métier ! Début de carrière en douceur, l'année de ses 14 ans, avec une première affaire de stupéfiants, et puis après, tout se déroule comme prévu : récidive, détention d'armes, recel, faux et usage de faux. Et en prime, bien sûr, insulte à agent, conduite en état d'ivresse et sous l'emprise de stupéfiants, appels anonymes, violences conjugales… Toutes les peines mises bout à bout, il a déjà passé plus de trois ans en prison.

Et, cerise sur le gâteau, il est sous le coup d'une mesure d'éloignement de sa région depuis une malencontreuse algarade avec le mari trompé d'une femme qu'il a visiblement beaucoup harcelée. Un petit gars sympathique, quoi.

En juin 95, pour fêter sa majorité, il a carrément fait l'objet d'une interdiction de séjour dans cinq départements du Sud-Ouest après une incarcération à la suite d'une récidive de trafic de stup. L'intention du juge était sans doute de le couper de ses mauvaises fréquentations. Au lieu de quoi, il est venu à Rennes exporter son business. Qu'il a réactivé l'année dernière, lors de son retour en exil, pour le plus grand bonheur de François et de sa bande de Clisson, notamment. On comprend que Jean-Mi soit excité par le profil. Voire un peu énervé, comme tout père d'un môme de 17 ans qui sait que ce genre de rapaces rôde autour des lycées. Mais de là à en faire un assassin…

Donc, le mec est né en 1977, à Bayonne. Il a grandi à Anglet où il fréquente régulièrement sa cousine Sandrine Merlin, de sept ans son aînée. Il l'a perdue de vue quand il a commencé sa vie de délinquant – un précoce, 14 ans c'est tôt pour un début – mais ils se sont retrouvés l'année de ses 18 ans, au moment de son installation à Rennes. *« Je ne connaissais personne dans la région. Quand j'ai su qu'elle vivait pas loin, j'ai repris contact. C'est comme ça qu'elle m'a demandé d'être le parrain de la petite. »* Ils se sont vus de temps en temps pendant cette période, *« le plus souvent en l'absence d'Étienne qui travaillait beaucoup »*. Et puis Merlin est rentrée au pays, et lui aussi, quand son interdiction de séjour a pris fin. Il n'a plus eu aucun lien avec la famille Courchon, *« et pas non plus beaucoup avec Sandrine et la petite. Mais je lui portais quand même un cadeau à Noël, et un pour son anniversaire. C'est le minimum pour un parrain »*.

Quand les choses se sont à nouveau gâtées pour lui, pour une histoire de harcèlement cette fois-ci, il est revenu en Bretagne. C'est comme ça qu'il a rencontré François un jour à Rennes, pas tout à fait par hasard, néanmoins. *« Je ne l'avais pas reconnu, c'est lui qui est venu vers moi.* » On imagine bien pourquoi. D'ailleurs, il ne s'en défend pas : *« Il savait, par le bouche-à-oreille, que je pouvais lui trouver ce qu'il cherchait.* » Vu la teneur de son casier, il a dû se dire que c'était pas la peine de faire semblant d'être un perdreau de l'année devant mes collègues. Et vu la gravité des faits pour lesquels il doit bien se douter qu'on enquête, il a opté pour une coopération qu'il s'efforce tellement de faire paraître franche et loyale que je comprends de mieux en mieux Jean-Mi : ça sent vraiment bizarre.

Il reconnaît, donc, qu'il a fourni régulièrement à François et à ses amis quelques produits illicites, *« en petite quantité »*. Et qu'il a *« arrangé »* François plusieurs fois *« parce que c'est un gamin sympathique, et que c'est le frère de Mia »*. Ben voyons. C'est la raison pour laquelle François s'est retrouvé *« en dette »* à son égard, pour la somme de 1 500 euros – ça correspond quand même à une grosse *« petite quantité »*, ça, dis donc – au début de septembre dernier. *« J'aurais bien laissé filer mais j'avais moi-même besoin de cet argent. Comme le petit ne répondait plus, j'ai eu l'idée d'appeler ma cousine pour lui demander conseil sur la meilleure manière de procéder sans que ça fasse un drame dans la famille. Elle m'a proposé d'appeler son père, et j'ai accepté.* » En voilà une bonne idée ! Je serais curieuse de savoir, à l'occasion, ce que ce mec considère comme un *« drame »*…

La suite qu'il raconte est conforme à ce que Jean-Mi avait commencé à m'expliquer : Courchon est venu le retrouver dans un bar de Rennes où il lui avait donné rendez-vous. L'échange a été musclé et un peu houleux. Il prétend avoir passé un contrat avec lui : *« Il m'a rendu mon fric, et je me suis engagé à ne plus être en contact avec François.* » Et d'après lui, c'est la fin de l'histoire. *« Un deal est un deal, je n'ai qu'une parole. C'est une question d'honneur.* » L'argument qui tue, venant d'un mec avec un si beau pedigree.

Je comprends qu'ils soient fous, à la BR de Vire, et qu'ils aient envie d'une garde à vue pour pouvoir le cuisiner vraiment. À propos de la mort de Courchon, il dit l'avoir appris par le journal. Et avoir accepté d'escorter Sandrine Merlin à l'enterrement quand elle l'a appelé pour le lui demander. Il tient à préciser que c'est à cette occasion qu'il a revu François, mais que par égard pour la promesse faite à son père, il l'a salué en évitant de lui parler.

Jeunesse : on y est. Immaturité : on y est. Lien de connaissance avec la victime : pareil. Conflit : possiblement moins réglé que ce qu'il prétend. Mais j'ai quand même un gros doute sur les sentiments et émotions fortes – il en a carrément rien à foutre, des Courchon, ce mec-là. Et puis il n'a aucune idée de l'emploi du temps de la victime, de la configuration du labo ni du village. Ou alors, il faudrait que la cousine l'ait sévèrement briefé. Mais même elle, qu'en sait-elle vraiment ? Pendant son court séjour, elle n'a pas dû mettre souvent les pieds à la boutique.

Enfin, restent deux questions majeures : d'abord, un peu comme avec Rolin, s'il y en a un qui peut être en rage et vouloir se venger de l'autre, c'est Courchon, pas Dachary. Mais surtout, surtout : qui serait assez bête, ou inconscient, pour tourner le dos, la nuit, sans témoin, à un énergumène de cet acabit ?

29

J'ai failli appeler Jean-Mi pour faire le point dimanche matin, entre mes deux dernières gaufres – faut vraiment que j'aille faire des courses, moi – et puis je me suis dit que non, la semaine risquait d'être assez rock and roll autant pour lui à Vire que pour moi à Rosny, et j'ai opté pour que ce dimanche soit un vrai dimanche. De toute façon, si Dachary a décidé de se carapater de l'autre côté des Pyrénées parce qu'il a des choses à cacher, c'est trop tard, il doit déjà avoir passé la frontière.

Donc, comme activité dominicale, j'ai le choix entre ménage complet de l'appart – ça ne serait pas du luxe – ou petite balade à Paris pour essayer de croiser Martha, voire peut-être Anna et les parents. Ce dont je rêve vraiment, c'est d'un après-midi tranquille dans le jardin de Lili, tous ensemble, et sans aucun sujet qui fâche. Elle aurait préparé son indétrônable sorbet fraises-basilic, une montagne de tuiles aux amandes et des litres de framboisade. Sigmund aurait sorti les hamacs pour les accrocher sous le lilas et ferait connaissance avec Cléo, sans s'énerver et en s'émerveillant de la trouver sympa. Les jumeaux auraient renversé la totalité du panier à jouets sur un coin du gazon et seraient tellement absorbés par leur entreprise qu'on les entendrait à peine. Maman et Géronimo papoteraient tranquillement du dernier Gaspar Noé avec Monica Bellucci, Vincent Cassel et Albert Dupontel, une horrible histoire de viol qui fait parler dans les chaumières, à moins qu'ils n'aient préféré le film d'Amos Gitaï dont j'ai aperçu l'affiche – ça c'est sûr, maman va adorer. Anna ferait des messes basses dans la cuisine avec Lili, et moi, je pourrais enfin raconter ma semaine de dingue à Martha, et l'écouter repasser toutes ses épreuves de CAP et se désoler des déclarations de Maxime sans m'énerver, parce qu'on aurait toute la soirée devant nous.

On peut toujours rêver. Au moins, avec le ménage, je suis sûre de ne pas être déçue du résultat. La poussière n'a qu'à bien se tenir.

J'étais venue à bout du plus gros quand le téléphone a sonné. J'ai décroché en faisant bien attention de ne pas regarder qui c'était, pour avoir la surprise.

— Mina, c'est Martha. Qu'est-ce que tu fais ?

— Le ménage.

— Tu nous rejoins chez Lili pour le goûter ?

Des fois, la vie est vraiment parfaite. J'ai pris une douche, sauté dans le RER et fini le trajet à pied de la gare du Nord à Montmartre, pour profiter du printemps. Quand je suis arrivée chez Lili, surprise : papa et Cléo papotaient dans les hamacs sous le lilas, les jujus jouaient tranquillement sur le gazon, maman et Géronimo épluchaient les critiques de *Télérama*, Anna et Lili étaient en pleine cuisson de tuiles aux amandes dans la cuisine, pour accompagner le sorbet fraise-basilic et la framboisade. On s'est mises dans un coin, Martha et moi, et on s'est raconté notre semaine. Exactement comme je l'avais rêvé.

30

— Devine ?

Le week-end ne l'a pas calmé : il a le même ton et le même rythme dans la voix que quand on a raccroché vendredi midi. Excité, tendu, intenable comme le fin limier qu'il est, aux trousses de son gibier. Sauf que là, en plus, dans son « devine ? », je perçois nettement une pointe de triomphalisme.

— Toi, t'as passé ton week-end à carburer…

— Oui, mademoiselle. Et pas pour rien. Tu sais ce qu'on a trouvé ?

— Du lourd, on dirait.

— C'est pas sa cousine !

Je ne peux pas m'empêcher de rigoler. Franchement, je m'attendais à une bombe, ou au moins une bombinette. Là, on est à tout casser dans le petit pétard, un peu mouillé… Ah bon ? Dachary aurait menti ? Sur cette information si… capitale ? Un jeune homme d'une si irréprochable probité ?

Je n'aurais pas dû me moquer : mon cher limier, dans son excitation, a perdu tout sens de l'humour. Il s'énerve.

— Non mais tu te rends pas compte du scoop ?

En effet, non. Explique-moi, Jean-Mimi.

— Si Merlin n'est pas sa cousine, c'est qui pour lui ? T'as pas une petite idée ?

Ah ben oui, là, ça vient. D'un seul coup, même.

— Mais ils ont combien d'écart ?

— Sept ans. Précoce en tout, le cousin... Tu les vois, là, le lien de connaissance, les sentiments, les émotions fortes et le conflit ?

Je sais, c'est con, mais de l'entendre se servir mot pour mot de la grille de lecture que je me suis cassé la tête à faire apparaître, et surtout à le convaincre d'utiliser, ça me met presque les larmes aux yeux.

Il refait toute l'histoire, à la cadence d'un mec qui a passé son week-end à dormir peu et boire beaucoup, beaucoup de café. Donc, Dachary et Merlin seraient amants, et si ça se trouve, depuis longtemps.

— Ça, on est en train de le vérifier mais on devrait le savoir très vite.

Les tourtereaux l'ont faite à l'envers à Courchon, qui a fini par s'en rendre compte, et c'est le début des embrouilles.

— Tu rajoutes l'histoire du cannabis par-dessus, là, Courchon identifie Dachary comme son ennemi absolu et ils se retrouvent dans un énorme conflit de rivalité qui se finit très mal.

— Sauf qu'il y a un truc qui ne va pas du tout.

— Quel truc ?

— Dans ce que tu me racontes, là, c'est Courchon qui tue Dachary. Pas l'inverse.

— Sauf si le tête-à-tête tourne mal.

— Souviens-toi, on l'a rejoué combien de fois ? À moins qu'on soit complètement à côté de la plaque depuis le début, il s'agit d'un assaut, fulgurant, *contre* Courchon. Pas d'un assaut *de* Courchon, ni d'une bagarre qui dégénère.

Dans son silence, je sens sa déception. Et j'ai presque l'impression d'entendre tous les rouages de nos cerveaux respectifs mouliner comme des fous pour reconfigurer une hypothèse plus viable. Qui ne vient pas.

— Donc, si je résume, tu dis que la piste Dachary ne fonctionne que si c'est lui qui a un truc à régler avec Courchon.

— Voilà. Et encore, un énooorme truc. Parce que le mec a beau être jeune et immature – ça je te l'accorde –, il a quand même très très gros à jouer en perdant ses nerfs de cette façon…

— OK. Si je te trouve une bonne raison pour que le rapport de force s'inverse entre lui et Courchon, tu valides ?

— Évidemment.

— Je cherche, et je te rappelle.

Chacun sa traque… Moi, je m'inspecte dans le miroir, de la tête aux pieds et devant-derrière, pour pister le moindre détail sur lequel Médart pourrait fixer ce matin pour me pourrir la journée. Voire la semaine. Et je rassemble toute l'énergie récupérée hier dans le jardin de Montmartre pour affronter mon misérable destin de souffre-douleur du colonel, pendant que Jean-Mi et sa bande cavalent sans moi sur la première affaire de ma carrière.

Je m'enferme dans mon bureau, me remplis de thé comme une outre en prenant l'air affairé, et me plonge dans ma pile de vieux dossiers cold case pour essayer de me concentrer sur autre chose que ce qui est en train de se passer à Vire.

Maxime a dû repérer mon petit manège : il pousse ma porte avec un grand sourire.

— Salut Mina ! Tu m'offres un thé ?

Alors là, deuxième scoop de la journée ! En attendant de rallier toute la gendarmerie aux processus du profilage, je commence au moins à les convertir à la consommation de thé ! Je lui prépare un Chandernagor, bien fort, avec une pointe de lait et un peu de sucre. Pas très académique, mais tellement revigorant ! Il a l'air d'apprécier. En faisant bien gaffe de ne pas parler trop haut, je lui raconte les derniers rebondissements du dossier Courchon. Et lui les dernières avancées, prometteuses, d'Anacrim. Au début, j'avoue, j'ai eu un peu de mal à me concentrer. Trop de trucs dans ma tête. Mais finalement, je me laisse prendre : l'informatique est vraiment en train de révolutionner les techniques d'enquête ! Et même si aucun ordinateur ne pourra jamais remplacer la bouteille et l'intelligence d'un enquêteur, la finesse de ses perceptions, et la capacité à prendre en compte, aussi, les inconcevables turpitudes et contradictions dont l'être humain est capable, c'est vraiment très excitant, ce qui est en train de se développer. On va pouvoir rapprocher et croiser des données avec de plus en plus de précision, avancer sur des enquêtes tellement complexes qu'aucun cerveau humain ne pourrait mouliner tout ça à lui tout seul, utiliser l'ADN avec une rigueur et une minutie dont on n'a même pas encore idée, c'est sûr !

J'avais presque retrouvé mon enthousiasme de winneuse, et ma foi en l'institution, quand Médart m'a appelée pour que je le rejoigne dans son bureau. Courage, Mina. La vie est longue, et ce n'est qu'un mauvais moment à traverser.

— Vous avez passé un bon week-end, Lacan ?

— Oui, mon colonel.

— Ça va ? Vous êtes fière de vous ?

— À quel propos, mon colonel ?

Tu veux parler de quoi, ducon ? De la longueur de ma jupe ou de ma technique de maniement du sabre ?

— Oui, c'est bon, je me comprends.

J'adorerais lui répondre un truc du genre « ça en fait au moins un » ou « c'est le principal » mais c'est pas du tout, du tout le moment d'en rajouter.

— Bon. Puisqu'à l'évidence, certains semblent croire, comme vous, que vous êtes en train de « révolutionner » la gendarmerie, ou du moins que vous avez cette prétention, et je pèse mes mots, j'ai une mission à vous confier.

Oh oh ! Toi, tu te serais pas fait un peu remonter le pantalon réglementaire par le général, après le petit pince-fesses de vendredi ? Il avait raison, Maxime : la roue tourne on dirait…

— Voilà une liste d'ouvrages fournie par nos confrères canadiens sur votre nouvelle « spécialité ». Introuvables en France, il semblerait. Mais efficace comme vous êtes, vous allez quand même me les dégoter.

— Bien sûr, mon colonel.

— Le plus tôt serait le mieux. Vous avez budget libre, mais n'exagérez pas.

Alors là, mon pote, si tu crois m'humilier en m'envoyant faire tes courses, tu vas encore perdre quelques points. Je sais où les dénicher, moi, tes bouquins. Et devine ? Je sais même que c'est ouvert le lundi ! Tu les auras demain sur ton bureau. Mina : au moins 2 – Médart : toujours 0.

Un bonheur n'arrivant jamais seul, il se trouve que Maxime doit filer pour être à midi et demi à la Préfecture de police de Paris, et qu'il me propose de m'embarquer dans sa voiture de service. Finalement, on dirait que c'est un « lundi qui rit », comme dirait Lili !

La preuve que oui : ni bouchon ni ralentissement, on a mis si peu de temps pour venir qu'on peut même se poser à la terrasse du troquet en face du palais de justice pour siroter un petit Perrier-rondelle en attendant l'heure de son rendez-vous. Moi je ne suis pas pressée, j'ai décidé que la mission confiée par Médart me prendrait tout l'après-midi. Et même peut-être la matinée de demain – après tout, deux demi-journées pour trouver des livres introuvables, ça reste tout à fait raisonnable –, ce qui me permettrait de passer la nuit sous mon toit de Paris et, le cas échéant, d'échanger librement au téléphone avec Jean-Mi sans devoir me cacher ou parler à voix basse. Je sais, c'est contraire à ma règle, mais au cas où, j'ai quand même embarqué le dossier Courchon dans mon sac à dos. Ça serait stupide que je sois obligée de rentrer à Rosny en urgence, si à Vire ils ont besoin que je leur donne un coup de main.

Je quitte Maxime devant l'entrée du quai des Orfèvres, et puisque je ne suis pas très loin, je décide de commencer mon après-midi buissonnier par un sandwich de chez Marianne, dont Martha m'a parlé avec des trémolos dans la voix. Je m'octroie le temps de la balade jusqu'à la rue des Rosiers pour décider si je choisis falafels ou keftas.

Un bonheur ces boulettes ! Quand je pense qu'on s'est privées si longtemps de tant de plaisirs... J'étais en train de me pourlécher les phalanges – délicieuse, la sauce blanche, mais on s'en met vraiment partout – assise sur un banc au soleil, à côté d'une petite famille de Japonais en pleine extase gastronomique, quand Jean-Mi m'a appelée.

— Tu devineras jamais.

— Heu... Dachary a tout avoué, et en plus il a demandé pardon.

— Mina, fais pas l'imbécile ! C'est sérieux, là !

— Vas-y. Accouche.

— Tu crois pas si bien dire.

Troisième scoop de la journée : Courchon était en pleine recherche de test de paternité ! Ils sont retournés fouiller son bureau au Désert et ils ont trouvé une enveloppe, planquée je ne sais pas où, remplie de documentation envoyée par une entreprise américaine qui propose, moyennant un petit paquet de dollars, de tester les ADN des pères et des bébés pour que les uns puissent vérifier que les autres sont vraiment leur progéniture. C'est totalement interdit en France – et dans beaucoup d'autres pays aussi. On comprend pourquoi : le bazar que ça provoquerait, dans le monde entier, si n'importe qui pouvait découvrir en moins de deux que son père n'est pas son père, ou que son fiston n'est pas son fiston ! Ça fait trente ans qu'on pense que la révolution du XXe siècle, c'est l'avènement de la contraception mais réveillez-vous camarades ! Moi je dis que la vraie révolution – et peut-être aussi la vraie catastrophe, si ça se trouve ? –, ce serait l'accès direct au test ADN sans passer par une ordonnance de justice. Sur Internet, par exemple. Ou carrément dans les supermarchés...

En attendant, Jean-Mi est comme un fou et il a raison : ça change tout.

— Et au fond de l'enveloppe, tu devineras jamais ce qu'on a trouvé d'autre.

— Dis-moi ?

— Un nouveau petit mot du roi de l'orthographe, j'ai comparé, ça pourrait être la même écriture.

— Et il dit quoi ?

— *« Ta petite cheri ai pas ta fille. »*

Bon. Si la petite Mia n'est pas la fille de Courchon mais de son très jeune parrain, et que ledit parrain – pour une raison qui nous échappe encore mais il faut bien que les gardes à vue servent à quelque chose – a décidé de déchoir Courchon de ce lien, tellement précieux pour lui qu'il se l'est fait tatouer sur le cœur, pour faire valoir ses droits, là y'a conflit. Gros conflit même, avec gros enjeux de part et d'autre.

— Donc, vous pensez que Dachary a pu venir exiger de Courchon qu'il laisse tomber définitivement Merlin et la petite ?

— Exactement. Ce que Courchon ne semblait pas du tout prêt à accepter.

— Et du coup, Dachary aurait décidé de le dézinguer ?

— Voilà.

— Ça peut se tenir.

— En tout cas, ça se vérifie auprès de l'intéressé.

— Garde à vue, donc ?

— Garde à vue. J'ai l'accord du juge. Mes gars sont allés le chercher. Ils y étaient à midi, le temps de la perquis', ils devraient être là vers 15 heures. Tu seras joignable ces prochaines heures ? Je peux t'appeler de temps en temps pour faire le point ?

— Bien sûr ! Bonne chance ! Et n'oubliez pas de lui faire faire une petite dictée…

« Lundi qui rit », je vous dis !

Je me suis dépêchée de filer dans le neuvième arrondissement, rue Montholon, où j'étais sûre de trouver les bouquins de la liste de Médart. Je les connais tous, d'ailleurs : je les ai dans ma bibliothèque, comme n'importe quel étudiant en crimino qui s'intéresse au profilage. Vivement que la gendarmerie rattrape son retard, et s'organise enfin pour avoir un temps d'avance sur les amateurs de polars…

La librairie s'appelle « Au Troisième Œil ». Elle est tenue par un mec un peu bizarre, complètement accro aux serial killers depuis que sa propre compagne a été massacrée par un cinglé il y a dix ou quinze ans, aux États-Unis. Personnellement, je me méfie plutôt des victimes qui deviennent spécialistes de leur bourreau ; je pense que ça nuit à l'objectivité indispensable d'une enquête. C'est exactement ce dont on parlait avec Maxime ce matin : les logiciels, eux, n'ont pas d'affect. Ce qui peut être un inconvénient, mais aussi un avantage. Si le fait d'être concerné par un crime, directement ou indirectement, peut donner la niaque à un enquêteur, ça peut aussi complètement brouiller ses capteurs, et l'empêcher d'avoir une vision claire et impartiale du dossier. J'ai bien senti ça avec Jean-Mi au sujet de François Courchon, qui a exactement l'âge de son fils. Ça le met en rage, et sans doute un peu plus que moi, que Dachary fournisse du shit à ces gamins…

Le libraire fait comme s'il ne me reconnaissait pas. On s'est croisés plusieurs fois, pourtant. D'abord parce que c'est ici que j'ai trouvé une grande partie de mes livres de travail, même si j'ai réussi à en récupérer un petit paquet d'occasion, sur Internet ou chez les bouquinistes, pour essayer de faire baisser la facture. Ensuite parce que j'ai assisté à la conférence de Micki Pistorius qu'il a organisée à Paris, il y a deux ans, à l'occasion de la sortie du livre qu'il a écrit sur elle.

Mon marché est assez vite fait : je sais comment chercher les bouquins, et où les trouver. Notamment le *Rape investigation* d'Hazelwood et Wolbert-Burgess, le *Criminal shadows* de Canter, *l'Encyclopedia of serial killers* de Lane et Gregg, et les épatantes mémoires de Ressler et Shachtman. Toute ma jeunesse ! J'espère qu'il *speak english*, Médart…

Quand je pose ma pile sur le comptoir, le mec m'accueille d'un sourire caustique.

— On se renseigne ?

— Moi je les connais. C'est pour mon colonel.

Non mais qu'est-ce qui m'a pris ? Je sais bien, pourtant, que dans ce métier, on a toujours intérêt à tenir sa langue au lieu de faire la maline. Mais la tentation était trop forte…

— Je suis en train de créer une cellule de *profiling*, à la gendarmerie.

— C'est ça, oui.

— Je vous assure ! Ils ne sont pas tous faciles à convaincre, mais ça avance.

— Vous pouvez toujours espérer. Mais ça n'arrivera jamais.

— Vous croyez ?

— Oh que oui ! Depuis le temps que je dis que c'est indispensable, si ça avait dû se faire, ça serait déjà fait

Ne jamais démentir les certitudes d'un spécialiste. Surtout si c'est un mâle blanc, sûr et avare de son monopole. J'avais essayé d'en discuter plutôt avec Micki, le jour de sa conférence. Mais il ne m'avait pas laissé grand loisir de l'approcher. Ni personne d'autre d'ailleurs.

Je lui ai laissé un petit pactole à venir de presque 600 euros, payable à trente jours, *via* un formulaire administratif préalablement signé et tamponné par Médart, avant d'embarquer ma cargaison dans deux sacs pleins à craquer. Et puis j'ai trouvé un bus pour rentrer à Saint-Eustache, histoire de rester en surface et de capter si Jean-Mi m'appelait.

Évidemment, avant de monter chez moi, j'ai dû m'arrêter au péage : la mère Lascaud a exigé que j'acquitte mon droit de passage, en nature. Dix minutes de considérations diverses et (a)variées sur l'actualité judiciaire. Et quand elle a vu que j'étais chargée et que je ne pourrais pas m'esquiver subrepticement pendant qu'elle me tournait le dos, elle est même allée chercher dans sa loge son torchon habituel dont la une commente en grosses lettres les aveux de la massacreuse de la petite dame de Rampillon

— Vous avez vu ça, Mina ? C'est une étudiante, la cinglée qui a fait ça.

— Oui, je suis au courant.

— Une étudiante en criminologie, en plus, comme vous. Vous ne la connaissiez pas, par hasard ?

— Ah, ça, je n'étais pas au courant.

— Franco-irlandaise, complètement malade. Ça vous dit rien ?

— Non, je ne vois pas.

— Je ne sais plus où j'ai vu sa photo, mais je vais vous la retrouver. Peut-être que vous la reconnaîtrez. Au moins de vue.

— Peut-être. À plus tard, madame Lascaud.

— À plus tard Mina. Et bon courage pour les étages !

J'ai attaqué les escaliers avec mes 16 kilos de livres, au bas mot. Médart m'aurait condamnée à une série de cinquante pompes, ça m'aurait fait le même effet. D'un point de vue cardiovasculaire, je veux dire. Je suis arrivée en haut essoufflée et rincée. Mais prête à en découdre avec Dachary, par téléphone interposé. Jean-Mimi, si t'as besoin de moi, je suis là.

31

Bon, mais qu'est-ce que je vais faire, moi, pendant ce temps ? C'est pénible d'être seule ici alors qu'ils sont là-bas en train de passer Dachary à la moulinette. Soit je pense complètement à autre chose en attendant que le téléphone sonne peut-être. Soit je reprends le dossier en potassant le PV d'audition de leur suspect pour leur trouver des pistes qu'ils n'auraient pas envisagées, qui pourraient les aider à décoincer si ça coince.

Je commence par une tentative de broderie. Ça fait un moment que j'ai compris que la vie pendulaire Paris-Rosny est bien plus fluide quand on duplique les équipements essentiels : j'ai tout en double, donc. Au moins tout ce dont je finis toujours par avoir besoin. Pyjama, bouillotte, nécessaire de toilette, un vieux pull très chaud, une grande chemise très douce pour se mettre à poil dedans en été, quand ça devient intenable sous les toits – les joies de la vie mansardée –, une bonne collection de thés, et une indispensable deuxième boîte à broderie. Comme la tête de mort d'Anna attend que je la finisse à Rosny, j'attaque un projet spécial mariage pour Cléo et Lili. Je pensais à une série d'yeux et de bouches, de toutes les tailles et de toutes les couleurs, qu'elles pourraient porter aux oreilles, en broches ou en collier, en camaïeu ou bariolé, ensemble ou séparément, selon leur humeur. Ce qui aura vraiment de la gueule, c'est la profusion. Genre un joli pot rempli à ras bord dans lequel elles pourront piocher comme on pioche dans un bocal de bonbons. Ça veut dire beaucoup de boulot mais ça tombe bien, faut que je m'occupe.

Ça a marché une petite heure mais finalement, ma moulinette s'est remise à tourner en boucle et j'ai commencé à faire n'importe quoi. Alors j'ai rangé mes perles et j'ai ressorti le dossier Courchon, pour vérifier un truc qui me trottait dans la tête jusqu'à virer à l'obsession.

Sur une fiche, j'ai fait deux colonnes. Dans celle de gauche, la chronologie de l'histoire d'amour Courchon-Merlin date après date, depuis août 91, leur rencontre au Pays basque, jusqu'à mai 96, le retour de Merlin au point de départ après tentative ratée de vie commune. Si on s'en tient aux faits, c'est assez succinct, finalement, comme *love story*. Dans la colonne de droite, en vis-à-vis, j'ai retracé la chronologie des tribulations judiciaire du prétendu cousin-parrain. Avril à septembre 91 : incarcération – il était donc « indisponible » quand Courchon et Merlin se sont rencontrés. En 94, l'été de la conception de Mia, il a 17 ans et sort d'une autre incarcération pile-poil après la fin des vacances de Courchon à Anglet. Juin 95 : interdiction de séjourner dans la région ; installation à Rennes juste quelques semaines avant l'arrivée de Merlin en Normandie, comme ça tombe bien ! Juin 96 : fin de l'interdiction de séjour et retour au pays, quinze jours après que Merlin a quitté Courchon et Le Désert pour se réinstaller à Anglet. C'est moi qui ai l'esprit mal tourné ou ils l'ont vraiment, vraiment pris pour un con ?

Pauvre Étienne. J'espère qu'il est mort sans savoir… Clairement posé noir sur blanc sur les deux colonnes de ma fiche, c'est abominablement criant : non seulement Merlin et Dachary ne se sont jamais quittés, mais en plus il y a de fortes chances que Mia soit leur gamine à eux. Et si c'est le cas, c'est pas seulement Dachary qu'il faut mettre en garde à vue, mais aussi Merlin, pour qu'ils s'expliquent ensemble sur la fin de Courchon.

J'en suis là de mes considérations quand Jean-Mi appelle enfin.

— Ça va ? Vous vous en sortez ?

— On avance. Tranquillement.

— Il a avoué ?

— Oui.

— Oh ?

— Ah ! Non ! Il a pas avoué le meurtre, tu penses bien. Mais on n'est pas encore entrés dans le vif du sujet. Il a fallu d'abord qu'il comprenne qu'il n'est pas là pour les stups et que nous, on s'en fout de ses petits trafics.

— Et il a compris ?

— Ça, oui. Après, on a attaqué le dossier Merlin, et là ça a été beaucoup plus coton.

— À ce propos, je…

— Il a fallu lui tirer les vers du nez mais je pense qu'on est à peu près arrivés au bout.

— J'ai trouvé que…

— Et tu sais quoi ? Il avait même pas 15 ans quand il a commencé à fricoter avec Merlin. Bonjour le détournement de mineur… En fait, même si lui ne s'est jamais privé de batifoler à droite à gauche, ils sont en couple depuis des années. C'est même pour ça qu'il a rappliqué à Rennes quand elle était ici, et qu'il s'est barré d'ici quand elle a quitté Vire.

— Je sais.

— Comment tu sais ?

— Je viens de faire tous les rapprochements.

— Ah ah ! Tu fais le boulot des enquêteurs, toi, maintenant ?

Bong. Bien vu, Jean-Mimi, t'as raison. Je suis complètement à côté de la plaque.

— Il vient même d'avouer que vraisemblablement, c'est lui le père de Mia.

— Et Courchon le savait ?

— C'est toute la question. Notre programme du deuxième round, c'est de comprendre ce qui a mis la puce à l'oreille de Courchon et ce qui s'est passé entre eux une fois que le sujet est arrivé sur le tapis. T'as des choses à dire à ce propos ?

— Heu… non. Je crois que vous vous débrouillez très bien sans moi, là.

— Ben oui ! Mais je voulais quand même te prévenir, que tu ne te sentes pas complètement larguée…

— Merci, c'est gentil ! Et la perquis', qu'est-ce que ça a donné ?

— Rien. Il habite un petit studio pratiquement vide, comme s'il n'était que de passage.

— Bon.

— Ah, si ! On a saisi un carnet où il a écrit deux-trois trucs. Pas du tout la même écriture que celle des lettres anonymes. Mais la même orthographe pourrie ! Ça se voit qu'il a bac moins douze, option prison… Allez, j'y retourne. Et je t'appelle pour le troisième round.

Bon alors ma petite Mina, il va falloir que tu te reprennes en main. Jean-Mi et sa bande de chevronnés n'ont pas du tout besoin de toi pour faire leur boulot. Ils ont besoin de toi – peut-être – pour repérer des pistes qu'ils n'auraient pas repérées et vérifier que leurs éventuels suspects sont cohérents avec ce que tu as analysé et compris de cette histoire. Et vu l'avancement actuel de l'enquête, la seule question sur laquelle tu peux les aider, c'est : pourquoi le très précoce Dachary, éventuellement aidé de Merlin, aurait-il organisé l'assassinat de Courchon ? Quel serait leur intérêt ? Comment s'y seraient-ils pris ? Et surtout, est-ce que les réponses à ces questions collent avec les éléments de ton profil ?

Je passe plus d'une heure à retourner le truc dans tous les sens, en butant toujours sur les mêmes conclusions : je ne vois pas pourquoi ils auraient fait ça, ni comment ils s'y seraient pris. Et même si Jean-Mi parvient à obtenir une explication qui tient à peu près la route sur les mobiles, il reste toujours *LA* question ultime : comment Courchon aurait-il pu lui tourner le dos ? Je sais bien qu'on doit admettre de ne pas pouvoir cocher toutes les cases mais quand même, celle-là ? Elle est vitale, non ? Mortelle, même…

Il devait être aux environs de 21 heures quand il m'a rappelée pour me dire que les choses suivaient leur cours : effectivement, Dachary a admis que Courchon et lui étaient en contact avant l'histoire des stups de François, pour parler de la conception de Mia. Vers le printemps à peu près, après l'arrivée de la lettre anonyme. Il dit que Courchon se doutait déjà de quelque chose depuis un certain temps et que c'était assez tendu entre eux. D'ailleurs, c'est Courchon qui a proposé de faire un test de paternité, les tourtereaux étaient moyennement chauds. Mais il continue à maintenir que ça n'a jamais dégénéré, que Courchon était terrorisé à l'idée de découvrir la vérité, et que finalement, aucun des trois n'y tenait vraiment.

Je me suis gardée d'ajouter quoi que ce soit. En raccrochant, je savais que la meilleure chose à faire, c'était de les laisser purger cette piste, au moins jusqu'à la fin des premières vingt-quatre heures de garde à vue. Comme elle a commencé à midi, il faut demander son prolongement au juge au plus tard à 10 heures demain matin. Ce qui me laisse encore quelques heures pour vérifier avec mes outils à moi qu'on n'est pas passés complètement à côté d'une piste qui tiendrait bien mieux la route.

J'ai repris point par point, en essayant d'avoir le regard le plus vierge possible. J'ai tout reconsidéré en tâchant de faire une confiance absolue aux résultats de ma méthode et de mes recherches. J'ai traqué, dans les suspects, les témoins, les entendus et les pas entendus, un mec jeune, immature, qui présente un lien de connaissance avec la victime pour qui il peut éprouver des sentiments ou des émotions fortes, et avec laquelle il est en conflit. Et à qui Courchon a pu tourner le dos sans se sentir menacé…

À un moment, ça m'a sauté aux yeux. Et c'était tellement dingue que je n'ai pas osé y croire moi-même. Il était 2 heures du mat', je tombais de sommeil et à Vire, tout le monde devait roupiller en espérant que la nuit porte conseil. J'ai décidé d'essayer de dormir un peu moi aussi, et de reconsidérer cette nouvelle donne à tête reposée demain matin, avant d'appeler Jean-Mi pour lâcher ma bombe.

32

C'est lui qui m'a appelée, à 7 heures pétantes.

— Je te réveille ?

— Tu rigoles ! Vous en êtes où ?

— On l'a repris ce matin, à l'aube, mais il s'est fermé comme une huître. Il a avoué tout ce qu'il nous avait caché et qui ne le met pas en cause sur les choses graves. Mais dès qu'on aborde le sujet du meurtre, il nie tout. En bloc.

— Normal.

— Je vais demander une prolongation et j'espère que vingt-quatre heures supplémentaires suffiront pour le faire craquer. Mais tu sens le mec qui maîtrise bien les interrogatoires, j'espère qu'on va arriver à l'avoir.

— Ça m'étonnerait.

— Merci pour tes encouragements…

— Laisse tomber la prolongation. C'est pas lui.

— Ça, ça reste à prouver.

— Pas de problème. T'es assis là ? Ouvre bien tes écoutilles.

J'ai déroulé mon fil, sans m'énerver, en cochant les cases une à une, posément. Et ça marchait parfaitement, exactement comme une heure plus tôt, après une nuit courte et une longue douche, quand j'ai tout re-checké méthodiquement, pour aboutir à la même conclusion qu'avant d'aller me coucher.

Quand j'ai eu terminé, il s'est tu encore un moment avant de murmurer :

— Putain, je crois que t'as raison.

On s'est retrouvés comme deux imbéciles, sans trop savoir quoi dire.

— Tu peux attendre cinq minutes, je demande aux autres de rappliquer, je te mets sur haut-parleur et tu nous réexpliques ?

Je me suis resservi une tasse de thé, en écoutant le petit brouhaha des mecs qui s'installaient autour du téléphone dans le bureau de Jean-Mi.

— Vas-y, refais ta démonstration !

Mon petit speech leur a fait le même effet : scotchés. Et un peu énervés, aussi, de ne pas avoir vu quelque chose d'aussi énorme. Moi, je sentais la sueur couler le long de ma colonne vertébrale, en attendant que l'un d'entre eux dégaine le truc que je n'avais pas vu et qui mettrait tout par terre. Mais rien de ce genre ne s'est produit. On en a discuté un peu, tous ensemble, et on a abouti à la même conclusion : tout était là, absolument tout. À une exception près…

— Mais pourquoi il a fait ça ?

— Il va vous l'expliquer en garde à vue.

Une fois son bureau évacué, Jean-Mi m'a rappelée en aparté.

— Tu viens, cette fois-ci, hein ? C'est indispensable.

— J'adorerais, mais qu'est-ce que tu veux que je dise à Médart ?

— Demande pas à Médart. Tape plus haut.

Bien sûr, il a raison. Le bon colonel, je lui ai serré la pince il y a tout juste trois jours et s'il accepte de me recevoir, je peux être dans son bureau en vingt minutes, à peine. Et à pied, en plus !

— J'avais à peine raccroché que Martha a appelé.

— Ça va, Mina ?

— Ben oui ! Pourquoi ?

— Je sais pas, une intuition. Tu serais pas en train de faire une connerie par hasard ? J'ai eu un flash, là, à l'instant…

Je lui explique la situation, calmement, en tâchant de ne pas trop insister sur le mégarisque que ça représente pour la suite de ma carrière. Évidemment, ça ne sert pas à grand-chose.

— T'es dans la merde, quoi.

— On peut voir les choses comme ça. Mais j'ai trouvé l'assassin…

— Alors fonce.

— T'es sûre ?

— Il en pense quoi le beau Max ?

— Martha…

— Ben quoi ? Tu l'as pas appelé ? Ça sert à quoi, un frère, si tu l'appelles pas dans des cas pareils ?

Franchement, elle me tue. Comment elle fait pour comprendre avant que j'explique ? Pour y voir si clair alors que je patauge encore en pleine mélasse ?

— Il te dira la même chose que ta sœur : si t'es sûre de ton coup, le monde est à toi !

— De mon coup, je ne sais pas, mais de mon coupable, oui. Et de ma méthode aussi.

— Balors ? De quoi t'as peur ?

— De la hiérarchie. On rigole pas avec ça dans la gendarmerie… Et là, je suis complètement hors des clous.

— Assume, comme tu l'as toujours fait. Si t'es sûre de tout le reste, tu es indestructible.

J'ai cru halluciner quand j'ai entendu la réponse de Maxime, quelques minutes plus tard :

— T'es sûre de toi ?

— À quatre-vingt-dix-neuf pour cent.

— Alors go !

— Mais tu crois pas que Médart…

— Laisse tomber Médart ! Tu vas pas passer ta vie à avoir peur des Médart !

— Oui, mais là je...

— Assume, comme tu l'as toujours fait. Si t'es sûre de ton coup, tu es indestructible.

Martha, sors de ce corps !

J'ai attendu l'heure réglementaire pour composer le numéro, et j'ai demandé à parler au colonel Armand en priant pour qu'il soit là. Il m'a prise immédiatement.

— Lieutenant Lacan, comment allez-vous depuis vendredi ?

— Parfaitement bien, mon colonel.

— Que puis-je faire pour vous ?

— Je voudrais vous parler, mon colonel. Je suis à Paris. Pouvez-vous me recevoir ?

J'ai senti que je l'intriguais, mais il n'a rien demandé, à part si je pouvais être là dans trois quarts d'heure. La classe internationale, Yves Armand...

Indestructible, c'est vite dit... Je suis partie tout de suite pour pouvoir marcher lentement, en respirant tranquillement. Je me suis répété, intérieurement, le laïus que j'allais servir au colonel, en tâchant d'être la plus convaincante possible, et de ne pas me laisser envahir par trop d'émotions. En passant devant les sculptures colorées de Tinguely et Niki de Saint Phalle que j'ai toujours adoré observer tournoyer dans l'eau, je me suis remémoré les grosses poilades avec Martha, fesses posées sur le rebord de la fontaine, à regarder défiler le monde entier sur l'esplanade Beaubourg. Elle a raison de me ramener à l'essentiel : c'est cette vie-là et pas une autre que je veux, depuis toujours. Alors c'est le moment ou jamais d'assumer.

La dernière fois que j'ai franchi l'entrée du Bureau de la police judiciaire de la place Baudoyer, juste derrière l'Hôtel de Ville de Paris, il neigeait. Je me souviens parfaitement de la date : le mercredi 27 décembre 2000, à 11 h 30 très précisément. J'avais déjà rendez-vous avec le colonel Armand, qui m'avait appelée dix jours plus tôt après que le général Roche lui avait transmis la lettre que j'avais bien mis un mois à écrire, et que j'avais postée sur un coup de tête, quand j'ai été trop fatiguée pour y re-re-re-réfléchir. Je crois que je me rappellerai toute ma vie ma balade dans les rues de Paris, au milieu des décorations de Noël, à chercher la boîte aux lettres la plus à même de me porter chance pour y glisser ma lettre à ce père Noël si... spécial. Il faut croire que j'ai bien choisi : poste centrale de la rue du Louvre, le 12.12.2000 à 12 heures. Et quinze jours plus tard, j'étais là.

Quand il m'a appelée l'après-midi du 24 décembre, j'ai d'abord cru que c'était une blague. Mais non, il n'avait pas l'air de rigoler du tout. Il m'a proposé un rendez-vous le 26. J'ai dit que je n'étais pas libre. En fait j'étais totalement paniquée que ça arrive si vite et j'avais besoin d'un peu de temps pour souffler. Un tout petit peu de temps, donc : comme il avait vraiment envie de me voir, j'ai gagné vingt-quatre heures de répit. Ça pour un cadeau de Noël, c'était un sacré cadeau de Noël !

Je me présente au bel accueil tout en boiseries, où on m'annonce et m'invite à monter, comme l'autre fois. En grimpant l'escalier, je réalise ce qui, à l'époque, m'était passé complètement au-dessus de la tête : il faut un culot monstre, quand on est une gamine qui vient à peine de terminer ses études, pour écrire au directeur général de la gendarmerie française – carrément – en lui expliquant qu'il manque cruellement à cette grande institution une cellule de profilage, comme il en existe au Canada ou aux États-Unis, et qu'on est prête à combler cette lacune. Et surtout, pour croire que ça peut marcher ! C'est sans doute ce culot monstre, dont je n'avais aucune conscience, qui a plu au général Roche, puisqu'il a immédiatement chargé le colonel Armand de me recevoir, et de m'embaucher.

Mais est-ce que, dix-huit mois plus tard, mes petits arrangements avec les procédures hiérarchiques vont leur faire le même effet ? On devrait être assez vite fixé.

Je reconnais ce même bureau, tout en boiseries lui aussi, la grande fenêtre qui donne sur la place, et le sourire chaleureux et accueillant du colonel Armand. Après les salutations d'usage, assise en face de lui, j'ai l'impression que mon cœur va s'échapper de ma cage thoracique. Bien pire que l'autre fois, où j'avais aussi tout à perdre, mais absolument rien à me reprocher.

Il voit que je panique alors il fait ce que font les gens gentils : il me regarde avec tellement d'empathie et d'humanité que j'ai l'impression qu'il me prend dans ses bras. Ça me donne la force de me lancer.

— Voilà, je voulais vous parler de ma première enquête.

— Ah ! Très bien ! Je pensais que vous n'aviez pas encore commencé. Racontez-moi ça !

Je lui fais un brief concis pour lui expliquer Courchon, ma collaboration passionnante avec l'adjudant Stéphane – en omettant quand même de mentionner l'épisode du week-end en Normandie, là ça ferait vraiment trop –, la première garde à vue qui s'achève, et celle qui se profile.

— Ça m'a l'air de bon augure.

« Lance-toi, Mina. Et n'oublie pas que tu es in-des-truc-tible ! »

— Mais voilà, il y a un problème.

— Il me semble qu'autrement vous ne seriez pas là.

— Quand l'adjudant Stéphane est venu solliciter mon aide, je suis allée demander l'autorisation au colonel Médart. Et il me l'a refusée.

Je lis dans ses yeux un truc qui ne m'est pas étranger mais que je ne parviens pas à resituer. Ni réel étonnement, ni réprobation. Comme s'il était déjà au courant. Mais par quel moyen pourrait-il être au courant ?

— Et comment se fait-il, alors, que vous ayez quand même eu accès à ce dossier ?

— L'adjudant Stéphane l'a malencontreusement oublié sur mon bureau. Alors je me suis dit que…

— Je vois.

Regarde-le en face, Mina. Affronte, et assume.

— Et maintenant, vous ne savez pas comment lui annoncer que vous voulez assister l'adjudant Stéphane pour cette garde à vue…

— Je sais très bien comment le lui annoncer, mon colonel. Mais je ne sais pas comment obtenir son autorisation.

Ça y est, j'ai retrouvé où j'ai vu ce regard : dans les yeux de Géronimo. Quand les jujus ont fait une connerie et qu'il essaie de les gronder alors qu'il a envie de se marrer.

— Très bien. Essayez, alors.

Il regarde sa montre. Voilà, il me lâche.

— Mais plutôt après… 13 h 30, pour mettre toutes les chances de votre côté ?

— À vos ordres, mon colonel.

— Et tenez-moi au courant du résultat. De la garde à vue.

— Bien sûr, mon colonel.

J'ai descendu les escaliers en ayant l'impression de voler. Et j'ai appelé Jean-Mi dès que je suis sortie sur la place, pour lui raconter, et lui dire d'envoyer à Médart un message de demande de concours de ma part pour sa garde à vue. Il m'a immédiatement fait atterrir.

— Et tu crois qu'il va la signer ?

— Je crois qu'Armand va intercéder.

— Et ça va suffire ?

— J'espère.

— OK. Bon courage avec Médart. Et rappelle-moi quand c'est vraiment sûr, hein ?

Vraiment sûr, vraiment sûr. Tu abuses Jean-Mimi. Si on attendait que les choses soient « vraiment sûres » pour se réjouir, on se marrerait beaucoup moins, dans la vie…

À mesure que j'avançais dans les petites rues qui entourent les Halles, remplies de touristes en goguette, je sentais mon enthousiasme décroître. Et si Médart faisait blocage ? Et s'il avait les moyens, avec cette histoire, de mettre fin à ma carrière qui n'a pas encore commencé ? Et si je m'étais trompée sur le suspect ?

Quoi qu'il se passe dans l'existence, certaines choses semblent absolument immuables. La mère Lascaud, par exemple, incontournable quelles que soient les circonstances.

— Mina, je vous guettais.

— Désolée, madame Lascaud, je n'ai pas le temps.

— Mais regardez ! Regardez ! J'ai retrouvé la photo !

Elle m'agite sous le nez une page de *Détective*, titrée *« La meurtrière de Rampillon »*, et illustrée d'une grande photo en noir et blanc, un peu baveuse comme parfois sur le papier journal.

— C'est elle ! Vous la reconnaissez ?

— Pas du tout. Et là, il faut vraiment que j'y aille…

Elle le glisse de force dans la poche extérieure de mon sac à dos.

— Tenez, je vous le donne. Vous lirez, quand vous aurez une minute.

Contournement, accélération, escalade. Depuis le temps, je sais comment m'y prendre : si je monte les deux premiers étages quatre à quatre, je sors de sa zone de perception, visuelle et auditive. Gagné.

11 h 35. Récupérer mes affaires, choper un RER, passer à mon appartement pour changer de chemise – manquerait plus que je me fasse reprendre pour défaut d'impeccabilité vestimentaire –, manger un petit truc pour ne pas affronter Belzébuth à jeun, et me jeter dans les flammes de son enfer. À nous deux, Médart.

Tout s'est passé exactement comme prévu. Je me suis pointée dans son bureau, tirée à quatre épingles, à 13 h 45 pour lui laisser le temps de revenir de son déjeuner. Il avait l'air très, très contrarié. Il m'a laissé venir.

— Bonjour, mon colonel. J'ai trouvé vos livres. Tous.

Je les ai posés sur son bureau.

— Bien. Vous pouvez disposer.

Quel salopard. Il va me coincer, jusqu'au bout.

— Il y a autre chose dont je dois vous parler, mon colonel.

— Ah bon ?

J'ai reconnu son fameux ton sarcastique, mais cette fois-ci, mâtiné d'une grosse, grosse colère. Je n'ai qu'une solution : y aller d'un coup, comme on plonge dans une eau trop froide. Ou dans les feux de l'enfer.

— Voilà, il se trouve que j'ai aidé l'adjudant Stéphane, de la BR de Vire, à avancer sur son enquête. Et, grâce à ma méthodologie que j'ai pu expérimenter sur ce dossier en temps réel, nous avons sans doute trouvé l'auteur. L'adjudant Stéphane souhaite que je sois là pour le seconder lors de la garde à vue. Je sollicite donc de votre part l'autorisation de me rendre à Vire pour cette garde à vue.

Il a fait durer le supplice : on s'est retrouvés empesés dans un silence d'une telle épaisseur qu'on aurait pu tous les deux mourir asphyxiés. Mais à un moment, j'ai compris qu'il ne le faisait même pas exprès : il se taisait parce qu'il n'avait plus de mots pour exprimer sa colère, sa rage, et surtout, son mépris absolu à mon égard. Il a fini par hurler :

— Vous serez partie avant ma retraite, Lacan !

J'ai levé les yeux pour soutenir son regard. Il ne me faisait plus peur, du tout. C'est lui qui a lâché.

— Vous pouvez disposer.

J'ai tourné les talons. Refermé la porte derrière moi. Je me suis dirigée, sans me retourner, vers mon bureau. Et, miracle, bien en évidence sur la table, m'attendait le passeport pour ma nouvelle vie : un ordre de mission accompagné d'un message d'engagement, pour *« porter concours »* à mes camarades de Vire. Signé par le lieutenant-colonel Robert Médart.

À nous deux, François.

33

Un texto à Martha, un autre à Maxime, et puis j'ai passé le reste du trajet à relire les deux auditions de François, et celles de sa sœur. Mon boulot, maintenant, c'est de rentrer dans son cerveau pour comprendre comment il fonctionne, et comment les enquêteurs qui vont l'interroger vont pouvoir, sans le brusquer, l'amener à admettre ce qu'il a fait, à expliquer pourquoi – ça on est tous très curieux de l'apprendre – et à en assumer les conséquences. Moi, je n'aurai pas le droit de l'interroger. Ni même de l'approcher, puisque je ne fais pas partie de la procédure, et que c'est pas le moment de tout foutre en l'air…

On a mis ça au point avec Jean-Mi, par téléphone – ça simplifie tellement de ne plus avoir à se cacher pour se parler ! Ils vont installer pour moi, dans la pièce mitoyenne de celle où il sera cuisiné, un petit bureau d'où je pourrai parfaitement entendre ce qui se dit, prendre des notes, consulter le dossier. Mais je ne verrai rien, et impossible d'intervenir, de quelque manière que ce soit ; on pourra seulement débriefer pendant les pauses. C'est uniquement à ce moment-là que je leur donnerai éventuellement des pistes et des suggestions, si le besoin s'en fait sentir.

J'ai aussi insisté pour rencontrer les enquêteurs avant l'interrogatoire, histoire qu'ils aient bien en tête le cheminement criminologique qui est apparu au fil de mes investigations, pour qu'ils puissent le suivre à leur tour au fil de leurs auditions. L'idée est d'établir, ensemble, une stratégie de garde à vue pour que tout se déroule tranquillement jusqu'aux aveux détaillés. Enfin « ensemble », faut être honnête : j'ai une vision assez précise de la manière dont ils devraient procéder, et j'espère qu'ils accepteront de m'emboîter le pas.

Si le train n'a pas de retard, j'arrive à 19 h 03. Jean-Mi vient me chercher à la gare et on se voit tous une heure ce soir à la brigade pour préparer le grand jour : demain, François arrive à 9 h 30. Il pense qu'il vient récupérer le certificat que lui a demandé son notaire pour avancer dans la clôture de la succession. Et là, top départ.

En farfouillant dans mon sac à dos pour chercher un Kleenex, je tombe sur le *Détective* tout chiffonné de la mère Lascaud. Et en regardant mieux la tête de la fille, sur la photo, je me dis que je l'ai déjà vue quelque part. Mais où ?

C'est drôle, depuis le temps que j'attends ce moment, je ne l'imaginais pas comme ça. Je voyais un truc solaire, triomphal, bourré d'adrénaline ; une impatience, du trac, de l'excitation mais en fait pas du tout. La vérité, c'est que j'ai le blues. Et pas un petit nuage, hein ? Un gros, gros coup de tabac, genre tempête tropicale force 8 ou 9. Au moins. Toute seule dans mon compartiment de première classe, j'ai envie de pleurer, de renoncer, de faire demi-tour, de disparaître. Et de me blottir dans notre odeur de MarthaMina jusqu'à la fin des temps. Au moins.

J'ai fini par m'endormir, vers Argentan je pense. Pour de vrai, je suis complètement claquée. Mais au lieu de m'offrir une heure ou deux de récup, pas de bol, j'ai eu droit à l'escalier. Bien raide, bien tortueux, un que je connaissais déjà : celui du palais de justice de Toulouse, qui conduit à la cache d'observation, derrière le moucharabieh. J'étais là, coincée dans un petit bureau qui rétrécissait à vue d'œil, à épier François qui regardait son père pendu la tête en bas, à la place du cochon. Sans moufter. Atroce. J'ai cherché Jean-Mi pour qu'il vienne me sortir de là, mais pas moyen de le trouver. À un moment, j'ai cru que c'était lui qui arrivait mais en fait non, c'était un hard rocker tout maigre avec un bonnet bizarre sur le crâne, musique à plein tube, qui venait s'offrir un petit pogo avec son pote François. Tranquillement, à côté du corps de Courchon, comme si de rien n'était. Sa tête me disait quelque chose, mais je n'arrivais pas à le reconnaître. Jusqu'à ce qu'il enlève son bonnet pour découvrir ses cheveux. Roux foncé, coupés à ras. La fille zarbi du palais de justice de Toulouse !

Je me suis réveillée en hurlant. Enfin, en ayant l'impression de hurler. J'ai repris *Détective* et là, je l'ai reconnue, formellement : la nana flippante à la veine bleue qui m'avait regardée d'un air torve à l'entrée du palais, et que j'avais recroisée dans le wagon du retour en train de potasser des cours de crimino. C'est bien ce qu'ils disent, dans l'article : *« Lise Gazier préparait un mémoire de fin d'études sur les rituels obsessionnels des tueurs en série. »* Dingue. Je comprends mieux pourquoi elle m'a paru si louche, depuis le début. L'air de rien, transparente presque, mais le cerveau tellement pourri qu'elle est capable de tuer. De massacrer, même.

J'essaie de lire la suite, mais je n'y arrive pas. Envie de vomir. Et le souvenir du corps martyrisé de la petite dame qui bat contre mes tempes, comme une migraine.

Au bas de la page, en bien plus petit, la photo d'un autre pervers, à qui on donnerait pourtant « le bon Dieu sans concession », comme dirait la mère Lascaud. La quarantaine, barbichette et petites lunettes rondes à l'ancienne, on dirait un instituteur de village du temps de Jules Ferry. Jean-Maurice Lapenne, employé de pompes funèbres, inculpé dans une sombre histoire de trafic de cadavres après avoir passé quelques années en prison pour agression sexuelle et viol par ruse sur mineures. Heureusement qu'il a pas l'emploi de sa gueule, celui-là. Instituteur ! C'est glaçant d'imaginer qu'on pourrait confier des élèves à un taré pareil. Les humains sont vraiment dingues, parfois.

Ça m'a fait du bien de retrouver Jean-Mi. On était émus, un peu, de se revoir dans cette gare, en sachant ce qui nous attendait. Pendant le trajet, il m'a réexpliqué le programme, mais c'était surtout pour nous donner une contenance : on s'est tellement parlé ces dernières heures qu'on n'avait rien de bien nouveau à se raconter.

— Et je t'ai réservé une chambre chez ma sœur. Ça te va ?

— Faudrait être difficile.

— Je dormirai là-bas aussi, ça sera plus simple, pour les trajets.

À la gendarmerie, après un rapide crochet par le bureau du commandant de compagnie, qui m'a souhaité la bienvenue et bon courage, on a retrouvé les enquêteurs. Sept mecs, un peu tous les âges, et aussi un peu toutes les humeurs : visiblement, ils ne sont pas tous persuadés de l'utilité de ma présence ici. Ma première impression, c'est que la palette se déploie de « curieux » à « hostile » ; le seul vraiment enthousiaste, c'est Jean-Mi. J'avoue, je n'avais pas prévu ça. Naïvement, je pensais qu'on serait dans un même élan un peu exalté, une espèce de solidarité de corps, du genre « tous unis contre le méchant », comme dans mes rêves de môme. Il serait peut-être temps que t'arrêtes de rêver, Mina…

Jean-Mi me les a présentés, chacun son tour, et m'a demandé, comme entrée en matière, d'expliquer en quelques mots en quoi consiste mon boulot. J'ai parlé d'analyse comportementale, de criminologie et de psychologie en insistant sur la précision des techniques utilisées et en ignorant quelques petits rictus narquois qui me rappelaient trop le café du matin chez Médart. En fait, la vie, c'est comme la cour de récré : tes copains, il faut les gagner. Un par un, et sans trembler. Pour ces enquêteurs, tant que je n'aurai pas prouvé autre chose – même si je les ai aidés à trouver ce qu'ils cherchaient depuis six mois sans voir qu'ils avaient le nez dessus –, je ne serai qu'une « psy », plus jeune qu'eux, officier alors qu'eux ne le sont pas, et qui parle beaucoup trop avant d'agir.

J'en ai pris mon parti. Et j'ai pris ma place d'officier, que ça leur plaise ou non. J'ai décrit le plus clairement possible ma stratégie de garde à vue : d'abord, l'accueillir avec gentillesse pour faire connaissance et nous permettre d'observer et de comprendre comment il fonctionne. Lui demander comment il va, comment s'organise sa vie depuis que son père est mort, en veillant à utiliser surtout des questions ouvertes, pour lui laisser l'espace de dire des choses auxquelles on n'aurait peut-être pas pensé, et lui non plus. Le faire parler de lui, le plus possible, pour le mettre en confiance et pour glaner dans ce qu'il dit des éléments qui pourront nous être utiles par la suite.

— Le but n'est pas seulement d'obtenir des aveux, mais aussi le maximum d'infos sur les circonstances, et en particulier la préméditation et d'éventuelles complicités, et sur le mobile. Plus il nous parle, plus ça facilitera l'instruction…

Il y en a un en particulier, le major Antoine Mourot, ou quelque chose comme ça, qui a l'air très, très dubitatif, voire légèrement exaspéré. De façon assez perceptible pour transmettre au groupe entier un début de mauvais esprit qu'on n'a pas du tout, du tout intérêt à laisser s'installer. Je décide d'y aller franco.

— Ça vous semble inapproprié ?

— Oh moi, vous savez, les histoires de « touche psy-psy », ça m'a jamais beaucoup intéressé.

Rires gênés.

— Mais vous l'avez déjà entendu, François ?

— Oui. C'est moi qui ai fait la deuxième audition.

Le bol !

— Et vous avez obtenu quoi, de lui ?

Là, ça rit déjà beaucoup moins. Surtout ne pas l'humilier ; le but, c'est de le rallier.

— C'est pas vous, c'est la méthode. Et c'est exactement pour ça que je suis là.

Voilà, ils m'écoutent enfin. Pour de vrai. Je finis d'exposer le plan d'attaque : après la partie CV, focus sur les relations avec son père, toujours dans l'empathie et la bienveillance. Ensuite, et seulement ensuite, on ratisse large sur les semaines avant les faits, en resserrant peu à peu sur la dernière soirée et le matin du crime.

— Après on verra, en fonction de ce qu'on aura obtenu. De toute façon, on fait le point à chaque pause pour affiner au fur et à mesure.

— C'est pas tellement différent de ce qu'on fait d'habitude…

— Bien sûr que non. La plus grosse différence, c'est la manière dont on le fait, selon quel tempo et dans quel ordre. Et aussi, peut-être un peu, avec quelle intention.

Antoine Mourot lève les yeux au ciel.

— Ah oui, une dernière chose. Je sais que c'est super dur à tenir mais les silences ! Essayez de ne pas interrompre trop vite ses silences, et de le laisser se dépêtrer avec… Dites-vous que si ça vous gêne, ça le gêne encore plus, lui. Et c'est exactement ce qu'on veut obtenir.

À 20 h 30, ils ont levé le camp, et on a filé au *Sweet home* pour casser une bonne petite croûte : j'avais repris du poil de la bête, et j'avais une faim de loup.

Une faim qui n'a quand même pas suffi à venir à bout du dîner pantagruélique que la sœurette avait préparé en notre honneur. Agnès, elle s'appelle. Elle s'est assise avec nous sur la terrasse, à la table qu'elle avait dressée à notre intention. On a fait un peu connaissance, en dégustant sa démente terrine de foie de volaille aux abricots, agrémentée d'une petite salade « d'herbes du jardin ». C'était cool de parler d'autre chose que de la gendarmerie ou du dossier

Courchon. Indispensable, même, pour ne pas me laisser bouffer par le trac que je sentais commencer à me mordre les tripes. Elle, elle a vécu quinze vies avant d'atterrir ici. En commençant par une agreg de philo option théologie, une formation de céramiste, et puis elle est allée construire des maisons écolos à Ibiza, où elle en a profité pour « nager un peu avec les requins » et « faire quelques photos », avant de partir bricoler on ne sait pas trop quoi en Asie. Et, pour finir, de tomber amoureuse de cette maison, lors d'une escale chez son frérot.

— Et depuis j'ai pris racine ici, en même temps que mon jardin.

Jean-Mi raconte qu'il y a cinq ans, rien de toute cette luxuriance n'existait, et qu'elle a transformé en un temps record un déprimant gazon digne du pire pavillon de banlieue en cet éden qui semble prospérer depuis toujours.

— C'est grâce à la précieuse pluie de Normandie ! Et un peu à la permaculture, aussi...

Après un petit topo sur le « développement durable » et le respect de la « biodiversité » qui, d'après ses dires, finiront par « révolutionner notre manière de nous alimenter, en tout cas, c'est à espérer », elle a déposé sur la table un merveilleux camembert en croûte, qui ressemblait à la tourte de Catherine Deneuve dans le *Peau d'Âne* de mon enfance.

— Vous aimez le fromage, j'espère ?

Puis elle a disparu dans sa cuisine avec une grande délicatesse, pour nous laisser papoter tranquillement. Elle aurait pu rester : on n'avait ni l'un ni l'autre envie de parler des Courchon, qui allait occuper tout notre espace dès le lendemain matin.

— Et toi, tu as des frères et sœurs ?

Houlala, Jean-Mimi, dans quoi tu t'es lancé ! J'ai dressé un portrait pas du tout objectif de ma *sweet family*, en vérifiant une fois encore dans ses yeux ébahis qu'elle fait toujours un effet bœuf à ceux qui la découvrent.

— Et tes enfants à toi ? T'as un fils de l'âge de François, c'est ça ?

— Samuel, il a eu 18 ans le mois dernier. Fou de plongée, il vit avec sa mère à Toulon. Enfin je devrais plutôt dire sous la mer, il est complètement passionné par les fonds sous-marins…

— Et ta fille, elle fait quoi ?

En prononçant les mots, j'ai senti que j'aurais pas dû, mais c'était déjà trop tard. Quand est-ce que tu vas apprendre à tenir ta langue, Mina ?

— Ma fille, elle est née en 77, comme toi. Enfin, comme vous.

— Exactement.

— Et elle est morte le 17 février 1995, dans un accident de montagne.

— Oh. Je suis désolée.

— Tu ne pouvais pas savoir. Elle, c'était la glisse, sa passion. Le jour de ses 18 ans, on lui a offert le cadeau dont elle rêvait depuis longtemps : sa mère et moi, on s'est fait déposer avec elle en hélicoptère au Piton des Italiens pour descendre toute la Vallée Blanche en hors-piste, jusqu'à Chamonix. Il faisait un temps splendide, c'était absolument magique. Tu aurais dû la voir, elle était folle de joie. On a fait une descente extraordinaire.

— Mais qu'est-ce qui s'est passé ?

— Une avalanche, en début d'après-midi. On a été pris tous les trois. J'ai réussi à me dégager, à dégager sa mère mais on ne l'a pas retrouvée à temps, elle. Quand les sauveteurs sont arrivés, tous des potes de mon bataillon, c'était trop tard.

— Quelle horreur.

— Elle te ressemblait beaucoup. À une lettre près : elle s'appelait Nina, figure-toi…

La bonne idée qu'Agnès a eue de rappliquer juste à ce moment-là avec une tarte aux abricots…

— Désolée pour le doublon mais c'est la saison, hein ? Et puis j'adore ça, moi, les abricots.

Et un petit pot de glace vanille-calvados, « pour faire passer ». Ou alors, elle avait entendu. Elle y est allée cash, exactement comme l'aurait fait Lili.

— Vous parliez de Nina, je parie ?

— Oui.

— C'est ce qu'on se disait, avec Jean-Mimi : vous lui ressemblez beaucoup. Moi, ça me fait plaisir. Elle aurait été ravie que son père travaille avec vous.

Ça m'a fait bien marrer de découvrir qu'elle l'appelle Jean-Mimi, même si lui, il avait l'air moyen content. Elle est restée pour le dessert, et pour me bombarder de questions sur mon métier, ma vocation, Clarice Starling, *Le Silence des agneaux*... Elle s'est même débrouillée pour qu'on finisse la soirée en hurlant de rire, avec l'aide d'un « petit doigt » de calvados, grâce auquel j'ai dormi d'une seule traite, sans flipper sur ce qui m'attendait au réveil et sans rêver d'aucun escalier. Canon, la *sister*.

34

Il ressemble à son père. Ça ne se voit pas tout de suite, à cause de l'absence de moustache et de la présence de cheveux, mais si on arrive à passer outre, c'est flagrant : même grand nez pointu, mêmes yeux verts un peu trop rapprochés, mêmes oreilles décollées et à vue d'œil, à peu près la même carrure, on dirait. Un mètre quatre-vingts, pas très baraqué mais plutôt dense et musclé, d'après ce que laisse apparaître son fabuleux tee-shirt Agnostic Front sur lequel s'affiche – ça serait drôle si ce n'était pas si tragique – le contour d'un homme mort tracé à la craie, comme on en voit sur les trottoirs des polars américains. Et au-dessus, les lettres au pochoir du titre de l'album : *Dead Yuppies*.

Yeux cernés et cheveux en pétard de l'ado réveillé trop tôt, il flotte dans son baggy noir, exactement le même que celui que portait Anna dimanche chez Lili. Je ne l'imaginais pas si blond, si pâle ; à ses tempes et le long de son cou, on devine le bleu des veines qui battent sous sa peau claire. Il est décontracté, souriant, bien élevé. Il s'est pointé à l'heure, casque au poignet, visiblement sans se figurer un seul instant ce qui l'attend. Je me suis postée à l'accueil, pour pouvoir mettre un visage sur la voix – étonnamment grave, d'ailleurs, pour un si jeune homme – avec laquelle je vais passer les deux prochains jours. Mais je ne me suis pas attardée, et j'ai regagné mon poste avant qu'il ne remarque ma présence. Tout semble en place. La trouille et l'excitation dansent la gigue dans mon bide. On peut y aller.

C'est Jean-Mi qui s'y colle, avec un jeune enquêteur, Louis je ne sais plus trop quoi, jovial et chaleureux, qui parle avec une petite pointe d'accent alsacien. Ils l'installent dans la pièce nue, volets tirés, prévue pour qu'il perde un peu le contact avec « l'extérieur » et la notion du temps. Ils se présentent, et lui expliquent qu'ils ont besoin de son aide pour faire le point sur le dossier de A à Z et que, du coup, comme ça va certainement être bien plus long que les dernières auditions, il va être entendu dans le cadre d'une garde à vue. Je ne suis pas certaine qu'il ait tilté sur ce que ça veut dire. Ils se gardent bien de détailler, lui demandent s'il a un avocat ou s'il en veut un ; il répond que ce n'est pas la peine. Ils lui ont fait valider son identité : François Marcel Julien Courchon, né à Vire le 25 janvier 1984 – la vache ! il est né le même jour que nous, mais pas la même année. On a du bol qu'il ait eu 18 ans depuis les faits : c'est bien plus compliqué, la garde à vue d'un mineur…

— Charcutier, en cours de spécialisation traiteur…

— Ah non, j'ai arrêté mes études.

— Ah bon ? Vous allez nous raconter ça… Domicilé au lieu-dit Le Désert…

— Oui, enfin, en ce moment j'habite surtout chez ma mère.

— Ça aussi, vous allez nous raconter.

C'est ce qu'il fait, toute la matinée : parler de lui complaisamment – on sent que c'est un sujet qui l'intéresse beaucoup –, avec la complicité encourageante de ses deux interlocuteurs qui commencent l'interrogatoire proprement dit par un « comment allez-vous ? » très ouvert et plein de sollicitude, comme convenu, auquel il répond sans lésiner sur les détails : il va plutôt pas mal, « même si c'est pas toujours facile, bien sûr ». Bien sûr. Le plus chiant, ce sont les démarches administratives pour la fermeture de l'entreprise paternelle.

— C'est vous qui vous en occupez ?

— Oui, enfin, pas tout seul. Ma mère et Alain m'ont aidé, parce que c'est dur de s'y retrouver, surtout quand on n'est pas préparé. Mais c'est quand même moi qui ai pris les choses en main.

— C'est courageux.

— Bien obligé.

— Vous n'allez pas reprendre l'activité ?

— Non. Je vais passer à autre chose.

Il explique qu'il attend le document qu'il vient récupérer ce matin pour que le notaire organise la succession, et la mise en vente du fonds de commerce. Il parle de ses démarches avec assurance et une étonnante maturité, comme s'il était un chef d'entreprise qui sait très bien où il va. Et si finalement, je m'étais complètement trompée ? Et que je nous avais tous embarqués sur une piste qui ne tient pas la route ?

— Et vous allez faire quoi, vous avez une idée ?

— Organisation de spectacles.

La réponse a fusé avec, dans la voix, une sorte de jubilation à nouveau tout à fait adolescente. Non, c'est bien lui. Sûre et certaine. Jean-Mi s'engouffre : il sait qu'il maîtrise le sujet.

— Oui, j'ai vu dans votre chambre l'affiche du festival, à Clisson, avec Agnostic Front…

— Il n'y aura pas qu'eux. On a aussi réussi à avoir Skarhead, Strife, Inside Conflict… Vous connaissez ?

— Pas tous.

— C'est dans trois semaines. On est presque prêts. Mais c'est juste une première édition. En fait, on a un projet beaucoup plus important. On est en train de créer un gros festival. Et même, si tout marche comme on veut, un méga gros festival.

— Un peu comme les Vieilles Charrues ?

— Voilà, un peu ça, mais pour toutes les musiques hardcore. Ça va être géant.

— Ça va pas trop mal, alors.

— Oui. Enfin, c'est dur quand même…

Changement de ton en douceur, il a dû comprendre que son enthousiasme pouvait paraître déplacé. Louis le rassure.

— Il faut bien vivre, hein ?

Par-fait !

— Voilà, c'est ça. Je fais comme je peux…

— Qu'est-ce qui s'est passé d'autre pour vous, depuis le 17 décembre ?

Il explique qu'il s'est installé à Vire chez sa mère « parce qu'à la maison, c'était vraiment plus possible », mais qu'il va bientôt trouver une autre solution, « peut-être vers Rennes ou Clisson », parce que la cohabitation est difficile avec son beau-père. Louis demande comment va sa sœur, il dit qu'ils se voient peu parce que lui est souvent parti et qu'elle, elle bachote « à mort » – et là, j'entends clairement un petit temps d'arrêt, comme s'il était gêné d'avoir prononcé le mot interdit – pour décrocher une mention avant de s'installer à Rouen à la rentrée prochaine pour faire médecine.

— OK. Rien d'autre à signaler ?

— Non. Ah si : j'ai eu mon permis. Moto.

— Et vous vous êtes acheté une moto ?

— Pas encore, mais bientôt. J'attends d'avoir l'argent.

De là où je suis, j'ai l'impression que le silence qui suit est gêné, à nouveau. Les gars le laissent mariner, comme je le leur ai demandé hier. Et ça marche ! C'est lui qui rajoute, sans qu'ils ne lui aient rien demandé :

— Et je fais des cauchemars, aussi. Depuis que mon père est… enfin, vous savez.

— Des cauchemars ? Quel genre de cauchemars ?

Bien joué, Jean-Mimi. Curieux, mais pas insistant. Exactement ce qu'il faut.

— Ben, des cauchemars, quoi. Je ne sais pas, moi. Quand je me réveille, je ne m'en souviens pas.

Re-silence. Long. On sent qu'il se referme. Là, ils vont commencer à tourner en rond. Tout le monde a la dalle.

Je demande discrètement à un des enquêteurs installés avec moi pour observer l'interrogatoire d'aller proposer une pause casse-croûte.

Entracte. Pendant que François va fumer sa clope en compagnie d'Antoine le râleur et qu'un gentil gendarme file nous chercher des sandwichs à la boulangerie d'à côté, on débriefe avec le reste de l'équipe. J'ai toujours la peur au ventre, et je vois bien que Jean-Mi aussi. C'est nous qui les avons embarqués là-dedans, c'est à nous de mener cette barque. On est tous les deux d'accord sur un point : la manière dont il passe de sa fébrilité d'ado néopunk à sa prestance de jeune homme que l'épreuve a mûri est extrêmement troublante. Louis s'en est rendu compte aussi.

— Ça met un peu mal à l'aise, hein, Jean-Mi ? Vous ne le voyez pas, vous, mon lieutenant, mais il change aussi de tête, de regard, de posture...

— Oui. Et je ne sais pas si tu as entendu, mais on dirait que parfois, il se souvient qu'il doit être affecté... Comme pour le coup des cauchemars, qu'il a inventé pour qu'on le plaigne.

— Pas sûr. Ça peut être aussi le début d'un truc à creuser. On va voir s'il y retourne, ou si on doit l'y ramener...

Antoine revient, bougon. Il choisit un sandwich dans le tas que le gendarme vient de nous apporter, l'attaque à pleines dents avant de soupirer :

— On se fait bien chier, hein ? Et on n'avance pas beaucoup...

— Mais maintenant, il est en confiance, ça va s'accélérer.

— Ouais, ben, j'espère parce qu'à ce train-là...

Il a raison, c'est long. Interminable, même. Mais incontournable. Tu sais pas à quel point je serai soulagée d'être à l'étape d'après, Antoine Mourot... Jean-Mi me fait un clin d'œil. Visiblement, il a l'habitude du mauvais coucheur et sait comment le retourner.

— Bon Antoine, cet aprème tu prends ma place et tu aides Louis à le faire parler de son père ? Mais en douceur, hein ? Sans forcer.

Je n'aurais pas parié là-dessus, mais il s'en sort super bien. Ils l'encadrent un peu comme deux grands frères – ce qu'ils pourraient tout à fait être – pour l'amener tranquillement sur le terrain de l'éducation, des souvenirs d'enfance, des rapports filiaux... Ils ne débusquent aucun scoop, mais au fil de l'échange apparaît un tandem père-fils un peu moins lisse que dans ses premières auditions, et aussi dans celles de sa sœur et de sa mère. Pas d'opposition explosive, mais un éloignement progressif, de plus en plus palpable, entre un père obnubilé par son travail et son histoire foireuse avec Sandrine Merlin, et un fils de moins en moins concerné par la boucherie-charcuterie – si tant est qu'il l'ait jamais été – et de plus en plus happé par ses rêves musicaux.

— Mais quand même, tu étais bon dans ton boulot ?

— J'ai vite compris que le meilleur moyen qu'il me foute la paix sur le reste, c'était de faire ma part sans qu'il trouve rien à me reprocher. Dans ce domaine.

— Il te reprochait des trucs dans d'autres domaines ?

Je l'entends soupirer jusque derrière ma porte.

— Raconte ?

— Ben déjà, il détestait ma musique.

— Ça, ça arrive.

— Sauf que moi, c'est ça mon projet. Pas les pâtés croûte... Je veux pas être comme lui, moi.

— Il ne voulait rien entendre ?

— Si, si. On s'était mis d'accord : dans un premier temps, je développais l'activité traiteur-événementiel, et après, il aurait pris quelqu'un pour que je puisse faire autre chose.

— Après quand ?

— Ben, c'était un peu le problème. On n'était pas trop d'accord sur les délais.

— Pas trop d'accord, ou pas d'accord du tout ?

— Pas trop. C'est souvent sur ce sujet que ça coinçait.

— Vous vous engueuliez ? Beaucoup ?

— Un peu. Comme tout le monde, quoi. On essayait de pas trop se croiser, pour éviter de se fritter.

Grand silence. J'entends les pieds d'une chaise racler le sol, et les pas de quelqu'un qui se lève. Et puis la voix de Louis, avec son accent alsacien.

— Ça va ?

— Oui, ça va. Il me manque, quand même… Je peux fumer une clope ?

Pendant que Louis l'accompagne dans la cour, Antoine vient nous raconter.

— C'est super bizarre. Comme si à un moment, il s'était dit qu'il en faisait pas assez, alors il s'est levé, vous avez entendu ?

— Oui.

— Il est allé coller son bras contre le mur, à hauteur de son visage, et après, ses yeux sur son bras.

— Et ?

— Et il voulait nous faire croire qu'il pleurait mais en fait, pas du tout. Je l'ai bien vu, moi : il s'est frotté les yeux, aux larmes. Il est sacrément retors, ce gamin…

— Mais là, il commence à être en difficulté. On y vient doucement.

Notre niveau de stress à tous est monté d'un cran. On s'est mis d'accord pour que Jean-Mi prenne la place de Louis, et qu'ils enchaînent sur le jour des faits. L'étau se resserre petit à petit, sans vraiment qu'il s'en rende compte. Il raconte que le dimanche soir, ils ont dîné en famille tous les trois.

— Ta sœur dit que ça n'était pas arrivé depuis longtemps. Il y avait une raison spéciale ?

— Non, pas plus que ça. On a parlé de Noël. Et de la quantité de truffe à mettre dans la farce. Passionnant, non ?

Tiens, c'est la première fois que j'entends du sarcasme...

— Vous n'étiez pas d'accord sur le sujet ?

— Oh, vous savez, moi, je m'en fous du pâté croûte. Mais pour lui c'était très important.

— Ah oui ?

— Il voulait gagner le concours.

— Le concours ?

— Le concours du meilleur pâté croûte de Normandie. Il adorait les médailles. Chacun son truc, hein ?

— Et finalement, vous vous êtes mis d'accord ?

— Puisque je vous dis qu'y'avait pas de désaccord. J'ai noté que je devais augmenter la dose de truffe dans la prochaine fournée. Fin du débat.

— Et après ?

— Après, comme d'habitude, chacun chez soi. Je suis monté dans ma chambre et... voilà.

— Tu l'as revu ?

— Non. Après, il est... mort.

— OK, tu peux nous raconter la suite ?

— Quelle suite ? Vous la connaissez la suite.

— Mais on voudrait savoir ce que tu as fait, toi.

Quand sa voix devient plus grave et un peu mécanique, comme s'il racontait une histoire qui ne le concernait pas vraiment, j'ai l'impression que mon cœur à moi va exploser. Il dit qu'il est monté dans sa chambre, qu'il a appelé quelques potes, « fumé une clope ou deux » – pas le moment de demander une clope de quoi – et puis il a mis son réveil pour « lancer la cuisson des foies gras et des pâtés croûte, justement ». Après il s'est couché. Il n'a pas entendu partir son père dans la nuit « mais c'est normal, je dors comme une souche, je ne l'entendais jamais ». Il s'est levé à 6 heures comme prévu, est passé dans la cuisine se faire un café avant de descendre à l'atelier pour allumer les fours, et « commencer la préparation des amuse-bouches pour le réveillon des vieux ». Il n'a pas entendu le téléphone sonner à 7 heures, quand l'employée a appelé pour prévenir de ce qui se passait au labo. « Quand mon père n'est pas là, je mets la musique à plein tube. » C'est Aurélie qui est venue lui dire. Elle y est allée immédiatement, mais pas lui.

— Pourquoi tu n'es pas parti avec elle ?

— J'avais lancé la cuisson des pâtés.

— Et alors ? Ton père est mort...

— Mais ça, on n'était pas sûrs : elle a seulement dit qu'il baignait dans son sang.

Silence. Qu'il interrompt par un toussotement. Non, pas un toussotement ; un ricanement. Carrément.

— Si je les avais laissé cramer, c'est lui qui m'aurait tué.

Re-silence. Pesant. Antoine reprend :

— Et après, qu'est-ce qui s'est passé ?

— J'ai fini la cuisson des pâtés, et puis j'y suis allé.

— En mobylette ?

— Oui.

— Et après ?

— Quand je suis arrivé, vous étiez tous là, c'était horrible...

— Qu'est-ce qui était horrible ?

— Ben, ce qui s'est passé.

— Tu as vu ton père ?

— Non. J'ai pas voulu entrer, ni qu'on me raconte. Je voulais pas savoir... Et je crois que j'ai bien fait.

— Pas savoir quoi ?

— Ben tout ça. À quoi ça ressemblait... Le sang... Le corps...

— Et après ?

— Ben, après vous savez bien, tout s'est enchaîné et depuis...

Re-blanc. Et là, coup de génie de Jean-Mi.

— Depuis, tu fais des cauchemars ?

— Voilà.

— Tu veux nous raconter ?

— C'est assez... bizarre.

Il se lance dans une explication effectivement très bizarre. Une histoire de mains qui se battent, mais qui n'appartiennent à personne.

— Tu veux dire des mains séparées des corps ?

— Je sais pas. Je vois que les mains.

— Les mains de qui ? Elles font quoi ?

— Je sais pas je vous dis. Je ne me souviens que des mains. Et c'est seulement des cauchemars. C'est bon, maintenant. Je peux aller fumer une clope ?

Pendant qu'il était dehors, j'ai insisté pour qu'ils ne le lâchent plus sur les cauchemars. Antoine a fait la tronche, mais Jean-Mi était complètement d'accord. Ils ont tous repris un café – penser, pour la prochaine garde à vue, à apporter mon thé, y'en a jamais dans les gendarmeries – et on y est retournés.

— Je voudrais que tu nous reparles de ces cauchemars.

Il soupire.

— Qu'est-ce que vous voulez que je vous dise de plus ?

— Raconte encore, s'il te plaît.

— Mais lâchez-moi avec mes cauchemars ! On s'en tape, de mes cauchemars !

Cette fois-ci, c'est Jean-Mi qui soupire, je le reconnais même derrière ma porte. Avant de monter d'un ton.

— OK. Écoute, on est tous fatigués. La nuit tombe, on est là depuis des plombes, et tu veux pas nous aider. Alors nous, on va aller manger. Tu viens Antoine ?

Bruits de chaises qu'on recule, raclements de pieds, sortie.

— Non, attendez !

— C'est bon, merci, on a assez attendu.

— Attendez ! Je vais vous en parler…

Il recommence l'histoire, des mains, une bagarre, une « présence » qu'il sent dans le dos. De plus en plus confus, mais aussi de plus en plus précis.

— Elles sont combien, les mains ?

— Quatre. Enfin deux. Je veux dire deux personnes, quoi.

— Et c'est où cette bagarre ?
— Je sais pas.
— OK, cette fois-ci, on s'en va.
— Non. C'est au labo.
— Quel labo ?
— Le labo de mon père. La boucherie, quoi.
— Et y'a qui dans ce labo ?
— Je sais pas. Ils sont deux. Y'a du sang. Un couteau.
— Quel couteau ?
— Son couteau, à lui.
— À qui ?
— Ben, à mon père. Et à l'autre.
— Ils ont chacun un couteau ?
— Voilà, c'est ça.
— Et le sang ?
— Le sang, c'est le seau.
— Quel seau ?

Grand silence. Il l'a dit tout à l'heure : il n'a pas voulu voir la scène de crime, ni que quiconque lui en parle. Il ne peut pas savoir que son père baignait dans le sang du seau renversé. Et il sait qu'il ne peut pas le savoir. Et Jean-Mi sait que le seul moyen qu'il le sache, c'est qu'il ait vu ce qu'il dit n'avoir pas voulu voir.

— OK. Merci pour toutes ces précisions. Tu nous as bien aidés à avancer, maintenant on va tous aller se coucher.
— Non, non, j'ai pas fini !
— Mais nous on a fini, là. Le reste, tu le diras au juge.
— C'est pas au juge que je veux le dire. C'est à vous.
— À nous ?
— Non, à vous.

Je vois Antoine sortir, et je perçois que Jean-Mi se rassoit.

Grand silence. Et puis j'entends François émettre une sorte de râle, comme s'il n'arrivait pas à inspirer. Et avec cette étrange voix mécanique totalement privée d'affect, il dit :

— C'est pas *des* mains qui ont fait ça. C'est *mes* mains.

35

Ce qui s'est passé juste après, je m'en souviendrai toute ma vie. Ou plutôt, mon corps s'en souviendra. C'est une sensation de dingue, aussi merveilleuse qu'épouvantable, l'impression d'une immense libération qui se fracasse immédiatement contre le désastre absolu dans lequel vient de sombrer la vie de ce gamin.

Jean-Mi était aussi secoué que moi. Il devait sûrement penser à Samuel, comment faire autrement ? Même moi, j'ai pensé à Anna… Je me suis souvenue du comanche, sur les fouilles d'Émile Louis, qui disait combien c'est horrible de chercher quelque chose qu'on espère trouver au moins autant qu'on redoute de le trouver. Ben voilà. On y est…

Après ses aveux, François a fait une sorte de petit malaise, genre spasme vagal. Il était presque minuit. On a décidé, tous ensemble, que ça suffisait pour le moment. Dès qu'il a repris une respiration normale, il a été conduit dans une geôle pour la nuit. Moi, je n'avais qu'une envie, c'était d'aller essayer de dormir un peu. Mais les enquêteurs étaient excités comme une meute de chiens de chasse, gavés de café depuis l'aube. On a encore passé une heure à refaire le match et à préparer la journée du lendemain avant que chacun rentre chez soi.

Dans la voiture, on s'est tus, avec Jean-Mi. C'était pas un silence gêné, celui-là ; plutôt un silence accordé, je dirais.

C'est une fois dans mon lit que tout s'est vraiment déglingué. Je me suis repris un coup de blues force 8, au moins, en repensant à François, toute sa vie en mille morceaux, ce qui l'attendait en détention, et la manière dont on l'avait poussé au bout de lui-même. Je m'étais tellement mise à sa place pour essayer de le choper que maintenant, j'avais le vertige : j'étais responsable de l'abîme dans lequel il venait de basculer.

« Non mais pour qui tu te prends ? T'es pas Dieu le Père ! » Tu te rends pas compte, il va passer des années en prison. « Oui, mais c'est pas à cause de toi. » Personne ne le soupçonnait. « Il a tué son père, Mina. C'est ce jour-là que sa vie a basculé. » Tu as bien vu comment on l'a poussé dans ses retranchements... « C'est ton boulot de faire ça. Comment tu dis, déjà ? "Faire jaillir la justice et la vérité". Ben voilà, ça a jailli. Et tu peux être fière d'avoir réussi. » Fière, fière, j'emploierais pas ce mot-là. « Ben tu devrais. Ou alors, faut que tu réfléchisses à changer de métier. On embauche dans la boucherie, si ça te dit. »

J'ai quand même essayé de dormir un peu : la garde à vue n'est pas terminée, et la journée de demain va être cruciale pour le dossier d'instruction. Il ne suffit pas de le faire avouer, il faut aussi lui faire expliquer. Décrire. Raconter ce qu'il a fait et comment, avec qui et pourquoi. Et là, on n'a aucune idée de la manière dont il va se comporter.

J'ai pensé à lui, tout seul dans sa geôle, à qui le ciel venait de tomber sur la tête. Et puis à son père, qui a d'abord appris que son grand amour l'avait embobiné, avant de mourir sous les coups de couteau de son fils, les yeux dans les yeux.

Évidemment, je n'ai pas pu échapper à l'escalier. La geôle, le seau, la silhouette du cadavre d'Étienne tracée par son fils sur le sol du labo, comme sur son tee-shirt, au milieu des hurlements de guitares hardcore, une petite fille qui pleure en appelant son papa, des mains qui dansent un pogo au milieu des andouilles, le corps de Merlin pendu au crochet de boucher, plus je monte et plus ça se rétrécit, j'entends Jean-Mi qui me cherche mais qui n'arrive pas à me dégager, il crie « Mina, Mia, Nina », et les bruits de l'hélico encore plus forts que le metal. Je n'arrive plus à respirer. Je n'arrive plus à respirer.

Je me suis levée, je me suis douchée, et je suis descendue faire un tour au jardin. J'ai écouté le jour se lever, au milieu du chant des oiseaux et des odeurs de fleurs humides. Quand j'ai entendu du bruit dans la cuisine, j'ai rejoint Agnès.

— *Cup of tea* ?

— Houlala, oui.

Elle me sourit et me tend une tasse déjà remplie, fumante d'une odeur délicieuse.

— Empress Grey, de chez Marks & Spencer. J'adore.

— Merci. Y'a que du café, là-bas...

Elle ouvre le four, et j'ai l'impression d'être arrivée au paradis, direct.

— J'ai préparé des scones au cassis. J'ai repéré que tu avais aimé, la dernière fois.

On n'a pas parlé et c'était parfait. Jean-Mi s'est pointé aux alentours de 7 heures, et j'ai reconnu le parfum de son eau de toilette : Eau sauvage, de Christian Dior, le même qu'utilise Sigmund, depuis toujours. On a fini notre petit déj', en famille, et puis on y est retournés.

Avant de retrouver ma meute, j'ai envoyé un texto à Martha et à Max. Le même, pour dire qu'on avait les aveux, et que je leur raconterais quand ça serait le moment. Je suis passée à la boulangerie prendre un énorme paquet de chouquettes, et en cherchant mon porte-monnaie dans mon sac, j'ai découvert une boîte mauve, au sigle de Marks & Spencer : *Empress Grey, 50 teabags*. Si Agnès avait été là, je l'aurais embrassée.

À la gendarmerie, c'est l'ébullition. Ils sont déjà tous arrivés, impatients de connaître la suite de l'histoire et de voir s'emboîter les éléments qu'ils ont patiemment accumulés depuis des mois. Je donne le top départ :

— Bon, on y va ?

— On peut pas, on attend le TIC. Pour les photos, les empreintes, le test ADN. Si on commence maintenant, il va nous interrompre en plein interrogatoire, alors on préfère l'attendre.

On a donc attendu le technicien, en se gavant de chouquettes et de café. Sauf moi : je ne sais pas où ils m'ont dégoté une bouilloire, et un mug siglé de l'écusson de la brigade – « c'est pour la tombola de Noël, on offre des lots, il en restait un » – dans lequel je vais pouvoir siroter, toute la journée, mon précieux Empress Grey.

Quand on peut enfin s'y mettre, il est presque 10 heures. Yeux pas tellement plus cernés qu'hier et tignasse en pétard, François semble avoir passé une bien meilleure nuit que moi. Et nous sommes immédiatement surpris, tous, par le ton de sa voix : je n'irais pas jusqu'à dire guillerette mais sereine, presque enjouée ; décontractée.

C'est la première d'une longue, très longue liste de surprises. Même les enquêteurs les plus aguerris de la bande n'en reviennent pas : ils n'avaient jamais vu un suspect se mettre à table si tranquillement, et avec un tel détachement. Antoine et Louis se relaient pour reprendre avec lui tous les éléments du dossier, point par point.

Il raconte en détail le matin du crime. Il a entendu son père partir, aux environs de 3 heures. Il est descendu à la cuisine boire un café « pour lui laisser le temps d'arriver », et puis il est parti à son tour.

— Tu n'avais pas peur de réveiller Aurélie ?

— J'ai fait attention. Et j'ai poussé ma mob jusqu'à la route pour qu'elle entende pas le moteur.

Il a aussi pensé à la laisser, avec son casque, au bord de la route de Vire pour finir à pied le trajet jusqu'au labo.

— Comme ça, j'ai réveillé personne.

Quand son père lui a ouvert, il a été « un peu surpris » mais pas plus que ça.

— J'ai dit que je venais chercher de la truffe pour les pâtés, puisqu'il voulait que j'augmente les doses.

Il raconte, sans un écart dans la voix, comment son père est retourné à la préparation de son boudin en pensant qu'il était en train de se servir dans le frigo où sont stockées les truffes ; comment il a pris le temps d'accrocher son blouson à la patère de l'entrée « pour pas le salir », et puis d'enfiler un tablier en plastique jetable et des gants de protection « que j'avais amenés » avant de s'approcher avec le couteau tiré de son sac à dos. Et comment le premier coup, planté dans le dos, l'a « surpris ».

— Là, il s'est retourné et tout s'est enclenché.

On est tous stupéfaits. Et glacés de la manière dont il sert son récit, sans même qu'on ait besoin de l'interrompre ou de le relancer.

— Après c'est plus flou, un peu comme dans mon cauchemar. On s'est battus, mais pas beaucoup parce que j'étais au-dessus de lui, et il n'avait plus de force.

— Mais tu le regardais ?

— Il était en face de moi, mais c'est comme si je ne le voyais pas. Ou que c'était pas lui, vous comprenez ?

Il explique qu'il a fini par lâcher son père, qui a réussi à se retourner sur le ventre en « faisant un drôle de bruit », alors il l'a « planté encore un peu pour être sûr ».

— Pour être sûr de quoi ?

— Ben, que c'était fini…

Ensuite, il s'est dépêché de partir « parce que j'avais les pâtés à lancer ». Il a pris un torchon pour essuyer son couteau, il a rangé son couteau dans son sac, il a emballé le torchon et ses gants dans son tablier jetable, « en faisant attention de pas en mettre partout », et il est allé récupérer sa mobylette pour rentrer « lancer les pâtés ». Il a aussi « lancé » une machine, en arrivant.

— Je me suis changé dans la buanderie, j'ai jeté le tablier en plastique avec les autres dans la poubelle spéciale qui part tous les mercredis et j'ai fait un programme à froid avec toutes mes affaires et même les gants, comme on fait toujours, mon père et moi, quand il y a du sang.

— Et après, tu as étendu le linge ?

— Non, c'est Aurélie qui s'en occupe. Le soir, si la machine est pleine, elle la fait re-tourner, mais à 90 degrés, et le lendemain matin, elle étend avant de partir au lycée.

— Et elle s'est rendu compte de rien, Aurélie ?

— Ben non, c'était comme d'habitude. En plus, on a la même taille, mon père et moi, elle ne peut pas savoir qui a porté les fringues.

Là, on a tous besoin d'une pause. Sauf lui : il continue sur sa lancée. Raconte comment il a « envoyé les cuissons », en écoutant Agnostic Front à fond les ballons « pour pas trop penser à tout ça ». Et comment il a cru, au moment où Aurélie est venue le prévenir qu'il s'était passé quelque chose au labo, que finalement « c'était pas tout à fait fini ».

— Tu veux dire que ton père n'était que blessé ?

— Ben oui. Elle a seulement dit : « Il baigne dans une mare de sang », alors j'étais plus très sûr.

— C'est pour ça que tu n'y es pas allé tout de suite ?

— Je sais pas. Peut-être... Je peux avoir une clope ?

De toute façon, c'est l'heure du déjeuner, bien tassée, même si personne n'a très faim. Sauf lui, qui réclame un sandwich. On lui en file un qui reste de la veille, et on essaie de débriefer pendant qu'il fait sa pause dans la cour avec Louis. On est tous sonnés. Et Antoine, un peu plus que les autres.

— Il a besoin d'un psychiatre, ce gars-là. D'un vrai, bien costaud... On a l'impression qu'il en a carrément rien à foutre, non ?

— Ou alors qu'il ne se rend pas compte du tout de ce qu'il a fait. Comme si ce n'était pas lui qui l'avait fait.

— Mais il a quand même dit « c'est mes mains », non ? Comment vous expliquez un truc pareil ?

— Je l'explique pas. Je suis analyste comportementale, moi, pas psy…

Il me regarde en souriant.

— OK. Et en plus, vous avez vu ? Il ne parle que de sa gueule. Pas un mot sur la victime…

— Surtout qu'on va voir la suite, mais je suis sûre qu'il y a préméditation. Je veux dire grosse, grosse préméditation…

Ça se confirme dans l'après-midi. Quand ils ont fini leur pause, Louis vient nous prévenir qu'il le sent bien mûr pour parler du mobile « mais pas avec toi, Jean-Mi. Tu lui fais trop penser à son père ». Alors il y retourne avec Antoine. En dix minutes, à peine, on découvre, stupéfaits, que le gamin a tué son père parce que le concours de pâtés en croûte tombait le même week-end que son putain de festival.

— J'ai dit que j'irais pas, il m'a dit que j'avais pas le choix.

— Mais quand est-ce que ça s'est passé ?

— Je sais plus… À la rentrée, je crois. Ou peut-être avant…

— Et là, en septembre, t'as décidé de le tuer ?

— Non, pas de le tuer.

— Quoi alors ?

— J'ai essayé de trouver une autre solution…

— Quelle solution ?

Blocage. Qu'est-ce qu'il a à avouer, de pire que ce qu'il a déjà avoué jusque-là ? Les gars insistent, gentiment, et puis un peu plus fermement, en vain : François se tait. Sans explication.

Avec mes mains, je fais signe à Jean-Mi : « Vas-y, toi ! En douceur. » Il me répond d'un clin d'œil et entre dans la pièce, d'où sortent Antoine et Louis en me faisant des signes d'incompréhension.

— Ça va François ? Tu tiens le coup ?
— C'est dur…
— Ouais. Mais t'as fait le plus gros, là. T'as intérêt à tout dire, maintenant. C'est mieux pour tout le monde, je crois.
— OK.
— T'avais pensé à une autre solution ?
Ça me rend dingue de ne pas les voir, mais je trouve la douceur de Jean-Mi parfaite, et j'ai presque l'impression d'entendre François hocher la tête.
— Peio.
— Quoi Peio ? Dachary ?
— Oui.
— Tu lui as demandé de tuer ton père ?
Je crois bien qu'il rigole en répondant :
— Mais non ! J'ai simplement foutu le bordel, en espérant que ça tournerait mal.
— C'est-à-dire ?
Il explique qu'il a arrêté de payer son shit à partir de juin, pour constituer une ardoise digne d'une « grosse embrouille » entre son père et son dealer.
— Mais comment tu pouvais être sûr que ça marcherait ?
— J'étais pas sûr, mais j'ai essayé.
Jean-Mi doit être tellement scotché qu'il se tait. À moins qu'il n'ait vu, dans le regard du môme, qu'il n'avait pas tout à fait fini de raconter l'histoire. Bingo !
— Il était déjà assez énervé contre lui depuis le coup de la lettre.
— Quelle lettre ?
— La lettre anonyme, à propos de Mia.
— T'es au courant de ça, toi ?
En moins de temps que ce qu'il nous en aurait fallu pour l'imaginer, François raconte comment il a écrit une lettre anonyme, « pleine de fautes exprès », pour « mettre le doute à son père » à propos de la paternité de Mia.
— Mais pourquoi t'as eu une idée pareille ?
— Parce que je savais, moi, que Peio, c'est son père.
Je prends une feuille dans mon dossier pour gribouiller à toute allure un petit mot que je tends à Antoine : *« Entre et demande-lui si c'est lui aussi, les autres lettres anonymes. »* Il

s'exécute. Je l'entends entrer, poser la question, et François répondre à mi-voix :

— Oui, c'était aussi moi.

— Mais pourquoi t'as fait ça ?

Il marmonne quelque chose que personne ne comprend. Antoine lui demande de répéter, plus fort.

— Pour brouiller les pistes.

Le moment le plus vertigineux, pour moi, c'est la dernière audition, au cours de laquelle les gars l'interrogent sur l'arme du crime. On veut comprendre de quel couteau il s'est servi, et ce qu'il en a fait, puisque aucun ne manquait ni au labo ni à l'atelier.

— J'ai pris le couteau à trancher, dans la cuisine, le matin en buvant mon café.

— Pourquoi ?

— Parce qu'il a une lame longue et qu'on était lundi matin : j'étais sûr qu'il était bien aiguisé.

Quand il explique que tous les dimanches soir, au menu, c'était soupe, salade et jambon de Bayonne « que mon père fait venir d'Anglet par le biais d'un copain », et que tous les dimanches soir, avant de passer à table, son père aiguisait soigneusement le « couteau à trancher, lame longue » – exactement comme dans le catalogue de Martha – pour couper le jambon, je sens que c'est trop pour moi. Je me lève le plus discrètement possible pour aller respirer dehors, et sortir de mon vertige.

On prend une dernière pause, histoire que je retrouve un peu de souffle, mais là c'est vraiment terminé : à quelques détails près, il n'a plus rien à raconter. Jean-Mi lui explique avec beaucoup de douceur qu'il va retourner en cellule le temps qu'on mette tout ça au propre, pour qu'il puisse relire et signer sa déposition. Et qu'après, il sera présenté au juge qui décidera des suites. Mais que vu les circonstances, il faut qu'il se prépare à aller en prison.

— Quand ?
— Sans doute dès demain.
— Pour longtemps ?
— Vraisemblablement jusqu'à la fin de l'instruction, et peut-être même jusqu'au procès.

À ce moment précis, j'entends un gémissement. On a tous peur qu'il refasse un malaise, en réalisant enfin la monstruosité de son acte. C'est en tout cas ce qu'on a cru jusqu'à ce qu'il demande, catastrophé :

— Mais alors, je vais rater le festival ?

36

Jean-Mi m'a ramenée au train le lendemain après-midi. Au moment de se dire au revoir, on s'est fait la bise et il a détaché de sa manche l'écusson de sa brigade pour le glisser dans ma main.

— Merci, Mina.

— Merci à toi de m'avoir fait confiance.

Il m'a regardée en rigolant.

— On est dingues, hein ?

— C'est rien de le dire !

Je suis rentrée à Saint-Eustache en espérant que la mère Lascaud serait occupée ailleurs, et en ayant hâte d'être enfin tranquille pour appeler Martha. Miracle : la loge de Lascaud était fermée, et à partir du troisième étage, j'ai entendu le piano de Satie. Elle a ouvert sa porte avant que je frappe.

— Aaaaaaahhhhhh ! Te voilà !

— Comment t'as su que je rentrais ce soir ?

— Ben quoi ? J'avais trop envie de te voir. J'ai préparé le dîner. Ça va ?

« Vendredi qui rit. »

Le 17 juillet, dans le jardin de sa maison, on a fêté les 75 ans de Lili, en même temps que son mariage avec Cléo. Une fête épatante, tendre et joyeuse, sans aucun incident notoire. Tout le monde était là et Lili m'avait demandé d'inviter aussi Maxime, qui a beaucoup plu à ceux qui ne le connaissaient pas encore. En revanche, je n'ai pas pu retourner sur la ria pour fêter son anniversaire à lui : le 20 juillet, je me suis envolée pour Ottawa, passer l'été en stage avec les *profilers* de la gendarmerie royale du Canada.

J'y étais encore quand j'ai reçu un coup de fil du colonel Armand, fin août.

— Bonjour, lieutenant, comment allez-vous ?

— Très bien, mon colonel. Ce que j'apprends ici est passionnant.

— Parfait. Nous avons hâte d'en bénéficier. De mon côté, je voulais vous prévenir de vive voix…

Mon cœur s'est mis à battre en se demandant quelle énorme bourde j'avais bien pu faire.

— Nous allons annoncer dès votre retour la création d'une nouvelle unité au sein du service technique de recherche et de documentation.

— Une unité d'analyse ?

— Un service dédié, le GAC, pour Groupe d'Analyse Comportementale. Dont vous prenez la tête. Ça vous va ?

— C'est formidable, mon colonel.

— C'est formidable pour nous aussi. Et je suis certain que vous la représenterez dignement.

Voilà. Ça commence.

Mercis

Avant tout je voudrais rendre un hommage à toutes les victimes et à leurs familles. Par respect pour elles, je me suis toujours refusée à faire de mon métier un divertissement. J'espère que personne ne verra d'offense dans ce livre. C'est une histoire romancée d'une vraie trajectoire professionnelle, d'une carrière qu'il me tenait à cœur de raconter. C'est aussi l'expression d'un engagement sans faille de tous ces enquêteurs qui consacrent leur énergie à faire éclater la vérité. Les affaires traitées par Mina Lacan sont réelles, transformées pour ne pas être reconnaissables, c'était essentiel pour nous.

Ce qui rend ce roman fort et bouleversant à mes yeux, c'est son ancrage dans la réalité. Je préférerais que ces tragédies n'aient pas existé, et ne pas avoir eu besoin de travailler sur ces affaires. Mais puisque, malheureusement elles existent, j'ai à cœur d'exercer mon métier avec passion.

Ma chère Valérie, mes premières pensées sont pour toi et pour te remercier de m'avoir prêté ta plume. Jamais cette aventure n'aurait pu voir le jour sans toi, ton talent à tricoter les mots, ton énergie et ton amitié. Je t'ai plongée dans la noirceur de l'être humain bien malgré moi, il le fallait, c'est une réalité. J'avais parfois des scrupules à te donner des détails atroces sans savoir ce que tu allais pouvoir en faire. J'avais peur de t'abîmer. Merci d'avoir eu la force d'écrire avec moi cette histoire, la mienne qui est devenu la nôtre.

Merci à vous tous, professionnels de l'édition, qui ont cru en nous et notre projet un peu fou et qui permettent aujourd'hui de lire ce livre.

Maxime, comment aurais-je pu imaginer notre rencontre, notre lien et ta confiance ? Tu m'as donné le courage de nous lancer et d'aller au bout. Ton soutien est inestimable, merci.

Mes chers camarades, je ne peux pas vous citer tous, il me faudrait des dizaines de pages… Ce livre relate une vraie carrière qui n'existerait pas sans vous. Mes vingt-deux ans de service sont la plus belle aventure humaine que l'on puisse vivre. Nos mots ne seront jamais assez élogieux pour mettre en valeur votre engagement, vos compétences et tout ce que vous êtes, et qui vous êtes. Mina ne le sait pas encore à ses débuts, mais l'esprit de corps va intégrer son ADN pour ne faire que grandir, pendant le reste de sa vie. Je sais que vous, mes camarades, mes amis, vous vous reconnaîtrez ; vous avez eu confiance en moi et c'était courageux pour l'époque. C'est ce qui m'a donné la force d'avancer dans cette voie. Merci.

Ma famille, mes amis, je ne sais comment vous remercier. Nous avons choisi d'inventer toute la vie personnelle de Mina, et c'est parfait comme cela. Vous avez supporté, et vous le faites encore, mon caractère, mes émotions, mon indisponibilité et mes nombreuses idées, dont celle de faire ce livre. Vous soutenez et endurez tout ce que je suis… Vous êtes mon repère, ma base arrière quand je me sens exposée, vous êtes ma vie ; je vous remercie du fond du cœur et je vous aime.

Marie-Laure Brunel-Dupin

Qui aurait cru que je plongerais un jour dans l'univers d'un polar ? La vie est souvent facétieuse et voilà qu'elle t'a mise sur mon chemin, chère Marie-Laure, et m'a donné envie de te suivre. Merci pour ce compagnonnage singulier, étonnant et éprouvant, drôle et exigeant, et de m'avoir laissée extirper Mina du fin fond de tes étrangetés.

Merci à Hélène Gédouin, Anne-Charlotte Sangam et Delphine Mozin Santucci de nous avoir suivies, et parfois précédées.

Merci à mon si précieux fan club – qui se reconnaîtra – de contrer avec enthousiasme et amour mes affres et mes doutes.

Et merci à Saint Cado de m'embarquer là où je ne pensais jamais aller…

Valérie Péronnet
Saint Cado, novembre 2022

MARABOUT
s'engage pour l'environnement
en réduisant l'empreinte carbone
de ses livres.
Celle de cet exemplaire est de :
600 g éq. CO_2
Rendez-vous sur
www.marabout-durable.fr

PAPIER À BASE DE
FIBRES CERTIFIÉES

Photocomposition Nord Compo

Achevé d'imprimer en Espagne
chez Rotativas de Estella en avril 2023
Pour le compte des Éditions Marabout
(58, rue Jean-Bleuzen, 92178 Vanves)
Dépôt légal : avril 2023
ISBN : 978-2-501-16076-6
7642104